Fritz Steuben

Der Sohn des Manitu

Kosmos

Umschlaggestaltung von Atelier Reichert, Stuttgart,
unter Verwendung einer Illustration von Silvia Christoph, Berlin.
Vorsatzzeichnung von Johannes-Christian Rost, Stuttgart.

Bearbeitung von Nina Schindler, Bremen.

In der Tecumseh-Reihe von Fritz Steuben sind derzeit folgende Bücher
bei Kosmos lieferbar:
Der Fliegende Pfeil (3-440-07231-2)
Der rote Sturm (3-440-07230-4)
Tecumseh, der Berglöwe (3-440-07232-0)
Der Strahlende Stern (3-440-07315-7)
Tecumseh, der große Seher (3-440-07406-4)
Weitere Bände sind in Vorbereitung.

Die Deutsche Bibliothek – CIP-Einheitsaufnahme

Steuben, Fritz:
Der Sohn des Manitu / Fritz Steuben: 13. Aufl. –
Stuttgart : Kosmos, 1998
    ISBN 3-440-07375-0

13. Auflage 1998
© 1934, 1978, Franckh-Kosmos Verlags-GmbH & Co., Stuttgart
Alle Rechte vorbehalten
ISBN 3-440-07375-0
Printed in Czech Republic / Imprimé en République tchèque
Satz: Steffen Hahn Satz & Repro GmbH, Kornwestheim
Herstellung: Finidr s.r.o., Český Těšín

Der Sohn des Manitu

Der Prophet

Wandlung am Wabash-River

Die Frauen

Messua-taske war eine alte, gebückte Frau; sie hatte nicht mehr allzuviel vom Leben zu erwarten. Heute saß sie mit ihrer Schwiegertochter, Kristall, an der Feuerstelle im Inneren der Hütte. Neben ihr hockte Tecuma-piesen, die Tochter der Alten. Die Frauen mahlten in Handmörsern Maiskörner zu Mehl. Es war eine schwere Arbeit, und sie redeten nicht viel.

Plötzlich hob Kristall unruhig den Kopf, ohne in ihrer Arbeit innezuhalten. Ihre Hände führten den Handstein langsamer im Kreise, schließlich stellte sie den Mörser beiseite, erhob sich und ging in den Hintergrund der Hütte, als suche sie dort irgend etwas, was sie zu ihrer Arbeit brauchte.

Sie nahm einen kleinen Handspiegel und einen Knochenkamm und kämmte ihr Haar. Dann schlüpfte sie schnell aus ihrem Arbeitsrock und kleidete sich hastig um, holte aus einer großen Ledertasche, die über ihrem Lager hing, einen schön bestickten Rock, legte einen Gürtel aus Biberfell um und entnahm nach kurzem Zögern einem kleineren Beutel eine Halskette, die aus runden, kleinen, mattpolierten Scheiben bestand. Sie legte die Kette um und setzte sich dann wieder ans Feuer.

Messua-taske sah sie freundlich an und nickte. »Auch mein Herz klopft und spricht, daß er heute kommt.« Tecuma-piesen sah nur flüchtig auf, aber in ihrem Blick lag etwas wie eifersüchtiger Neid.

Die Frauen arbeiteten weiter. Die große tönerne Schüssel füllte sich mehr und mehr mit gelblichem Mehl, und der Haufen der Körner, der auf einem großen, ledernen Tuch hinter Kristall lag, nahm allmählich ab. Über dem Feuer hing an einem langen Eisenhaken ein Topf, in dem es leise brodelte. Ein angenehmer Duft nach einer kräftigen Brühe stieg aus dem Gefäß empor.

Kristall war gerade aufgestanden und rührte mit einem Holzlöffel in dem Topf, als sie aufblickte und zurücktrat. Auch die beiden anderen Frauen hörten das Geräusch. Es war dunkel in der Hütte, das Feuer glühte nur schwach. Draußen war Nacht.

Eine Hand schlug das Fell am Eingang zurück, ein Mann trat herein und legte eine schwere Last neben der Tür nieder. Es war noch immer die gleiche Bewegung, mit der er auch früher die Jagdbeute dort hatte niedergleiten lassen. Dann näherte er sich schweigend den Frauen.

»Mein Herz ist froh«, sagte er. »Tecumseh bringt seiner Mutter ein Geschenk.« Er wies auf den Eingang, die scharfen Augen der alten Indianerin erblickten den schattenhaften Umriß eines zweiten Mannes. Messua-taske hatte das leise Beben in der Stimme ihres Sohnes gehört; in seinem Gesicht spiegelte sich große Freude. Er wandte sich seiner Frau zu, die fast im Dunkeln stand, er sah ihre Kleidung, sah die Halskette, seine Augen begrüßten sie. Kristall sagte leise: »Mein Herz hat nicht gelogen.«

Messua-taske war mühsam aufgestanden. »Tritt näher heran!« sagte sie mit rauher Stimme zu dem Mann am Eingang. Er machte einige Schritte.

Er war bewegter, als er noch vor wenigen Minuten geglaubt hätte. Er sah das Gesicht der Mutter, sah die Augen der Schwester auf sich gerichtet. Und er sah drüben zwischen den Balken die Haut der weißen Büffelkuh, die der Vater geschossen hatte, als Ten-squa-ta-wa noch ein kleiner Knabe gewesen war. Die alten Malereien waren darauf zu sehen, jene Zeichnungen, die ihm seine Mutter oft und oft erklärt hatte – Bilder, die die Geschichte des Stammes der Shawnee erzählten.

Ten-squa-ta-wa ging nur einige Schritte, dann blieb er wieder stehen. Aber sie genügten. Die alte Frau hielt sich an einem der Stützpfosten des Erdhauses fest, sie zitterte. Als sie wieder sprechen konnte, redete sie nicht Ten-squa-ta-wa an. Sie wandte den Kopf zur Seite, dorthin, wo der ältere Sohn saß: »Tecumseh ist in die Erde hinabgestiegen, um das Herz seiner Mutter zu erfreuen. Manitu wird es ihm lohnen.« Tecumseh sprang auf, um die Wankende zu stützen. Aber sie hatte sich bereits gefaßt. Sie ging mühsam auf die Feuerstelle zu, ließ sich dort nieder und sagte zu Ten-squa-ta-wa, indem sie auf den Topf über dem Feuer deutete: »Tritt heran und iß, mein Sohn Ten-squa-ta-wa.« Tecuma-pieseh sprang auf. »Ten-squa-ta-wa!« schrie sie. »Meine Augen sind schwach. Ich hätte dich nicht erkannt«, murmelte sie verstört.

Ten-squa-ta-wa setzte sich an das Feuer und griff mit unsicherer Hand nach dem Gefäß. Die Mutter füllte ihm einen Holzbecher mit der Brühe.

Langsam kam ein Gespräch in Gang. Ten-squa-ta-wa begann zu erzählen, die Mutter fragte, er sprach fließender, er berichtete von seinen Wanderungen, von seinem Leben unter den Weißen. Er sprach lange. Längst hatte er seine Sicherheit wiedergefunden. Er unterstrich seine Worte mit großartigen Gebärden, mit ausdrucksvollen Veränderungen seiner Gesichtszüge, sprach bald leise, bald lauter, sah gedankenverloren in das Feuer, das er durch Nachlegen einiger Äste zu höherer Flamme geschürt hatte. Er fühlte, daß die Mutter an seinen Lippen hing; aber er wurde dadurch nicht bescheiden und einfach, sondern seine Rede wurde um so hochtrabender, je länger er erzählte.

Tecumseh hatte während der langen Reise viel mit ihm gesprochen, hatte ihm von seinem Plan erzählt, alle Indianervölker im Kampf gegen die Weißen zu vereinen, und Ten-squa-ta-wa hatte erkannt, daß er bestimmt war, eine große Rolle zu spielen. Das hatte seiner ehrgeizigen Eitelkeit geschmeichelt, die Begeisterung des Bruders, seine Phantasie ebenso wie die nüchterne Aufzählung aller Gründe, die für das Gelingen sprachen, hatten Ten-squa-ta-wa mit fortgerissen. Er hatte erlebt, mit welcher Hingabe und Gläubigkeit Ein-Pfeil und Baumspäher am Bruder hingen, und Ten-squa-ta-wa erkannte, daß ihm Jahre des Ruhmes bevorstanden. Als er seinen Stamm verlassen hatte, hatte seine Flucht Schande gebracht. Doch nun war er der große Zaubermann der Lakota gewesen, er war nicht mehr siebzehn Jahre alt. Und doch hatte er beschlossen, sich seinem Bruder unterzuordnen; niemals hätte er gewagt, sich ihm offen zu widersetzen.

Und angefeuert von den großen Jahren, die seine starke Einbildungskraft ihm für die Zukunft verhieß, erzählte er der Mutter sein vergangenes Leben. Die hörte ihm zu und war glücklich.

»Du hast die Sprache nicht vergessen, die ich dich lehrte«, sagte sie, als er einmal eine Pause machte. »Kein Redner wird dich im Rate unseres Volkes übertreffen.«

Auch Tecuma-pieseh hatte zugehört. Sie stand schroff auf. Sie hatte weniger auf die Worte Ten-squa-ta-was geachtet, sie hatte ihm ins Gesicht geblickt.

»Tecumseh hat seinesgleichen nicht unter den Männern von roter Haut. Er war es, der den Hirsch an der Tür niederlegte, denn niemals kommt er ohne Beute. Und viele Shawnee sind besser als Offene-Tür«, sagte sie böse und setzte sich zu Kristall und Tecumseh in den Hintergrund der Hütte.

Am Feuer blieben Messua-taske und der Wiedergekehrte. Sie sprachen und lachten und aßen.

Tecumseh sah nachdenklich grübelnd auf die Bewegungen des Bruders, horchte dem Klang seiner Worte nach, dem prahlenden Ton der Stimme. Aber Tecumseh schwieg. Er dachte an den Aufruhr, den Ten-squa-ta-wa vor wenigen Wochen mit seiner nächtlichen Trompeterei in der Lagerstadt der Lakota hervorgerufen hatte. Er selbst verachtete es, die Menge mit solchen Mitteln zu beunruhigen, in Erregung zu versetzen und dann für sich zu gewinnen. Aber er hatte den Erfolg Ten-squa-ta-was gesehen. Und Tecumseh brauchte Erfolg und Ansehen unter seinem Volk.

Die Kinder Megissowons

Einige Tage nach der Rückkehr der Brüder in ihr Dorf wachte Megissowon, der Winter, aus dem Schlaf auf. Er reckte die Faust, pochte an die dunkle, eisnasse Decke, stieß mit geradem Stoß die Faust nach oben und durchbrach das Gewölbe, das polternd zusammenfiel. Der Herr der Tiefe, der Gebieter über Frost und Nebel, über Finsternis und Sturm hob die schneebedeckten Schultern über die Erde, in das graue Licht des Abends. Er trat ganz hinaus an die Oberfläche, er blies die Backen auf, und der Sturm fuhr heulend über die Ebenen. Er schüttelte die Schultern, daß der Schnee von ihnen stäubte, und die Flocken wirbelten über die Moore. Er stieß den Atem aus, und der feuchtkalte Nebel schlich über die Steppen und in die Täler. Er stampfte mit dem Fuß auf, und der bittere Frost schloß donnernd die Seen und Flüsse. In einer Nacht überfiel die Kälte das stöhnende Land, hemmte den Lauf der Bäche, das Fließen der Ströme, das Spiel der Wellen auf den Seen und den Binnenmeeren.

Die Anamagkiu, die Wintergeister, erhoben sich aus den Schluchten. Ihre Nachtaugen drohten schwarz und leer, sie pfiffen und kreischten durch die Zweige der Tannen und Fichten, sie hockten sich schneelastend auf die nadelstarrenden Äste der Kiefern. Der Schnee fiel dichter und dichter, unter drückender Schwere ächzten und brachen die Äste. Was der Schnee nicht zerdrückte, das zerbrach der Sturm. Und nach ihm kam die Kälte, klirrend und schneidend stampfte der Frost durch die Wälder, lehnte sich an die Stämme, durchfror sie bis in das Innerste, so daß sie glashart wurden, Säulen aus erstarrtem Lebenssaft. Dann tobte der Schneesturm, der wildere Bruder des Frostes, noch einmal heran, und manche stolzen Stämme brachen und stürzten splitternd zu Boden. Es wurde ein harter und ein böser Winter.

Südlich der großen Seen überschwemmte der Nebel die Täler und Savannen. Der dicke, feuchte, zähflüssige Luftbrei nahm den Tieren, soweit sie nicht weit genug nach Süden ausgewichen waren, die Witterung, so daß sie verwirrt und ängstlich durch das Unterholz strichen. Wenn der Winter gleich zu Anfang hart und trocken war, so wuchs ihnen ein dichter Pelz, der auch vor scharfer Kälte schützte. Aber in diesem Jahr war das Fellkleid aller Tiere schlecht, denn das Wetter war von der allzu milden Witterung des warmen Herbstes zu schnell umgeschlagen. Der Nebel setzte sich den Hirschen und Wölfen, den Elchen und Bisons auf die Haut, es gab kein Entrinnen vor ihm, er drang lautlos und zäh in die geschütztesten Höhlen, er schlich sich unter die herabhängenden Äste der Tannen und Fichten genauso wie in die entlaubten Kronen der Eichen, Erlen und Ulmen. In dichten Tropfen setzte er sich auf Zweige und Nadeln, und Tag für Tag, Nacht für Nacht taute es auf den Boden herab. Es gab unter Bäumen, unter Felsen und in Erdlöchern keinen Schutz vor dem tropfenden Gerinnsel. Der Boden stand voller Wasserpfützen, das Laub auf der Erde stank faulig und modrig, und wo Tatze oder Huf eines Tieres hintrat, traten sie in Feuchtigkeit und Schlamm; wo ein Hirsch sich lagerte, legte er sich in Nässe, in modernde Blätter oder auf schimmelnde Tannennadeln. Die Zweige am Boden gaben lautlos nach, wenn der Fuß darauf trat – selbst die dicken Zweige waren vom Wasser vollgesogen.

Fuchs und Hase, Elch und Hirsch, Puma und Luchs fühlten die Not in gleicher Schwere, sie gingen in Rudeln und einzeln an Erkältungen zugrunde, siechten dahin.

In den Häusern und Erdhütten aber hockten die roten Menschen, lauschten dem Toben, und die Krieger und ihre Familien sangen die Gebete der Angst und die Gesänge des Grauens, scharten sich um die Feuerstellen, schürten die Flammen, warfen Holz und Reisig in die Glut. Die Flammen loderten, die Schatten tanzten auf den dunklen Wänden der Behausungen und flackerten über Bärenschädel und Wolfsschädel, über Luchsfelle und Elchgehörn, über Hirschgeweihe und bemalte Büffeldecken. Der helle Schein ließ leere Augenhöhlen in Knochenschädeln gespenstisch leuchten und färbte Kralle und Zahn mit rötlich schimmerndem

Leben. Er huschte über die Gesichter der Männer und gab ihren Augen mehr Furcht, als sie in ihrem Herzen fühlten.

Ten-squa-ta-wa aber war wiedergekehrt, und der Zaubermann besuchte die Erdhäuser, ging in die runden Hütten, die im Schutz der Steilhänge lagen und schritt furchtlos durch die stöhnenden Wälder. Wohin er kam, da war ein neuer Ton in der Luft, der die Menschen erregte, ein starker, heller Ton, der auch durch das Heulen des Sturmes und in der ruhenden Stille des Wintertages zu hören war, wenn die Sonne lange, blaue Schatten in den Schnee warf. Ten-squa-ta-wa eilte auf Schneeschuhen von einem Dorf zum anderen, und wo er auch, in das Fell des braunen Bären gehüllt, eintrat, da brachte sein Kommen neue Furcht, aber wenn er ging, hatte er die Herzen mit Zuversicht und Hoffnung erfüllt.

An den Ufern des Miami hockten dicht aneinandergedrängt die Männer des Dorfes der Unami-Clans im Hause von Teteboschti, dem Häuptling der Lenni Lenape. Es war am späten Nachmittag für einige Stunden stilleres Wetter gewesen. Die Frauen hatten die Zeit genutzt, um aus den Vorratshäusern gesalzenes Fleisch, Maiskorn und Hominy zu holen, das die Kinder besonders gern aßen, wenn es mit Wasser aufgekocht und süßes Beerenmus dazu gegeben wurde. Jedes Haus hatte zwar Wintervorräte in den Kellern unter dem Boden, aber von ihnen nahm man nur, wenn das Wetter so schlecht war, daß man den Weg über die Gasse zu den Dorfspeichern lieber nicht ging.

Zu essen hatte man bei den Lenape und den Shawnee, den Miami und Wawiachta genug, denn der letzte Krieg war seit Jahren vorbei, dieser Krieg, in dem die Langen Messer nicht nur die Ernte, sondern auch die Speicher und die Mieten in den Feldern zerstört hatten. Noch vor vier oder fünf Jahren hätten die roten Völker, die am Wabash-River und am Miami wohnten, einen so harten Winter wie diesen nicht überstanden. Aber nun waren die Vorräte längst wieder groß genug; Erbsen und Bohnen, Nüsse und Sonnenblumenkerne, Mais und wilder Reis lag in den Speichern, und in den Räucherhütten hingen Bärenschinken und geräucherte Fische, Hirschlenden und Büffelhöcker im Überfluß. Auch die Kälte brauchte man in den warmen, in die Erde eingelassenen Winterhütten nicht zu fürchten; sie waren geschützt vor Nässe, denn die Schneewälle, die Megissowon um sie aufhäufte, gaben Wärme und Schutz, und Feuerholz lag reichlich in den Schuppen und an den Häusern.

Hunger und Kälte brauchte man nicht zu fürchten: Aber die Geister des Winters, die Unterirdischen, die Megissowon dienten, sie heulten um die Häuser, ergriffen Besitz von den Seelen, und schreckten auch die tapferen Herzen. Um ihnen wirksam zu begegnen, war es nötig, Opfer zu bringen. Die Lenape vom Clan der Unami hatten sich bei Tete-boschti versammelt, der ein alter Mann war und wußte, was die Anamagkiu lieben. Er warf Biberfett in das Feuer und die Krallen von den Hinterfüßen des grauen Wolfes. Er hatte geschabtes Büffelhorn mit zerlassenem Fett einer Wildgans vermischt, Schildkrötenaugen und ein Dutzend anderer Dinge hineingemengt, hatte alles in eine Hirschblase getan und übergab es nun dem Feuer. Die Männer aber sangen die Gebete, sie riefen die Unterirdischen an, und Tete-boschti hatte Feuerwasser, das verteilte er an die Männer, und sie sangen lauter. Sie sahen die Anamagkiu als Nebelschwaden hereinziehen, sie hörten sie in der Dachluke wimmern und lachen, und der Gestank des verbrannten Opfers verbreitete sich in dem großen, rauchgeschwärzten Raum. Das Fett loderte in heller Flamme, und der Qualm biß in den Augen, so daß sie tränten.

Da war auf einmal ein Klang in der Luft, den niemand kannte, ein langgezogener heller Ton. Tete-boschti erblaßte, und die Männer stellten das Singen ein. Noch einmal ertönte der unheimliche Ruf. Das war nicht Büffel noch Elch, nicht Wolf noch Puma, und die Krieger sahen sich an. Tete-boschti schlug die Handtrommel, und die Lieder begannen von neuem. Auch die Frauen sangen mit, ihre hellen Stimmen überlagerten die Bässe der Männer. Die Füße trommelten den Takt des Liedes und Rasseln und Klappern schnarrten zum Rhythmus der Gesänge.

Aber da war der Ton wieder, der metallene Ruf aus der Kehle Megissowons. Er übertönte das Singen, das Trommeln, die Angst und das Schlagen der Herzen. Durchdringender als die Stimmen der Mädchen war er, und er war nun ganz nah.

Der dicke Fellvorhang am Eingang wurde zurückgeschlagen, heulend fuhr der Sturm mit Schnee und Kälte in den Raum und trieb das Feuer hoch.

Eine dunkle Gestalt näherte sich schwankend und murrend, und Tete-boschti starrte ärgerlich den Menschen an, der es wagte, seine Kreise zu stören. Die Männer und Frauen in seinem Zelt aber lagen auf dem Gesicht, denn sie glaubten, Megissowon sei hereingetreten in Gestalt eines braunen Bären.

Die Lenape waren keine Hasenherzen. Sie waren erprobt in Dutzenden von Kriegen mit den Langen Messern und den Ani Yunwiha, und sie hatten auch den Hodenosauni Trotz geboten, obwohl die fast noch furchtbarer waren als die Blaßgesichter. Im Gefecht kannten sie keine Furcht, und kein Lenape ließ einen Toten oder Verwundeten in die Hand der Feinde fallen.

Aber wenn die Fäuste des Eisgottes an die Erde schlugen, wenn Megissowon durch den Sturm schrie und seine Diener in den Tannendickichten ächzten und in den Dachluken wimmerten, dann war auch das Herz eines Kriegers den Reden eines alten Mannes aufgeschlossen. Und hatte Tete-boschti nicht recht? War es nicht besser, sich mit den Unterirdischen gut zu stellen, da doch Manitu, der Große Jäger, nach dem Süden gezogen war; da der Schneesturm das Angesicht der Mondsichel verhüllte und Nokomis, die große, gute Mutter des Mondes, sich verborgen hielt?

Nun war der Bär eingetreten, sie wagten nur sehr vorsichtig, ihn genauer zu betrachten, und sie sahen, was sie im Innersten doch geahnt hatten: Es war kein Bär; es war ein Geist, der das Fell eines Bären trug. Ein Pumakopf hing ihm von der Brust herab, und zwei Wolfschwänze baumelten an den erhobenen Vordertatzen; und wenn er ging, dann war ein feines Klingeln um ihn.

16

Der Geist oder Bär oder Mensch aber näherte sich dem Feuer, er hob das Haupt empor, und das Gesicht eines Mannes erschien unter dem drohend geöffneten Maul des Bären.

»Zur rechten Zeit komme ich, Männer der Lenape«, rief der Mann im Kleide des Bären. »Eure Herzen sind schwach geworden, und ihr fleht zu den Unterirdischen. Ihr habt Manitu vergessen und glaubt wohl, daß er gestorben ist. Aber der Große Jäger ist auf seiner Winterwanderung, das Antlitz der Mondsichel wird nicht immer verhüllt bleiben. Er wird zurückkehren. Was werden die Lenape antworten, wenn er fragt, ob ihr ihm treu geblieben seid und ob ihr Megissowon bekämpft habt?«

Tete-boschti sah ergrimmt auf den Fremden, der gekommen war, ihm sein Geschäft zu verderben. Er sah die Wirkung auf die furchtsamen Herzen, sah, wie die Krieger sich aufrichteten und den Fremden anstarrten. Er fing an, die Handtrommel zu schlagen. Es ging um sein Ansehen im Stamm, und er sang das Lied der Furcht. Der Sturm begleitete seine heulende Stimme mit einem plötzlichen Aufbrüllen, es kreischte und sang in den Hirschsehnen, die er in der Dachluke über dem Feuer seiner Hütte angebracht hatte, damit sie im Winde wimmerten und seine Besucher erschreckten, aber der Bär hob sich höher, und das Gesicht des Mannes unter dem Bärenmaul wurde hart.

»Laß deine Künste, Tete-boschti!« schrie er. »Zugrunde geht, wer den Anamagkiu glaubt. – Hört, ihr Männer und Frauen der Lenni Lenape, wer will Manitu verlassen? Hat die Furcht eure Herzen gefressen? Hat die Feigheit eure Hände schwach gemacht? Hat der Nebel eure Augen geschwärzt?«

Kein roter Krieger ließ sich gern einen Feigling nennen, und zu anderer Jahreszeit hätte auch ein Zaubermann solche Worte nicht wagen dürfen. Doch die Köpfe der Lenape waren verwirrt, denn seit Wochen heulte der Sturm schon über das Miamital.

Sie hätten sich in einer solchen Zeit noch ärgere Worte sagen lassen, als der Fremde soeben gewagt hatte. Aber da waren ihre Frauen, und was noch schlimmer war: ihre eigenen Knaben hör-

17

ten zu und vernahmen, wie ihr Väter Hasenherzen gescholten wurden von einem Fremden.

Sie setzten sich murrend auf, und wenn ihre Ohren auch noch besorgt den tausend Stimmen draußen lauschten: hier am Feuer stand ein Zaubermann, der Megissowon verhöhnte und keine Angst zeigte. Sie wollten hören, was er zu sagen hatte.

Der Zaubermann aber stand aufrecht und rief: »Rote-Morgenwolke ist zurückgekehrt zu seinem Volk. Ten-squa-ta-wa war ein Zaubermann bei den Lakota, die im Westen wohnen. Tecumseh ist sein Bruder. Ten-squa-ta-wa aber hat einen Traum gehabt; er sah die Not seines Volkes und er rief zu Manitu. Der Große Jäger aber hörte die Stimme Ten-squa-ta-was und Offene-Tür hatte ein Gesicht. Hört, ihr Krieger, was ich gesehen habe!«

Und Ten-squa-ta-wa erzählte: »Offene-Tür saß auf der Mondsichel und schwebte nach Norden wie der Kriegsadler über der Ebene. Er stürzte vom Monde und fiel durch die Erde bis in die Eishöhle Megissowons. Da sah Ten-squa-ta-wa eine dunkle Halle, Finsternis war überall, aber in der Ferne hörte er Stöhnen und Schreien, und er blickte hin und sah kleine Flämmchen. Ten-squa-ta-wa eilte näher hin, und er sah nackte rote Männer, und durch jeden von ihnen war ein Pfahl getrieben. Sie jammerten, denn sie brannten von innen her, aus ihrem Munde kamen kleine Flammen, und Ten-squa-ta-wa sah, wie unter ihrer Haut das Feuer in ihnen brannte und flackerte. Auch ihre Haare brannten. Auf jedem Mann aber saßen drei oder vier von den Anamagkiu. Sie sahen aus wie braune Kröten, aber jeder war so groß wie ein Hund. Sie hatten Nebelgesichter und finstere Höhlen statt der Augen, und sie klebten auf der Haut der Männer und auf Pfählen und saugten ihr Blut aus. So brannten die Männer von innen. Von außen aber kühlten die feuchten Leiber der Anamagkiu ihre Körper und saugten zugleich ihr Blut. Megissowon rollte in der dunklen Halle umher, eine runde Kugel aus Nebel, und sein Haar brannte in gelben Flammen. Sein Lachen gellte von den Wänden, und er schrie: So geht es allen, die das feurige Wasser der

Blaßgesichter trinken. Die Blaßgesichter sind meine Kinder, sie haben das bleiche Antlitz Megissowons, und sie helfen mir, die Kinder des guten Manitu zu vernichten. – So schrie Megissowon. Aber Ten-squa-ta-wa fühlte eine Faust im Nacken, die riß ihn auf die Erde zurück. Dort blühten die Blumen, die Drossel flötete im Erlengebüsch, und der süße Saft tropfte aus dem Zuckerahorn. Die Sonne schien durch die Blätter der Bäume, und Ten-squa-ta-wa sog tief die warme Luft ein. Früher war Ten-squa-ta-wa ein Trunkenbold und Säufer. Er kannte nichts besseres als Feuerwasser, und sein Leben war eine Schande für sein Volk. Aber Manitu sandte mir diesen Befehl, und ich will so die Kinder Manitus retten vor dem Wasser, das von innen brennt.«

So sprach der Zaubermann im Kleide des Bären, die Lenni Lenape aber hörten ihn mit Entsetzen. Sie hatten es alle ja oft genug erlebt, wie der Whisky auf der Zunge, in der Kehle und im Magen brannte, der scharfe, billige und schlechte Schnaps, den ihnen die Händler der Weißen so teuer verkauften und den sie bisher so gern getrunken hatten. Weil sie das Brennen selbst gefühlt hatten, glaubten sie Ten-squa-ta-wa. Jeder Indianer wußte, daß das Leben mit dem Tode, den man im Gefecht oder auf dem Lager erlitt, nicht endete. Von alters her war allen Geschlechtern des roten Menschenvolkes der Glaube gelehrt worden, daß der Gute Geist sie heimnahm in die Gründe der ewigen Jagd und des ewig reifen Maises, wenn sie ein ehrliches Leben als Mann und Krieger geführt hatten. Jeder von ihnen hatte, sobald er erwachsen war, seinen eigenen Todesgesang vorbereitet, den er, wenn es zu Ende ging, anstimmen wollte; und in keinem dieser Gesänge fehlte die Bitte an den Großen guten Geist, die Seele zu sich in die Landschaft der guten Jagd und des grünen Korns zu rufen.

Darum war das Entsetzen, das Ten-squa-ta-was Worte hervorriefen, groß und die Wirkung nachdrücklich. Die Zaubereien Tete-boschtis, die Stimmen der Nacht und des Sturmes, die Gebete der Angst, die sie zuvor gesungen hatten, die Ereignisse dieses langen, harten Winters hatten ihre Herzen vorbereitet, und als nun Offene-Tür von ihnen forderte, das feurige Wasser, das den Magen verderbe und die Hand des Jägers unsicher mache, in Zukunft zu meiden, da beschlossen sie alle, seinen Worten zu folgen.

Aber Ten-squa-ta-wa sprach weiter. In diesem Winter, der überall die Geister öffnete für wunderbare Worte, der sie ebensogut zu schlechten wie zu heroischen Taten bereit machte, in diesem Winter des bitteren Frostes, der schneidenden Schneestürme, der dichten Nebel legte er den Grund zu seinen späteren Erfolgen. Bei den Lenape und den benachbarten Stämmen wurde der Name Tecumsehs und seines Bruders zu einer Verheißung, die sich wie ein Feuer von Stamm zu Stamm ausbreitete. Tecumseh kannten sie alle. Daß Tecumseh sein Bruder war, schaffte Ten-squa-ta-wa offene Herzen und Ohren. Die Predigten des Zaubermannes, der in diesem Winter zum Propheten wurde, der sein Volk wachrüttelte, verhalfen Tecumseh wieder zu größerem Ruhm. Und so stützte einer den anderen.

Ten-squa-ta-wa sprach zu den Lenni Lenape, was er in diesen Wochen und Monaten schon oft gepredigt hatte.

Er verbot, Kleider der Weißen zu tragen, Glasperlen oder Baumwolldecken einzutauschen. Die Haut des Hirsches sei das Kleid, das Manitu seinen Kindern gegeben habe. Das Hirschfell sei dichter, wärmer, halte länger. Statt auf Baumwolldecken sollten sie wieder auf Bärenfellen schlafen, statt Stoffmänteln, die nicht für den Wald bestimmt seien, sollten sie wieder Mäntel aus Bisonfell tragen. Sie sollten die Speisen der Weißen meiden und dafür so viel Mais anbauen, wie ihre Eltern in früheren Jahren getan hätten, als es im Land der roten Völker nirgends so große Maisfelder gegeben habe wie bei den Lenape, den Shawnee und den Miami, die alle die Kinder Manitus seien.

»Das Wild gibt euch Kleider und Mäntel und Schuhe, Sehnen für den Bogen, Leim und Häute für die Schilde, Taschen und Beutel für die Vorräte, Hörner als Becher und Gefäße, Fleisch für den Hunger und sogar die Wände für eure Zelte. – Krieger der Lenape, verachtet die Weißen, haltet euch von ihnen fern.«

Er forderte, die Jugend wieder zur Achtung vor den Älteren zu erziehen, wie es früher selbstverständlich gewesen sei. Sie sollten lernen, für die Schwachen zu sorgen und für ihren Stamm einzustehen:

»Krieger der Lenni Lenape! Manitu wird sich seiner Kinder wieder erinnern, wenn sie zu dem Leben zurückkehren, das er für sie bestimmt hat. Er wird euch glücklich und zufrieden machen, er wird das Unglück dieses Landes, die Langen Messer, vernichten und zurücktreiben. Wenn ihr tut, wie Manitu will, so wird euch die Gunst des Großen Jägers wieder zuteil werden. Euer Bogen wird unfehlbar sein, und euer Wigwam wird stets gefüllt sein mit der Beute eurer Jagden.«

So sprach Ten-squa-ta-wa, Offene-Tür. Er verstand es, die Seelen seiner Zuhörer zu verzaubern, hinzureißen und zu entflammen. Er errang einen großen, vollständigen Sieg.

Offene-Tür blieb vier Tage im Dorf des Lenape-Clans Unami. In jeder Nacht dröhnte der metallene Ruf über die Hütten, er übertönte das Heulen des Sturmes und den Eisdonner auf dem Miami. Und die Männer und Frauen lauschten dem fremden Klang und den Worten des Propheten.

Dennoch fühlte Ten-squa-ta-wa, daß ein Widerstand ihm entgegenarbeitete. Hatte er am Abend die Lenape für sich gewonnen, und glaubte er am nächsten Tage auf festen Boden zu treten, so mußte er bemerken, wie ihm die Augen, die ihn am Abend zuvor gläubig angeblickt hatten, im Lichte des Tages auswichen, wie auf Fragen verlegene Antworten und offene Ausreden kamen, und so mußte er an jedem Abend von neuem beginnen.

Er ahnte, wer sein Widersacher war. Aber als ihm eine Verwünschung entfuhr, weil ein junger Krieger ihm wieder nicht Rede und Antwort stehen wollte, da hörte er die halblaut gesprochenen Worte: »Die Macht Tete-boschtis wird Huschender-Wolf behüten.«

»Huschender-Wolf wird die Macht Manitus erkennen«, fuhr Ten-squa-ta-wa ihn an; und er beschloß, Tete-boschti zu vernichten.

Ten-squa-ta-wa veranstaltete noch einen großen feierlichen Anruf des Großen Jägers, bei dem er den Vorsänger und den Vortänzer machte. Dann verließ er die Lenape mit dem Versprechen, im Sommer zu ihnen zurückzukehren.

Aber noch war Winter, und er dauerte lange und wurde härter und kälter mit jeder Woche. Die Tiere, die ihn bis jetzt überstanden hatten, traten den Schnee unter den Bäumen fest und lebten von der Rinde der jungen Schößlinge, von Moos, das sie mit den Hufen unter dem Schnee hervorscharrten, und ihr Fell wurde dick und warm. Als endlich doch der Frühling kam, da erholten sie sich in kurzer Zeit von den Hungermonaten.

Auch Tecumseh war im Winter nicht müßig geblieben. Er hatte sich einen Tobboggan gebaut, und als die Stürme nachließen, fuhr er mit ihm an den Ufern des Michigan-Sees entlang und besuchte die Häuptlinge, und ihre ernsten, alten Gesichter waren den klaren, überlegten Worten des viel Jüngeren in nachdenklichem Lauschen zugeneigt.

Das Gerücht von den Reisen des Propheten Ten-squa-ta-wa lief durch die Stämme an den Seen und gelangte bis in die verstecktesten Dörfer, und die Kunde von den Plänen seines ruhigen Bruders wurde von den Häuptlingen und den weisen Männern weitergetragen.

Als der Frühling kam, war Tecumseh wieder in seinem Dorf. Die Shawnee hatten sich zu jener Zeit in drei Abteilungen gespalten, die getrennt voneinander wohnten. Der letzte unglückliche Krieg hatte die Stämme durcheinander geworfen, die große Landabtretung, die eine der Bedingungen des Friedensvertrages gewesen war, hatte die roten Völker noch mehr ineinander verklammert, sie waren endgültig vom Ohio abgedrängt worden, sie durften »die Freude ihrer Augen, den schönen Strom« nicht mehr sehen. Damals waren viele Dörfer verbrannt, die Ernten ver-

nichtet, die Vorräte zerstört worden. Miami, Wawiachta, Piqua-
lenni, Lenape und Potawatomi lebten ineinander verzahnt, niemand hätte noch das Gebiet des einen Stammes von dem des
anderen klar abgrenzen können. Freundschaften, die im letzten
Krieg gewachsen waren, hatten sich stärker erwiesen, als die bloße
Zugehörigkeit zu einem Stamm. Aber die Überlieferung lebte
doch noch in allen, und Tecumseh nahm es auf sich, sein Volk
wieder zu vereinen, die Verwandten und Clans wieder zusam-
menzuführen.

Er begann zu jagen. Noch war das Fell der Tiere gut. Er bildete
eine kleine Gesellschaft von Jägern, der Ein-Pfeil und andere seiner engsten Freunde angehörten. Der treue Kish-kalwa gehörte
dazu, dessen Name bedeutet: Dem-der-Mond-freundlich-ist. Das
war ein gewaltiger Name, denn der Mond war das Symbol Manitus, des Jägers.

Und wirklich hatte der stille, freundliche Mann in seinem
Stamm nur Freunde. Seine Treue bedeutete viel für das Ansehen
Tecumsehs. Auch Peta-Kuta lebte und jagte mit Tecumseh, und
der junge Baumspäher war glücklich, mit den Älteren ausziehen
zu dürfen. Ein-Pfeil war sein Freund wie an jenem Tage, als Baumspäher noch Gelber-Wolf geheißen hatte und als Ein-Pfeil den
Jungen davor bewahrt hatte, einen Spottnamen tragen zu müssen.

Die besten Jäger des Clans Mse-passe, deren Totemtier der
Puma ist, jagten, und sie brachten ungeheure Beute heim.

Als sich genug Pelze angehäuft hatten, erklärte Tecumseh, er
selbst werde mit der Jagdbeute in die Stadt der Blaßgesichter fahren, und die Shawnee sollten erfahren, welchen Preis er für die
Felle dieses Winters erhalten würde.

»Sechs Biberfelle für diese Decke!«

Fort Vincennes lag auf einer niedrigen Anhöhe am linken Ufer des Wabash-River, der etwa hundert Kilometer unterhalb der Stadt in den Ohio mündete. Die Blockhütten der Einwohner, die Werkstätten und Vorratshäuser lagen verstreut um die einfache Befestigung herum und zogen sich bis an das Ufer des Flusses hinunter. Dort am Fluß selbst hatten vor allem die Pelzhändler und Schankwirte ihre Hütten gebaut, jeder in dem Bestreben, den Indianern so nahe wie möglich zu sein, die vom Norden her den Fluß herunterkamen, um ihre Felle zu verkaufen und Schnaps dafür einzuhandeln. Der Whisky war nicht eigentlich das Ziel ihrer Reise. Sie kamen immer mit der Absicht, Pulver und Blei oder neue Gewehre, Zucker, wollene Decken und andere Dinge zu kaufen, die sie brauchten. Doch meistens fuhren sie mit leeren Kanus, aber mit dicken Brummschädeln ab, die ihnen das Feuerwasser einbrachte.

Am Wabash-River war es Frühling geworden. Die Ufer grünten, die schlanken Birken spiegelten ihre schmalen, weißen Leiber in den Fluten des breiten Flusses, die gelben Blütenwedel hingen fast bis auf das Wasser hinab. Es war ein schöner Tag.

Und das sagte man auch im Hause Kain M'Caughans, dessen Hütte am weitesten außerhalb der Stadt lag. Die Hütte lag auf einem leicht erhöhten Platz, und man konnte von ihr aus den Fluß weit hinaufsehen.

Es war ein schöner Frühlingstag, und es war Zeit, daß es Frühling geworden war, das sagten sie alle, Thomas Wills und Campell, Fuller, Morehead und Tex Bullit, das sagte selbst Benjamin Shannon, ein Riesenkerl mit Gliedern wie ein Ringkämpfer. Shannon, der nie einen Hut, eine Münze oder Pelzkappe auf seinem dichten Haar trug und doch heilfroh gewesen war, daß er in diesem Winter noch ein altes Biberfell in einem Winkel seines nicht sehr ordentlich gehaltenen Hauses gefunden hatte. Daraus hatte er sich ein wahres Monstrum von Kopfbedeckung zurecht-

24

geschneidert, ein wüstes Gestell, das Kappe und Ohrenwärmer, Halskragen und Nasenschützer zu gleicher Zeit gewesen war.

»Ich hätte sonst doch noch meinen Billie schlachten müssen, die alte, treue Hundeseele; und sein Fell wäre nicht so warm gewesen wie der Biber. Das war ein Winter, ihr Burschen, daran wird meines Enkels Großvater noch oft denken!«

Ja, da waren sie einer Meinung. Das Wild war schon zu Wintersbeginn bis zwischen die Häuser der Stadt geflohen, an die windgeschützten Seiten der Häuser und Ställe. Meistens schwache Hirsche, die so erschöpft waren, daß sie, wenn sie nicht überhaupt schon tot im Schnee lagen, sich widerstandslos abschlachten ließen, ohne mehr als einen ohnmächtigen Versuch zu machen, wieder ins Freie zu laufen. Ihre Felle waren hochwillkommen in Vincennes. Aber als dann im November eines Morgens viele tausend Wachteln erfroren auf den Straßen der Stadt gefunden worden waren, da hatte auch der lockerste Leichtfuß ein bedenkliches Gesicht gezogen. Jede ruhige Stunde nutzten die Männer von Vincennes, um noch mehr Holz zu schlagen und zu ihren Hütten zu bringen, trotz Frost und hohen Schneeverwehungen zogen sie in die Wälder und fällten junge Bäume, spalteten, sägten und hackten Feuerholz. Denn wenn das Brennmaterial im Herd ausginge, wäre die Lage bitterernst.

Manche waren fromm geworden in diesem Winter und andere noch gotteslästerlicher als zuvor. Und mancher hatte über ein Wort des Shawnee-Jim nachgedacht, der, seit er zu saufen und zu fluchen aufgehört hatte, plötzlich von einer drohenden Würde umwittert gewesen war. Jim hatte zu einem Weißen gesagt, der ihm von früheren Zeiten her noch wohlgesinnt war, weil der Indianer ihm einmal das Leben gerettet hatte:

»Mein Freund, nimm dein Kanu, richte seine Spitze nach Süden und verlasse dieses Land. Megissowon ist aufgestanden, er wird einen Sturm schicken, und der Sturm aus dem Norden wird euch vernichten.« – Er selbst hatte sein altes Kanu mühsam geflickt und war zu seinem Volk zurückgekehrt.

Nun, dieser Winter war vorbei. Megissowon hatte nichts ausgerichtet. Der Frühling war da. Und davon sprach man im Hause M'Caughans. Aber auch davon, was wohl aus den Indianern geworden sein mochte, die im Norden wohnten, deren Namen man nicht behalten konnte, die in unzählige Völker zerfielen, die man verachtete und mißhandelte, und die man doch brauchte, denn sie brachten die Pelzladungen, von denen man lebte. Es war ja viel einfacher, den Indianer zu betrügen, ihn mit ein paar Gläsern Feuerwasser betrunken zu machen und ihm dann ein paar schlechte Decken, bunte Perlen, minderwertiges Pulver als Bezahlung für das wundervolle Pelzwerk zu geben, das er gebracht hatte – viel einfacher war das, als selbst in die Wälder zu ziehen. Alle waren der Meinung, daß die wohl restlos erfroren sein würden, und wer anderer Meinung war, der sagte es nicht, um sich nicht lächerlich zu machen. Die Gespräche gingen hin und her, es waren immer dieselben. Und dennoch sah jeder auf den Fluß und spähte scharf aus, ob nicht endlich ein Kanu sich zeigte.

So warteten sie Tag um Tag. Aber die Roten kamen nicht.

Eines Morgens aber lagen an die zwanzig Kanus im Fluß, hochbeladene Kanus, und in jedem saßen zwei Indianer.

Da gab es Lärm und Geschrei in den Wirtsstuben, Schnapsfässer wurden aus den Kellern gehoben, Baumwolldecken und alte Gewehre hervorgeholt, bunte Tücher und Glasperlen, kleine Handspiegel und allerlei Krimskrams. Die Indianer waren da, der Handel begann, das Geschäft begann, das gute Leben, der schnelle leichte Verdienst, der Betrug und das Geldscheffeln.

Und jeder wartete, daß sie herüberkämen, denn sie hatten am anderen Ufer angelegt, drüben, wo keine Hütte, kein Vorratsraum, kein Schnapsausschank war, jeder wartete und rieb sich im voraus die Hände, aber kein Indianer kam. Auch die Roten warteten, drüben am anderen Ufer.

Benjamin Shannon sagte als erster, daß die Roten keine Tuchhosen mehr trügen, daß sie in Leder gekleidet seien. Und jeder konnte es sehen, daß sie Pelzmäntel hatten, daß sie gesund aussahen, nicht abgemagert und verhärmt, wie man doch gedacht hatte.

Aber schließlich ging das nicht so weiter, daß man hier wartete und die anderen drüben, erst rief einer über den Fluß, und dann mehrere, und schließlich schrien sie alle, und dann fuhr Benjamin Shannon hinüber. Er wolle sie holen, sagte er. Jeder konnte sehen, daß er nicht einmal Whisky in seinem Boote hatte. Nein, Shannon meinte es ehrlich, man ließ ihn hinüberpaddeln.

Er kam zurück, und er hatte ein Gesicht, das so kreuzdumm anzusehen war, daß einige der Männer am Ufer nicht umhin konnten, ihn deswegen zu verspotten, obwohl sie voll Spannung waren, was er für Nachrichten brächte. Aber er antwortete nicht auf die Zurufe, er brachte sein Kanu ans Ufer, zog es an Land, winkte den Männern, ihm zu folgen. Sie gingen in die nächste Hütte, es war ein Lagerschuppen, der hier unten am Ufer war, der Lagerschuppen von Tommy Glenn.

Shannon sah seine Kameraden an, die seine Nebenbuhler in diesem Geschäft waren, die ihm voll Erwartung ins Gesicht sahen. Er setzte sich und sagte wie nach plötzlichem Entschluß: »Das wird ein schwerer Handel werden, Männer. Da ist ein Roter, der spricht englisch so gut wie ihr und ich. Er sagte, in einer Stunde komme er herüber, er wolle Pulver haben, Zucker, Salz und gute Gewehre. Und wer Forderungen habe, der solle sie zusammenrechnen, denn es werde alles bezahlt werden. Er zeigte mir die Felle. Bessere habe ich noch nicht gesehen. Der scharfe Frost mache die Felle dick, sagte der Rote. Er hat recht. Sie haben Füchse da, schwarze und rote, und Silberfüchse, Hirschdecken und Bison und Bär, Grauwolf und Marder. Ein ganzes Kanu ist voll von Eichhörnchenfellen, grauen und schwarzen.«

M'Caughan schrie, dann sei es ja gut. Der Handel könne beginnen, sie hätten ja nun lange genug gewartet. »Irrt euch nicht«, sagte Shannon. »Solche Felle sah ich noch nie auf einem Haufen. Aber solch einen Roten habe ich auch noch nicht gesehen.«

27

Aber die Männer lachten, der lange Winter habe Shannon verstört. Er hätte keine Kappe im Winter tragen sollen. »Bin mächtig neugierig«, sagte er nur. Aber Tom Glenn sagte, er habe da ein Faß guten Whisky, und sie wollten erst mal einen trinken auf das Geschäft. Und die anderen sagten, das sei ein Wort. Und sie tranken. Und tranken. Und tranken gleich noch einen dritten Becher hinterher. Und es wurde ihnen warm. Nun konnte ja der Indsman kommen.

Er kam. Aber er war nur von vier Mann begleitet und kam in einem Kanu. Die anderen neunzehn blieben am anderen Ufer.

Shannon sagte nichts, er nickte nur. Die anderen fluchten. Drüben waren die Pelze. Die Kanus waren im Wasser und bereit, wieder davonzufahren, das sah auch eine Nachteule.

Na, dann mußte man eben höflich zu dem Roten sein. Wenn die drüben erst sahen, wie ihre Brüder hier Whisky tranken, so würden sie bald auch hier sein.

Die fünf Indianer landeten, zogen ihr Boot auf den Strand, breiteten einige Fellbündel an Land aus und setzten sich am Ufer nieder. Die Weißen gingen ihnen entgegen, verlegen und neugierig, und wenn so ein Pelzhändler verlegen ist, macht er ein großes Geschrei. So gingen sie an das Ufer mit viel Lärm und Gelächter, und alle redeten zugleich auf die Indianer ein.

Einer von den Roten war aufgestanden, als die Händler herankamen. Es wurde ein Handel, wie ihn Vincennes noch nicht erlebt hatte. Feuerwasser lehnte der Indianer kühl ab. Für bunte Tücher habe er keinen Bedarf. »Unsere Frauen tragen Biberkragen«, sagte er kalt. Baumwolldecken schob er beiseite. Glenn konnte die Sache ganz und gar nicht begreifen, denn er hatte einen so schönen, großen Stapel Baumwolldecken in seinem Lager. Er bot dem Indsman immer wieder neue Decken an, das dünne Zeug, das man eigens für den Handel mit den Indianern herstellte, Decken mit blauen Streifen, mit roten Streifen, mit gelben und weißen Streifen – und der Indianer schob sie alle zurück. Als der Rote sogar die schwarz und weiß karierte Decke,

28

das neueste Muster, das Tom Glenn auf Lager hatte, die letzte Mode, das Schönste, was die Welt für eine Indianermiß zu bieten hatte – meinte Glenn –, als der Rote auch sie verächtlich zurückwies, da schrie Glenn ihn an, was ihm denn einfalle. Er habe die Decke zu nehmen, basta! Fertig. Abgemacht. Und vier Biberfelle seien wenig für solch eine schöne, bunte Decke.

Der Indianer sagte: »Der dicke rote Mann möge nicht so schreien. Die Ohren des Shawnee hören. Er möge hersehen.«

Und der Indianer nahm die schwarz und weiß karierte Decke, kniete auf das eine Ende, hob das andere mit der linken Hand hoch, so daß die Decke prall gestrafft war, und stieß mit der Faust durch das fadenscheinige, dünne Zeug hindurch, so daß ein großes Loch darin war. Dann stand er auf, faßte die Decke mit beiden Händen am Rand und riß sie mühelos auseinander.

Tom Glenn kreischte vor Wut. Er verlangte Entschädigung. Sechs Biberfelle sei die Decke wert, die wolle er dafür haben.

Der Indianer bückte sich, hob ein schönes, starkes Biberfell empor, warf es dem Händler zu. »Dieses Fell gebe ich dir, da ich deine Decke zerrissen habe. Du kannst kein Loch hineinstoßen, du kannst es nicht zerreißen, und das Fell ist warm.«

Glenn, rot im Gesicht, ging auf den Indianer zu: »Sechs Felle, oder ich lasse dich einsperren, Bursche!« schnappte er.

»Ein Fell«, sagte der Indianer. »Wenn der dicke rote Mann nicht zufrieden ist, erhält er noch fünf Felle. Aber er wird dann niemals mehr ein Fell von meinen Brüdern erhalten, keinen Marder und keinen Biber, nicht einmal ein Eichhörnchen.«

»Sechs Biberfelle für die Decke!« schrie Glenn.

Der Indianer sagte einige Worte zu seinen Landsleuten, die hinter ihm saßen. Sie reichten ihm fünf Felle hin. »Sechs Felle«, donnerte der Indianer. »Hier sind sie. Und kein Fell mehr. Der dicke, rote Mann kann seine Baumwolldecken in den Fluß werfen und seine Glasperlen den Hühnern als Speise geben.«

Und so ging es weiter. Der Indianer hatte ein bemaltes Leder in der Hand, darauf waren die Namen seiner Landsleute verzeichnet, die Schulden bei den Händlern von Vincennes hatten. Er las ihre Namen ab und rief die Zahl der Felle auf, war großzügig, nahm sogar die beanstandeten Felle zurück.

Inzwischen war Glenn über den Fluß gefahren, um dort mit den anderen Roten direkt zu verhandeln. Der Indianer unterbrach seine Abrechnung und wies zum anderen Ufer hinüber. Die Händler schimpften. Daran hatte in der Aufregung keiner gedacht. Glenn hatte ganz recht.

Aber dann sahen sie den ruhigen Spott in den Augen der Indianer vor ihnen. Sie verstummten und blickten zu Glenn hinüber. Er hatte ein ganzes Faß Whisky mitgenommen und keuchte nun mit dem Faß auf der Schulter den flachen Hang hinauf.

Es ging erst sehr ruhig drüben zu, aber dann hörte man die Stimme Glenns immer lauter und lauter werden. Die Pelzhändler, die alle nach dem anderen Ufer blickten, sahen nicht, wie die Indianer vor ihnen ihre Bündel zusammenpackten und sie lautlos in ihr Kanu legten. Zwei von ihnen saßen schon im Boot und hielten die Paddel in den Händen, die drei anderen warteten.

Drüben ging das Geschrei Glenns plötzlich in Angstgekreisch über, man sah die Indianer aufspringen, es gab ein kurzes Getümmel, und dann konnte man erkennen, daß sie einen strampelnden, um sich schlagenden Menschen zum Fluß hinuntertrugen, ihn in sein Boot legten, das Whiskyfaß hinterherfeuerten und dem Boot einen Stoß gaben, daß es in das offene Wasser hinausschoß und von der Strömung sofort abgetrieben wurde.

Ein gellender Schrei ließ M'Caughan, Shannon und die anderen Händler herumfahren. Sie sahen den Indianer, der bisher mit ihnen verhandelt hatte, in seinem Kanu stehen, von vier Paddlern mit ihren Paddelblättern wurde es gegen die Strömung gehalten. Sie hörten ihn indianische Worte rufen, die keiner der Weißen verstand, und sie hörten eine zustimmende Antwort von drüben, worauf die Indianer drüben zu ihren Booten liefen.

»Sind die weißen Männer bereit, gerecht zu tauschen, oder sollen wir nach Norden zurückfahren? Der Weg zu den Händlern in Detroit ist näher für uns als der nach Vincennes.«

Nun gaben sie nach. Shannon vor allem riet dazu. Und sie alle erkannten allzu deutlich, daß dies keiner von den versoffenen, heruntergekommenen Brüdern war, mit denen sie bisher zu tun gehabt hatten. Keiner kannte ihn. Er bezahlte die Schulden seiner Stammesbrüder auf Heller und Pfennig, auf Biberfell und Marderhaut. Zwei Tage dauerten die Verhandlungen. Und der Indianer hatte feste Preise. Die Gastwirte, die ja alle auch Pelzhändler waren, soffen vor Wut ihren eigenen Whisky aus. Aber die Felle, die der Kerl brachte, waren zu gut.

Als es einmal sehr hitzig zu werden drohte, da hob einer der Indianer seinen Bogen und schoß eine Taube aus der Luft herunter. Er hatte kaum gezielt, so sah es jedenfalls aus. Er holte den Vogel und warf ihn gleichmütig einem jüngeren Kameraden zu, der das Tier in ihr Kanu trug. Es war still geworden unter den Weißen. Shannon, vielleicht der einzige, der nicht nur Händler, sondern fast mehr noch Jäger war, sagte leise: »Seht euch vor, Jungs. Wir wollen Geschäfte machen. Drohungen wirken nicht. Wenn ihr losschlagt, gibt es mindestens fünf Tote – bei uns.«

»Der weiße Jäger hat recht«, sagte laut der Anführer der Indianer. »Mindestens fünf. Die Blaßgesichter mögen einmal hersehen.«

Alle Blicke wandten sich dem Sprecher zu. Sie sahen ihn in seinen Gürtel greifen, und bevor sie noch recht erkannt hatten, was geschah, heulte ein struppiger, herrenloser Köter auf, der sich schon seit längerer Zeit um die Männer herumtrieb. Er heulte und sank zu Boden. Und als sie hingingen, da staken zwei Messer in seinem Körper, dicht nebeneinander. Zwei Messer! Und sie hatten alle nur eins fliegen sehen.

Der Indianer holte sich seine Waffen wieder und warf die Leiche des Hundes ins Wasser.

»Besser, es stirbt ein Hund als einer meiner Brüder«, sagte vieldeutig und gedehnt der Indianer.

Schließlich wurden sie doch einig. Und am Ende war sogar Glenn zufrieden. Er hatte freilich zu Kreuze kriechen und fünf Biberfelle zurückgeben müssen. Das war ihm sehr, sehr schwer gefallen. Aber darauf handelten die Indianer auch mit ihm. Ihre Felle waren zu gut. Das sahen diese Fachleute ja auf den ersten Blick, und jede genauere Prüfung bestätigte ihre Meinung. Das Haar war dicht und lang, es saß fest und glatt und hatte den Glanz, den nur das Fellkleid gesunder Tiere hat.

Die Indianer verlangten gesalzene Preise; und doch waren sie so niedrig, daß die Pelzhändler immer noch das Doppelte und Dreifache von dem verdienten, was sie dafür bezahlten. Und so hatten sie sich, als der Handel erst einmal ruhig in Gang war, nicht mehr gesträubt, hatten die Preise bewilligt, hatten, zwar wütend, anderes Pulver gebracht, wenn der Indianer, der sich sehr genau auskannte, das verfälschte, mit Staub gemischte Pulver abwies, aber sie hatten es eben doch gebracht. Es zeigte sich, daß sie sogar brauchbare Gewehre da hatten und nicht nur alte, ausrangierte Donnerbüchsen, die zwar laut krachten, aber aus Grundsatz um die Ecke schossen.

Erst als die Indianer in der Dämmerung des zweiten Tages abfuhren, ohne auch nur einen Tropfen Feuerwasser getrunken zu haben, da kamen die Herren Händler und Schankwirte wieder zur Besinnung und machten lange Gesichter und kratzten sich den Kopf. Zum Schluß aber tranken sie das Feuerwasser und schimpften ausgiebig auf diese roten Schufte. Denn die Wirte hatten in weiser Voraussicht den Whisky mit Flußwasser verdünnt, als sie der Indianer ansichtig geworden waren. Was braucht der Indianer echten Whisky! Und nun mußten sie das verdünnte, wässerige Zeug selbst trinken.

Das erste Glas

Der Frühling war gekommen mit warmem Regen, mit Sonnenschein und milden Südwinden, das Gras wuchs hoch und dicht, die Bäume standen im hellen Grün ihrer rauschenden Kronen, und die Vögel sangen und jubilierten. Manitu, der Freund und Vater des roten Volkes, war zurückgekommen. Mancher erhob die Hände zum Himmel und dankte der Sonne und dem Großen Jäger, der die Frostdämonen und Nebelgeister, die Sturmbolde und Schneegesichter vertrieben hatte.

Auf den Handelspfaden, den Jägerwegen, auf Büffelstraßen und Hirschsteigen liefen die Boten und hatten viel zu erzählen und zu melden. Sie trugen Bilderschriften und Wampumschwüre, Perlengürtel und bemalte Pfeifen von einem Dorf zum anderen, und wohin sie kamen, da begannen die Zaubergesänge zu ertönen, da reihten sich die Männer zum Tanz, und die Rasseln schwirrten. Die Rindenkanus fuhren die Flüsse hinauf und die Ufer der Seen entlang, an den Trageplätzen zwischen Kitschikumi und dem Na-maessi-ssipu, zwischen dem Oberen See und dem Mississippi, saßen die roten Männer um die Lagerfeuer, und die Zollwächter der roten Völker hörten von den fahrenden Leuten, die nun wieder mit Kupfer und Salz, mit Tabak und roter Farbe, mit Tellern und Schalen, Pfeilspitzen und Pfeifenstein die Flüsse abfuhren und an den Zollstationen der Stämme anlegten, dunkle Gerüchte. Die Baumtrommeln in den Dörfern wirbelten dumpf und riefen zu den Abendversammlungen, und die Kunde von dem Propheten der Shawnee lief tausendfüßig in die Täler, über die Berge und durch die Wälder.

Es ging die Rede von einem großen Bunde der roten Völker und einem neuen Leben. Man sollte die Weißen meiden, hieß es, ihr Feuerwasser zurückweisen, ihre Glasperlen und bunten Decken. Hirschleder und Biberpelz sei das Kleid der roten Menschen, Büffelfleisch und Mais ihre Nahrung, ihr großer Geist Manitu und nicht der Gott des dicken Buches.

Die alten Leute führten den Namen Pontiacs und Cornstalks auf den Lippen, sie holten ihren Kriegsschmuck hervor und bemalten in mühsamer, wochenlanger Arbeit, angefeuert von der Erinnerung an die Zeit, da ihre Füße schnell, ihre Lungen stark und ihre Augen sicher waren, versunken in den Glanz der alten Tage mit liebevoller Hand die Bisondecken mit den Bildern ihrer Taten. Das junge Volk, seit Jahren schon in Frieden lebend, vom Feuerwasser, vom faulen Leben durch die Unterstützungsgelder der Regierung verwöhnt, schmutzig und krank, das nur noch jagte, um in Vincennes und Fort Wayne, in Detroit oder Cahokia saufen und spielen zu können, hörte mit dumpfem Erstaunen die Erzählungen von den versunkenen Zeiten, ließ sich die Bilder auf den Mänteln der alten Männer erklären, dieser Häuptlinge, die steif waren von der Gicht und vom Alter, die sie fast schon verachtet hatten und die nun im Schmuck von Adlerfeder und Büffelhorn am Feuer saßen, deren Körper überall die Narben von ihren Kriegswunden zeigten, sorgfältig ausgemalt mit blauen und roten Farben. Noch war die Erinnerung an die alten Zeiten nicht verblaßt, auch die Jungen hatten ja fast alle wenigstens den letzten Glanz der glücklichen Zeit noch erlebt.

Die Predigten Ten-squa-ta-was wurden weitergesagt und besprochen, die alten Häuptlinge nickten dazu, und viele Männer in den Dörfern, die in der Nähe der weißen Siedlungen lagen, erkannten die Schande. Sie suchten in den Hütten und Zelten, bis sie den alten Bogen wiederfanden und ein paar Pfeilspitzen; und sie besserten die alte Waffe aus oder fertigten sich eine neue. Da und dort aber sandten die südlichen Dörfer Boten in den Norden, ob man sie wohnen lassen wolle unter ihren Brüdern. Und nach wenigen Wochen zogen sie dann aus mit Mann und Frau und Kind, mit Hund und Pferd und Sack und Pack.

Aber die erste Reise, die Tecumseh nach Vincennes gemacht hatte, um seinen roten Brüdern zu zeigen, wie man Pelze und Felle verkauft, hatte doch fast noch mehr als die Zaubertänze Ten-squa-ta-was unter den Indianern gewirkt. Hier hatte einer mit den

Forderungen des neuen Propheten ernst gemacht – so faßten es die roten Jäger auf. Er hatte das erste Glas Whisky schon abgelehnt, obwohl er es doch gar nicht hatte bezahlen sollen, obwohl es doch als Geschenk gedacht gewesen war. Er hatte das erste Glas abgelehnt und darum die Kraft behalten, auch alle weiteren abzulehnen, und er hatte nicht nur Gewehre und Pulver, sondern auch eiserne Äxte und Spaten und Hacken mitgebracht, mit denen man den Boden viel leichter bearbeiten konnte als mit den einfachen Holzhauen, die die Indianer selbst anfertigten. Er hatte großen Erfolg gehabt, alle seine Begleiter Ruhm und Ehre, und sie waren reich zurückgekehrt. Zugleich hatte Tecumseh die Schulden vieler Stammesbrüder, die ihn gar nichts angingen, auf Heller und Pfennig bezahlt und erledigt.

Wohl unterlag noch manch einer der Gier nach dem brennenden Wasser, aber wenn er dann am anderen Morgen aufwachte mit brummendem Schädel und sein Boot leer von Pelzen sah und nur ein paar lumpige, dünne Baumwolldecken darin fand, ein paar bunte Glasperlen und lächerliche Ketten, ein paar Messer, deren Schneide abbrach, wenn man sie an hartes Holz setzte – und wenn er dann seinen Kameraden nachsah, die stolz mit vollen Ladungen nach Hause fuhren, dann lernte auch er, beim nächsten Mal standhafter zu sein. Die Ladung Pelze, der Ertrag vieler Wochen mühseliger Jagd, war und blieb verschenkt. Aber das Dorf lachte, und im Clan war ein Spottname schnell erworben, schneller als ein Kriegsname, und war schwer wieder zu verlieren.

Ja, Tecumsehs Fahrt nach Vincennes hatte große Folgen gehabt, und er sorgte dafür, daß sie wiederholt wurde. Er schickte Ein-Pfeil, Kish-kalwa und Peta-Kuta, stellte sie an die Spitze der Bootsmannschaften. Alle drei waren beliebt, geehrt und bekannt weit über den Stamm und den Clan hinaus, dafür hatten die vielen Kriege vergangener Jahre gesorgt. Und auf ihre Treue, ihren Mut und darauf, daß sie nüchtern blieben, konnte sich Tecumseh verlassen.

Das erste Glas Whisky hatten die Händler stets als Gastgeschenk bezeichnet, und es war schlechte Erziehung, ein Gastgeschenk abzuweisen. Das wußten die Händler, und so hatte es immer begonnen. Aber nun zeigten die Indianer, daß sie den Betrug durchschauten, daß sie lieber als schlecht erzogen gelten wollten, als sich noch länger betrügen zu lassen.

Der Aufruhr und die Unruhe, die Wut der Händler wuchs, es kam zu Gewalttaten in Vincennes. In den Dörfern der Indianer hielten die Weißen sich noch zurück. Doch nun lief neue Kunde über die Waldwege und Flußläufe, neue Boten mit neuen Weisungen, und die Kanus der Indianer blieben aus. Nun mußten die Händler selbst hinausgehen, selbst wieder zum Paddel greifen wie in früherer Zeit, und waren es doch schon gänzlich ungewohnt.

Aber es blieb nichts anderes übrig, und so machten sie sich auf die Reise, die Flüsse und Bäche hinauf – und schleppten fluchend und keuchend ihre Whiskyfässer über die Trageplätze zwischen den Wasserstraßen. Aber wenn sie endlich ankamen, dann fanden sie manches Dorf bei Kaskaskia und Peoria, bei Fort Wayne und Detroit verlassen, und doch war keine Spur von Krankheit oder Überfall zu sehen, die Indianer mußten freiwillig gegangen sein. Nun, das war man gewöhnt. Der Wandertrieb steckte im Indianer, das glaubten sie und fuhren den Fluß weiter hinauf, in die nächste Niederlassung, da würde man seinen Whisky schon loswerden. Aber auch dort standen die Erdhäuser leer, und die Felder waren nicht bestellt. Fand der Händler aber doch noch Indianer im Dorf, so wiesen sie den Schnaps zurück und machten kühle Gesichter. Ob sie Pelze hätten? Ja, natürlich, aber die brauchten sie selber, höchstens, wenn er gutes Pulver und eine genau gearbeitete Büchse hätte, dann ließe sich vielleicht darüber reden, meinten mit ruhigen Gesichtern die Indianer.

Keiner von ihnen trug mehr die lauernde Gier nach Schnaps zur Schau, die diese Händler so gut kannten und noch besser auszunützen verstanden. Und wenn sie ein Glas einschenkten und hinüberreichten, es sei ein Gastgeschenk, es koste ja nichts, so erlebten sie das Ungeheure, daß der Indsman es dem Weißen nicht wie früher fast aus den Fingern riß, sondern daß er mit ruhiger Hand das Glas beiseite schob, er habe kein Verlangen nach dem Wasser, das dumm mache und arme Indianer betrügen helfe. Decken? Nein, auch Decken brauchten sie nicht, sie hätten ja Bärenfelle und Hirschfelle, sie hätten genug – es war wenig zu machen, und die Gesichter der Händler wurden länger und grimmiger mit jedem neuen Tag. Sie hockten immer öfter da mit stieren Gesichtern, fluchten und schimpften und wollten nicht selten den roten Mann zwingen, das Feuerwasser anzunehmen. Aber dann sahen sie wie die Gesichter der Lenape und Shawnee, der Wawiachta und Ottawa, und wie sie alle hießen, wie die Gesichter hart wurden und drohend, und wie da und dort eine Hand mit einem Wurfmesser spielte. Dann wurden sie doch kleinlaut bei all ihrem wilden Mut, denn sie wollten ja Geschäfte machen und nicht den Tod einhandeln.

Wenn sie aber nachforschten, wer denn da in des Teufels Namen dahinterstecke und warum denn ihre guten roten Brüder so bockbeinig seien, dann sahen sie verschlossene Gesichter und abwehrende Mienen. Die Pelzhändler waren weitgereiste Männer, sie kannten auch die Stämme im Norden und Westen, und sie sahen bald, daß da eine große Wandlung vor sich ging, daß die Stämme in der Nähe der Grenze sich bemühten, das Leben der Wildnis wieder aufzunehmen, das sie früher einmal geführt hatten und das die entfernteren Völker noch immer lebten.

Aus den Fortstädten verschwanden allmählich die herumliegenden, zerlumpten Gestalten betrunkener, nach Whisky gierender Indianer. Und manch ein weißer Mann fand zweihundert Meilen tief in den Wäldern einen kühlen roten Jäger, der ihn schweigsam und höflich mit Bärenschinken und Maiskuchen bewirtete, und erkannte erst spät, daß Lautloser-Rundfuß oder Schneller-Hirsch derselbe war, den er als den ewig besoffenen

Billy-Billy-Wea oder Messerschmeißer-Johnny von Kaskaskia oder der Schenke M'Caughans zu Vincennes her kannte.

Die Händler waren schlau und forschten nach, und schließlich hörten sie doch einmal einen Namen, hörten das Wort Tecumseh oder Springender-Berglöwe, und dann schüttelte wohl einer von den erfahrenen Grenzern den Kopf; den Namen habe er schon einmal gehört, doch müsse es lange her sein. Aber meistens kam ihnen der Name Ten-squa-ta-wa zu Ohren, ein unbekannter, ein gänzlich nichtssagender Name. Und wenn sich doch einmal eine Squaw mit ihnen einließ, dann verriet sie wohl auch etwas von einem Traum, den Ten-squa-ta-wa gehabt habe, und vom neuen Leben, von einem seltsamen Ton in der Nacht und den Tänzen unter den Bäumen im Abendschatten.

Aber damit konnten die Händler wieder nicht viel anfangen, denn daß die Indianer gern Tänze aufführten, daß sie Träume hatten und sangen, das wußten sie auch so.

Es war Unruhe unter den Weißen im Wabash-Tal und um den Unterlauf des Illinois und des Kaskaskia-River. Die Wälder im Norden brummten und summten wie von fernen großen Bienenschwärmen, und immer häufiger fiel der Name Ten-squa-ta-wa, immer öfter hörte man von dem Propheten der Shawnee. Und selbst die neuen Ansiedler wußten oder lernten es jetzt, daß die Shawnee durch Jahrzehnte unversöhnliche Feinde gewesen waren. Wenn die Lenape und Miami Ruhe gehalten hatten, dann waren die Shawnee um die Blockhütten und Dörfer geschwärmt und hatten ihre Brüder wieder mitgerissen. Sie waren stets die ersten beim Angreifen und die letzten beim Friedensschluß gewesen.

Und nun war es also wieder ein Shawnee. Fast acht Jahre lang hatte man von diesem Stamm nicht mehr gehört als von den anderen auch. Und nun war wieder ein neuer Name da, kein Friedens- und kein Kriegshäuptling, nein, ein Schamane war es diesmal. Ten-squa-ta-wa – das war schwer zu merken, und die Grenzer und Bauern, die Händler und Pelzjäger, sogar die Offiziere in der Garnison und der Gouverneur in Vincennes, sie alle begannen doch, sich den schweren Namen einzuprägen. Ten-squa-ta-wa, das sollte »Offene-Tür« heißen. War es eine Tür zum Frieden oder zum Krieg, zur Versöhnung oder zum Mord?

Ten-squa-ta-wa reiste im Kanu und zu Pferde, wanderte und predigte, heilte Kranke und machte Regenzauber, bekämpfte den Schnaps und die Uneinigkeit zwischen den Stämmen. Tecumseh aber war schon lange nicht mehr im Lande. Er war zum Abschluß des Friedens an die Donnerbucht des Oberen Sees gefahren, er traf sich mit Wanata, Kleiner-Biber und den Häuptlingen der Lakota und Anischinabe; sie schlossen den Vertrag, beschworen ihn mit feierlichen Eiden, mit dem Rauch der Friedenspfeife und dem Austausch kunstvoll gestickter weißer Wampumgürtel. Kleiner-Biber, der oberste Sachem aller Anischinabe, aber sagte das gleiche, was Wanata gesagt hatte, als Tecumseh sich im vergangenen Herbst in der Lagerstadt der Lakota von ihm verabschiedet hatte, auch Kleiner-Biber sagte feierlich vor den Häuptlingen und allen weißen Männer seines Volkes: »Wenn der Berglöwe glaubt, daß es Zeit ist, sich zum Sprunge zu ducken, so schicke uns das Bündel mit den blutigen Pfeilen, mein Bruder Tecumseh, und Kleiner-Biber wird kommen mit allen Kriegern seines Volkes und an deiner Seite kämpfen.«

Tecumseh dankte, Stolz und Freude waren in seinem Blick. Aber dann bat er um Begleiter auf seiner Heimfahrt, denn er wolle die Utagami, die Hotchangara und die Kickapoo besuchen und nun auch sie, die kleineren Stämme, werben.

Pelzgeschmückte Anischinabe-Häuptlinge und Führer der Lakota in langen Federschleppen sprangen auf und baten, sie mitzunehmen. Wanata und Kleiner-Biber stimmten zu, Wanata gab seinen Sohn Biberkopf mit, Ongpatonga, der Häuptling der Santee kam mit seinem Sohn Mataton, dem jungen Freund Tecumsehs, und die Häuptlinge nahmen weiße Wampumgürtel und folgten dem Shawnee.

Der hatte es nun leicht. Die kleineren Völker hatten gefürchtet, daß sie nun, da die beiden großen Nationen Frieden geschlossen hatten, von einer von ihr angegriffen werden würden. Jubel und Dankbarkeit herrschten, als Tecumseh ihnen die Versicherung weiteren Friedens brachte. Die Pfeifen kreisten, mit grüner und weißer Farbe, den Farben des Friedens, wurden die Verträge auf Hirschleder gemalt, und die Häuptlinge setzten das Zeichen ihrer Clans und ihren Namen darunter.

Wohl waren die Utagami und die Kickapoo kleinere Stämme, aber gerade weil sie sich immer in der Minderzahl befunden hatten, waren sie schlau und ausdauernd, erfahren in allen Künsten und Schlichen des Kriegspfades, Fährtensucher und Pfadfinder wie kaum die Jäger eines anderen Volkes.

Und fünfzehnhundert oder zweitausend Krieger konnten sie immer noch stellen. Immer noch waren sie, die nur die Kriege mit ihren rothäutigen Nachbarn gekannt hatten, viel stärker als die Lenape, die Shawnee oder gar die Wyandot, die nicht viel mehr als achtzig waffenfähige Männer hatten – und doch waren darin schon die Greise und die älteren Knaben eingerechnet. Unsagbar hatten die Wyandot geblutet. Und doch, welch ein Sturz war furchtbarer als der der Lenni Lenape, die einst das herrschende Volk am Salzmeer gewesen waren, und die in zweihundert blutigen Jahren wie das Wild in den Wäldern gehetzt, geschlagen, betrogen worden waren, die seit zweihundert endlosen Jahren keine Heimat mehr kannten, denn an jedem neuen Wohnsitz waren sie aufgespürt worden, aus allen Tälern waren sie verjagt worden. Immer noch konnten sie tausend Krieger stellen, aber was war das gegen die Zahlen jener Zeit, als alle Stämme der Algonkin vom Mississippi bis zum Salzmeer sie Großvater genannt und sie als ihren Oberherren und Richter anerkannt hatten?

Tecumseh hatte sich die Stämme im Westen und im Norden persönlich zur Dankbarkeit verpflichtet.

Nun war es Zeit, auch den Stämmen am Wabash seine Macht zu zeigen, dachte Tecumseh. Zu Hause galt man am wenigsten.

Wohl war er ein großer Jäger und ein noch größerer Krieger, das konnte niemand bestreiten. Aber allzuoft hatte er den Neid älterer Häuptlinge erfahren, die Mißgunst Gleichaltriger. Nicht alle waren wie Ein-Pfeil und die anderen Freunde, die sich ihm begeistert anschlossen.

Da waren Bluejacket und Lälaschikah, die alten Widersacher, da war unversöhnlicher denn je der uralte Lederlippe, der sich von den Wyandot in ihren Stamm hatte aufnehmen lassen, um nicht Tecumsehs wachsenden Ruhm stets vor Augen zu haben, denn die jüngeren Shawnee hingen alle Tecumseh an. Lederlippes Haß gegen Springender-Berglöwe aber stammte schon aus der Zeit, da Tecumseh ein zwölfjähriger Knabe gewesen war. Damals schon war Lederlippe alt gewesen, und doch hatte der Knabe Tecumseh ihm eine bittere Niederlage bereitet. Und noch oft, auch in späterer Zeit, waren die beiden zusammengestoßen, und Tecumseh hatte immer gesiegt. Da war schließlich der nun eisgrau gewordene Sachem Cata-he-cassa, früher Tecumsehs Freund, aber nun müde und vorsichtig geworden, ein Zauderer, ein alter Mann. Es war noch viel Arbeit zu leisten. Doch der Erfolg kam näher und näher.

Tete-boschti

Das Grauen war eingekehrt bei den Lenni Lenape. Die Frauen hockten in den Häusern, tief in die dunkelsten Ecken geduckt, hüllten sich in Hirschfelle und wollten nichts sehen von der Welt, sie ließen sogar das Feuer in den Hütten ausgehen, und das war die schlimmste Sünde gegen den Geist des Hauses. Doch die Männer achteten nicht darauf, ob die feine Rauchsäule oben aus der Dachluke stieg. Die Jäger und Krieger saßen dicht gedrängt, von Schauern geschüttelt, die Schreie noch im Ohr, die aus dem Munde der Gestorbenen aufgestiegen waren.

Das Grauen war im Dorf, und der Zaubermann der Shawnee

sorgte dafür, daß es nicht starb. Plötzlich, an einem hellen, heißen Sommertag, war er wieder dagewesen. Der unheimliche Ton aus den Wäldern hatte ihn drei Nächte vorher angekündigt, dieser Ruf, der nicht aus menschlicher und nicht aus tierischer Kehle kam. Es war wie ein Schrei, der leise begann und stärker und stärker wurde. Aber er ertönte nicht bloß dreimal wie damals im Winter, als Offene-Tür die Lenape zum erstenmal besucht hatte. Er war immer wieder zu hören gewesen, er rief die ganze Nacht hindurch, und so drei Nächte lang.

Tete-boschti hatte zuerst gelacht und spöttische Reden gehalten, aber als er sah, daß die Angst in den Gebeinen der Krieger, der Frauen und der Kinder saß und daß die Greise anfingen, seltsame Reden zu führen, daß es nicht recht sei, vom Pfade Manitus abzuweichen, da hatte der alte, grauhaarige Schamane erkärt, er werde einen Zauber machen, der das Rufen vertreiben sollte.

Die Lenape hatten zugesehen, wie Tete-boschti in der Abenddämmerung tanzte, als rotglühend die Sonne untergegangen war, wie er gaukelte und sang und eine Schildkröte lebend im Feuer röstete, sie hatten mitgesungen und begannen schon die Zuversicht im Herzen zu fühlen – da war ein schauerliches Lachen im Wald gewesen, es kam von weither, es war laut und heiser, es klang so entsetzlich, daß selbst Tete-boschti einen Augenblick innehielt. Und gleich darauf war wieder der fremde Ruf in der Luft, immer wieder kam er aus der tiefer werdenden Dunkelheit. Schon waren die ersten Krieger in die Hütten geflohen, und dann schlich sich einer nach dem anderen fort, legte sich auf die Lagerstatt, wickelte sich in Felle und Decken und stopfte sich die Finger in die Ohren, um das Rufen nicht zu hören.

Drei Nächte lang trompetete Ten-squa-ta-wa in den Wäldern um das Lenape-Dorf, er hatte in einer tiefen Schlucht einen hohlen Baum ausfindig gemacht, der wie durch ein Wunder die Stürme des Winters überstanden hatte. Er ahnte nicht, wie unheimlich dieser Ton klang, der aus der Höhlung des Baumes in die Wälder hinaufdrang, er blies und ließ sich nicht verdrießen. Er hatte die Geduld des Jägers und seine Ausdauer; er schlief am Tage und blies in der Nacht.

Dann war er da, der Prophet der Shawnee. Die Lenape sahen ihn am frühen Morgen in das Dorf kommen, er hatte sie alle zusammengerufen, damit sie sähen, was er tat, und dann hatte er die Kriegsaxt genommen und die Tür zum Hause des Geheimnisses zerschmettert und war in die Hütte eingedrungen, in die selbst Tete-boschti, wie er sagte, immer nur mit Zagen eintrat.

Aber Offene-Tür hatte sie herbeigerufen: »Offene-Tür ist mein Name«, hatte er geschrien, »und eine offene Tür will ich euch sein.«

Tete-boschti war aus seinem Hause herbeigestürzt und hatte den Fremden angeschrien, aber Ten-squa-ta-was Stimme war stärker gewesen. »Fesselt ihn«, hatte der Shawnee gerufen, und die Krieger hatten nicht gewagt, sich dem Befehl zu widersetzen.

»Reißt die Tür ein!« hatte der Prophet befohlen, und die Männer waren wieder seinen Worten gefolgt.

Da hatten sie ein Kreischen der Angst gehört, ein entsetzliches Schreien, und sie hatten gezögert. Aber der fremde Schamane war schon in der Hütte gewesen, und sie hatten sein Lachen gehört. Alles war still gewesen, sie aber hörten eine Frau schreien, und dann hörten sie fremde Stimmen, die nicht aus einem Körper kamen, sie hörten Schläge und hörten Dinge dumpf zu Boden fallen, hörten Ringen und Rufen und dann wieder die befehlende Stimme des Shawnee-Propheten.

Dann war er wieder im Eingang aufgetaucht und hatte eine Gestalt auf seinen Armen getragen. »Errichtet den Feuerstoß!« hatte er gebrüllt, »wir müssen sie verbrennen.«

Das war ein Geschrei gewesen, ein Laufen und Brüllen, aber die Stimme des Shawnee hatte alles übertönt, sie hatten den Feuerstoß errichtet und die Frau verbrannt, die Offene-Tür im Hause des Geheimnisses gefunden hatte. Was hatte eine Frau darin zu suchen? War nicht schon ein Mann verloren, der das Geheimnis verletzte und in das heilige Haus der Geister eindrang? Ten-squa-ta-wa zwar war auch in das Haus eingedrungen, aber er war ein großer Schamane. Niemand hatte gewagt, ihm entgegenzutreten, und niemand wagte es jetzt, als er den Tod der Frau forderte, die keiner im Dorf kannte. Sie hatten sie vier Tage lang getötet, und sie hatte geschrien und gewimmert und gesungen vor Schmerz, aber ihre Schreie und die Befehle des unbarmherzigen Shawnee hatten die Männer von Sinnen gebracht. Sie war eine Hexe, ein Geist der Anamagkiu, niemand kannte sie, wie war sie in die Hütte des Geheimnisses gekommen? Und wenn es still war, so sprachen die Flammen – jeder hatte es hören können, da waren Stimmen im Feuer gewesen, fremde, heisere Stimmen aus den Flammen, die gerufen hatten: »Laßt nicht ab, tötet sie, tötet die Feindin Manitus.«

Tete-boschti hatte bei dem Feuer gesessen, vier Tage lang, und er hatte noch mehr geschrien als die brennende Frau. Er hatte gegen seine Fesseln gewütet, er hatte Offene-Tür, er hatte die Jäger und Krieger verflucht, die Kinder und Enkelkinder, die geborenen und die noch ungeborenen, und dann hatte er gewimmert und gebeten, sie möchten auch ihn in die Flammen werfen zu seiner Frau. Aber Ten-squa-ta-wa hatte laut geschrien, er habe nun gestanden, er sei ein Diener Megissowons, denn er sei verheiratet gewesen mit einem Weibe von den Anamagkiu.

Die Krieger hatten die Gesänge der Angst und des Grauens gesungen und mit den Füßen auf dem Boden gestampft, die Frauen hatten geweint und zu Manitu gerufen, und die Kinder saßen in den Hütten, oder sie waren in den Wald gelaufen, aber der Shawnee war ruhig und erbarmungslos und wartete, bis die fremde Frau tot war.

Tete-boschti hatte vier Tage in Fesseln neben dem langsam brennenden Scheiterhaufen gesessen, und er war fast tot, als der Shawnee ihn anrief. Ten-squa-ta-wa fragte ihn seltsame Fragen, ob er ein Diener Megissowons sei und ein Gefangener der Anamagkiu. Tete-boschti aber hatte gegen seine Fesseln gewütet und hatte den Shawnee angestiert mit blutunterlaufenen Augen. Aber dann war er zusammengefallen und hatte alles gestanden, was

Offene-Tür ihn gefragt hatte, und sie hatten es alle gehört; und Ten-squa-ta-wa hatte Tewagion, Tete-boschtis Neffen, den Befehl gegeben, Tete-boschti mit dem Beil zu töten. Und Lachender-Knabe – denn das bedeutete das Wort Tewagion, er hieß so, weil er schon als Kind immer ein Lachen um den Mund gehabt hatte, und alle liebten ihn –, er war aufgestanden wie ein Schlafender, er hatte Bewegungen gehabt, die waren langsam und unsicher wie die eines Träumenden, aber seine Augen hatten offengestanden, sie waren starr und tot gewesen und hatten auf den Shawnee geblickt. Und Lachender-Knabe hatte die Axt ergriffen und seinem Oheim den Schädel zerschmettert.

Das war erst gestern gewesen. Aber der schreckliche Shawnee hatte noch nicht genug, er wollte noch mehr Opfer, weil die Lenape in diesem Dorf die einzigen von allen Lenni Lenape seien, die seinem Ruf noch Widerstand leisteten. Und Offene-Tür hatte erklärt, es sei noch eine von den Anamagkiu unter ihnen, und auch sie müsse verbrannt werden. Er werde sie finden, auch wenn sie sich verstecke.

Darum saßen die Frauen nun in den dunkelsten Ecken ihrer Häuser, hatten die Hirschfelle über ihr Gesicht gezogen, hatten die Herdfeuer ausgehen lassen und beteten zum Guten großen Geist, er möge sie erretten. Deshalb saßen die Krieger im Haus des Geheimnisses, denn Ten-squa-ta-wa hatte ihnen befohlen, dorthinein zu gehen. Er hatte eine Wand niedergerissen, und jeder konnte sehen, was die Hütte enthielt. Es waren weiche Decken da und bunte Tücher, aber auch Wolfsfelle und Zauberdinge, bunte Gläser, klingendes Metall und bunte Bilder auf weißem, dünnem Leder, das man mit der Hand zerreißen konnte, so dünn war es. Es war auch ein Faß da voll Feuerwasser darin – Offene-Tür schlug den Deckel herab, so daß das Faß offen war, und er warf lebende Fische hinein. Die Fische aber starben, jeder konnte es sehen. Und der Shawnee fragte, ob sie nun erkannt hätten, daß das brennende Wasser Gift sei. Sie glaubten ihm und nickten, denn jeder hatte es ja gesehen. Offene-Tür befahl, das

45

Feuerwasser in die Erde zu gießen. Und sie taten, wie er verlangt hatte. Ten-squa-ta-wa aber hatte weiter befohlen, man solle Stille-Weide hereinbringen, denn sie sei von den Anamagkiu, und auch sie müsse verbrannt werden. Stille-Weide war eine Nichte Tete-boschtis, sie war die Schwester von Lachender-Knabe, und Entsetzen fraß sich in die Herzen der Krieger, denn niemand hatte geahnt, daß das Mädchen eine Dienerin Megissowons sei. Aber zwei Krieger standen auf und holten sie, und Ten-squa-ta-wa begann einen bösen Zauber. In den Häusern wurde geschrien und gebetet, denn niemand wußte, wer die nächste sein würde.

Aber die Krieger im Hause des Geheimnisses, das nun vor allen Augen offenstand, schwangen die Klappern, schlugen die Trommeln und sangen und wiegten sich und starrten in die Flammen, aus denen wieder die heiseren Stimmen tönten: »Laßt nicht ab, tötet sie, tötet die Feindin Manitus.«

Stille-Weide aber hielt die Hände vor die Augen und weinte und regte sich nicht. Sie saß ohne Fesseln, aber die Angst lähmte ihre Glieder. Offene-Tür hatte einen Zauber über sie geworfen, und immer näher kam die Zeit, daß man sie ergreifen und auf das langsame Feuer setzen würde.

Aber da stand Lachender-Knabe auf. Er saß unter den Kriegern, doch hatte er nicht mitgesungen, denn er hatte sich weit entfernt von Ten-squa-ta-wa niedergesetzt, und Ten-squa-ta-wa hatte nicht auf ihn geachtet. Er stand auf, sein Gesicht war nicht verzerrt von Angst und vom Singen, er hatte keine Klapper in der Hand und auch keine Rassel und keine Flöte, er sah nicht mehr aus wie ein Schlafender, wie gestern, als er Tete-boschti getötet hatte. Er stand auf mit klarem Gesicht, er ging ruhig durch die Reihen der Krieger bis nah an das Feuer, wo seine Schwester Stille-Weide saß und niemanden mehr sah, denn die Angst hatte sie überwältigt. Lachender-Knabe beugte sich nieder zu ihr, und er ergriff sie bei der Hand. Offene-Tür war überrascht und hörte auf zu singen, auch die Krieger der Lenape stellten das Schreien und Stampfen ein und sahen, was sich vor ihren Augen ereignete. Lachender-Knabe beugte sich zu seiner Schwester hinab, strich ihr mit der linken Hand über das Haar und sagte ruhig und laut: »Stille-Weide möge mit mir kommen. Lachender-Knabe weiß, daß Stille-Weide keine Anamagkiu ist.«

Das Mädchen ließ die Hände von ihrem Gesicht sinken, sie sah auf, sah die Augen ihres Bruders über sich, sie las Ruhe und Kraft und Trost in seinen Augen, das Leben strömte in ihr Antlitz zurück, ihr Herz füllte sich mit Zuversicht und Kraft, sie erhob sich, doch war sie so schwach, daß Lachender-Knabe sie stützen mußte. Der junge Krieger führte sie aus dem Haus ins Freie, alle sahen ihm nach, niemand sprang auf und hinderte ihn. Stille-Weide ging mühsam und stützte sich auf ihren Bruder, der sie bei der Hand führte. Sie gingen durch das Dorf, Lachender-Knabe führte sie in den Wald, sie schritten durch den Bach, und er verwischte ihre Spuren.

Als er zurückkehrte – die Zeit der Morgenmahlzeit war vorbei, und die Sonne stand schon hoch am Himmel –, da sah er, daß überall im Dorf die Männer vor ihren Hütten standen und leise miteinander sprachen, daß die Frauen Häute schabten und Mais mahlten, Wasser aus dem Bach oder Reisigholz aus dem Wald holten und daß sogar wieder die Kinder auf den Gassen spielten. Noch strich die Angst durch die Gassen, aber auch der Frieden der früheren Tage stand schon um die Häuser. Er fragte. Und er hörte, daß Offene-Tür nicht mehr im Dorf war. Ein Reiter sei plötzlich hereingejagt gekommen, er habe mit donnernder Stimme nach Ten-squa-ta-wa gerufen, sei vom Pferd gesprungen, habe alle Männer aus dem Hause des Geheimnisses verjagt, und man habe dann von fern gesehen, wie der Fremde, der auch ein Shawnee gewesen sei, zornig mit Ten-squa-ta-wa gesprochen habe. Aber niemand habe die Worte verstehen können, denn sie hätten leise gesprochen. Doch das Gesicht des Fremden habe in wütendem Grimm geleuchtet, und seine Augen hätten wie die Blitze des Sommergewitters gezuckt. Dann seien noch drei Reiter in das Dorf gekommen, und sie hätten nach Tecumseh gefragt.

So habe man erfahren, daß es der Bruder des Propheten gewesen sei, der sie aus dem Haus des Zaubers vertrieben habe.

Tecumseh jedoch habe noch einmal angehalten und habe zu den Männern gesagt, die an der letzten Hütte standen: »Tecumseh grüßt Lachender-Knabe. Sagt ihm, er sei ein großer Krieger und ein Held. Unbeugsamer-Wolf wäre ein besserer Name für ihn als Lachender-Knabe.«

Als der Bruder des geretteten Mädchens das hörte, warf er verächtlich den Kopf zurück und sagte: »Lachender-Knabe ist ein Krieger der Lenni Lenape. Kein Lenape wählt einen Namen, den ihm ein Shawnee gab.«

Tecumseh war nicht zufällig zur rechten Zeit – und doch zu spät, um Tete-boschti zu retten – in das Dorf der Lenni Lenape gekommen. Er war ohnehin auf der Heimreise in das Tal des oberen Wabash gewesen. Er war seinen Begleitern aus den fünf nordwestlichen Völkern vorausgeritten, um die Vorbereitungen zu dem ersten großen Kongreß der roten Nationen zu treffen. Unterwegs aber war ihm Baumspäher begegnet, mit der Botschaft von Ein-Pfeil, er möge schleunigst heimkehren, denn Ten-squa-ta-wa bereite Unheil vor. Offene-Tür hatte im Shawnee-Dorf keine großen Erfolge mit seinen Reden und Gaukeleien gehabt. Ihm war dort der erfahrene Cata-he-cassa mit ruhigem Wort entgegengetreten: Das Feuerwasser verachte auch er, und Mais und Bohnen pflanze man bei den Shawnee ohnehin wieder an; was er also eigentlich wolle. Ten-squa-ta-wa hatte einen großen Regenzauber angekündigt, doch war er ihm kläglich mißlungen, denn er hatte in seiner Wut das Wetter nicht genau genug beachtet. So war er zu den Lenape aufgebrochen, nicht ohne schon tagelang vorher finstere Drohungen ausgesprochen zu haben. Ein-Pfeil hatte daraufhin Baumspäher zu Tecumseh entsandt, und so ritt der Shawneehäuptling nicht erst in sein Heimatdorf, sondern geradewegs zu den Lenni Lenape.

Es gab bittere Vorwürfe und scharfen Tadel für Ten-squa-ta-wa. Tecumseh ließ seine drei Begleiter vorausreiten, und dann fiel er mit schroffen Worten über den Bruder her, der angesichts des lodernden Zorns in den mühsam beherrschten Bewegungen, in dem unheilverkündenden Antlitz des Bruders angstschlotternd versprach, niemals mehr einen Indianer töten zu lassen.

»Tecumseh hat nicht den Frieden unter seine Brüder gerufen, damit Ten-squa-ta-wa nun anfängt zu morden.« Ten-squa-ta-wa erkannte mit Entsetzen, daß sein Bruder nicht umsonst den Namen Der-Berglöwe-der-sich-zum-Sprung-duckt trug, denn wie das große Raubtier hatte er geknurrt und sich geduckt, wie der Puma, der vor dem Angriff leise ist und erst dann reißend losbricht und niederschlägt, was ihm nicht gewachsen ist.

Die Brüder rufen

Tecumseh gehörte ebenso wie sein Bruder zum Clan Mse-passe, was Puma oder Berglöwe bedeutet. Die Angehörigen des Puma-Clans bildeten zusammen mit den Clans Mwa-wä (Wolf) und M-kwä (Bär) die Abteilung der Chilacatha innerhalb des Stammes der Shawnee. Die beiden Brüder wohnten im Dorf der Chilacatha, denn anders als bei den Lakota mußte der kleine, durch verlustreiche Kriege mit den Langen Messern immer wieder geschwächte Stamm schon froh sein, wenn eine Abteilung zahlreich genug war, um ein Dorf zu bewohnen. Mehr als zweihundert waffenfähige Männer konnte keine der Abteilungen der Shawnee aufbringen, auch die Chilacatha nicht, die doch die älteste und stärkste Abteilung des Stammes waren. Längst war Chillicothe am Scioto-River zerstört und aufgegeben, das neue Dorf gleichen Namens lag nun am Oberlauf des Wabash. Die Stämme, die einst Virginia und Pennsylvania bewohnt hatten, lebten längst an den Südufern der großen Binnenmeere Kanadas. Sie hatten sich auf die große Halbinsel östlich des Michigan-Sees zurückgezogen, und nun siedelten die Lenni Lenape und die Wyandot zwischen den Ottawa, den Potawatomi und den Menomini. Auch die stolzen und kriegerischen Stämme der Miami saßen schon eng gedrängt in ihrem verbliebenen Land, hatten ihre Hauptstadt Piqua am Großen Miami aufgeben müssen, hatten den ganzen Süden ihres Landes verloren – und waren doch großherzig genug gewesen, ihren unglücklicheren Brüdern aus dem letzten Krieg, den Shawnee, zu erlauben, sich in ihrem Land anzusiedeln. Immer noch boten die lichten Wälder und die fruchtbaren Wiesen am oberen Wabash und Miami, am Kannkakee und am Tippecanoe-River genügend Platz für die roten Ackerbauern, Sonnenblumenpflanzer und Wildjäger. Aber ständig drückten die Weißen nach, landhungrig und unersättlich. Kentucky, in dem Tecumseh seine früheste, glückliche Jugend verlebt hatte, wimmelte von Ansiedlern. Da gab es längst schon steinerne Kirchen und Schulen, Rathäuser in allen Städten, Freiheitsdenkmäler und Hotels – aber keine Indianer mehr.

In den letzten Jahren hatte Tecumseh nur wochenweise in seiner Hütte am Wabash geweilt. Als er nun aber daranging, seine Pläne auch den Stämmen seiner eigenen Heimat zu unterbreiten, da mußte er erkennen, daß ihm dies von Chillicothe aus nicht möglich war. Hier war er nicht der große, fremde Häuptling, nicht der Mann mit dem seltsam geschorenen Haar, der den grauen Bären mit dem Messer tötete, hier war er Tecumseh, mehr nicht, der Sohn Pukischenos, eines einfachen Kriegers. Wohl war er der Anführer des Bundes der ›Hunde‹, und zwei seiner treuesten Freunde, Ein-Pfeil und Kish-kalwa, waren die beiden Unterführer. Aber die ›Hunde‹ waren nicht mehr zahlreich, ihre Macht war nicht mehr so groß wie vor dem Kriege, nicht so selbstverständlich geachtet wie bei den Lakota, bei denen alle alten Ordnungen noch sicher bestanden. Wohl hätten sich weitaus die meisten Krieger, wenn ein Krieg ausgebrochen wäre, Tecumseh angeschlossen, sich unter seinen Befehl gestellt, denn alle wußten aus eigener Erfahrung oder aus dem Bericht der Älteren, daß auf einem Kriegszug, den Tecumseh führte, Ruhm, Sieg, Skalpe und große Beute zu holen waren.

Aber jetzt war Frieden. Und wenn irgend etwas Besonderes sich ereignete, wenn eine fremde Gesandtschaft kam oder ein einzelner Gast, wenn Botschaften auszurichten waren oder wenn man wirklich einmal eine Klage hatte, so war seit Jahren und Jahrzehnten Cata-he-cassa da, der Sachem. Er war klug, kühl, ruhig und gerecht, ein weiser Mann. Wer hätte es denn für recht gehalten, den erfahrenen Mann, dem fast jeder Shawnee aus irgendeiner Zeit seines Lebens etwas zu verdanken hatte, zu kränken, indem man ihm einen so viel jüngeren wie Tecumseh vorzog! Wollte Tecumseh etwa mehr sein als die anderen? Wer war er denn? Ein Jäger, ein Shawnee, ein roter Mann wie sie alle.

Krieg? Es war ja Friede. Am Runden Felsen, im Gebiet der Shawnee, soll eine neue Blockhütte der Weißen stehen? Ach, bis dahin war es vier Stunden mit dem Kanu zu fahren. Und es gab immer noch genug Wild in den Wäldern. Es war schwerer zu jagen, besonders seit neuerdings die vier Häuser am Bach der roten Buchen standen, der im Norden in den Wabash-River floß. Aber was sollte man denn tun? Sollte man die Weißen totschlagen? Sie hatten ja noch niemanden beleidigt. Schneller-Mund war im Winter an ihren Häusern vorbeigekommen, er war hungrig gewesen, sie hatten ihm zu essen gegeben. Es waren also gute Leute.

Und wenn man sie wirklich totschlug, so hieß das Krieg. Dann kamen Soldaten und gewalttätige Büchsenschützen aus dem Ohiotal und aus Kentucky, es gab Kampf und Tod, und am Ende mußte man wieder weiter nach Westen wandern. Nein, es war besser, still zu sein und sein Leben ruhig zu verbringen, nicht so viel an die Blockhütten der Weißen zu denken, sondern an den Hirsch, den man schießen wollte. Man mußte hoffen, daß die Blaßgesichter ihn nicht schon vorher geschossen hatten. So dachten die Shawnee.

Und Cata-he-cassa war der Sachem, und er hatte das letzte Wort, solange Frieden war. Wenn doch noch recht lange Frieden bliebe!

51

Tecumseh aber war nicht gesonnen, sich mit den Eifersüchteleien und dem Neid des Dorfklatsches herumzuschlagen, er war auch nicht gesonnen, auf Cata-he-cassa Rücksicht zu nehmen, der ein ehrwürdiger, weißhaariger Mann war, ein geachteter Friedenshäuptling und im Krieg ein harter Kämpfer. Er wollte nicht jedesmal, wenn es um eine geringfügige Entscheidung ging, streng nach Rang und Herkommen lange Verhandlungen führen.

Überdies hätte aber der Rang eines Sachem ihm nicht die Macht gegeben, die er brauchte. Tecumseh glaubte, daß anders die Indianer nicht zu retten waren. Er brauchte eine Gewalt, die nicht vom Stamm und nicht vom Clan kam, eine Gewalt, die weit über den Häuptlingen stand – und darum hatte er sich mit Ten-squa-ta-wa zusammengetan. Er durchschaute die kleine Seele, den hohlen Ehrgeiz, die Prahl- und Ruhmsucht seines jüngeren Bruders sehr bald nach ihrer ersten Begegnung. Ten-squa-ta-wa hatte sich nicht geändert seit seinen Knabenjahren, aber Tecumseh wußte auch, daß Ten-squa-ta-wa ihn im Grunde seines Herzens fürchtete. Mochte Offene-Tür sich den Propheten nennen, den von Manitu geschickten Retter seines Volkes, den Sohn des Manitu – wenn Tecumseh ihm nicht die Gedanken gab, so wußte Ten-squa-ta-wa nicht, was er reden, was er predigen, was er tun sollte.

Tecumseh brauchte einen Propheten, der Tecumsehs Ruhm und Auftrag verkündete. Mochte Ten-squa-ta-wa dann auch von seinen roten Brüdern als der Erste angesehen werden! Es ging Tecumseh nicht um persönlichen Ruhm und Ansehen, es ging ihm allein um die Rettung seines Volkes. Ten-squa-ta-wa kannte den Bruder besser als jeder fremde Schamane. Für Ten-squa-ta-wa war der ältere schon als kleiner Knabe der überlegene, heimlich bewunderte und zugleich gefürchtete Bruder gewesen. Ten-squa-ta-wa würde nicht wagen, sich eines Tages gegen ihn zu erheben. Und das war bei einem fremden Schamanen immer zu fürchten.

Tecumseh hätte noch eine andere Möglichkeit gehabt; er hätte die Rolle des Propheten selbst übernehmen können. Aber der Gedanke an die Gaukeleien und Betrügereien, die er dann selbst hätte ausführen müssen, hatte ihm zutiefst widerstrebt. Darum hatte er immer und immer wieder den Beginn seiner Prophetie zurückgestellt, und er hatte wie von einer Last befreit aufgeatmet, als er Ten-squa-ta-wa bei den Lakota fand. Solche mörderischen Taten wie die im Dorf der Unami-Lenape wollte er ihm schon abgewöhnen. Er hatte Ten-squa-ta-wa gedroht, daß er ihn selber vier Tage lang rösten lassen würde, wenn er noch einen einzigen Indianer umbrächte, und an dem eisigen Entsetzen im Auge des Bruders hatte Tecumseh erkannt, daß dies das richtige Wort gewesen war. Die Grausamkeit und die Feigheit wohnten dicht beisammen; das war keine neue Erkenntnis für Tecumseh.

Aber nach der Drohung machte er dem Erschrockenen ein Angebot, süß wie reifender Mais: Ten-squa-ta-wa sollte ein Dorf gründen und jungen Leuten und umliegenden Stämmen die althergebrachte Lebensweise der Indianer zeigen. Tecumseh wollte ihm von allen Nationen die besten Krieger bringen. Dort, von der Hauptstadt der Indianer aus, sollten alle roten Völker beeinflußt werden.

Die Stadt solle heißen wie Ten-squa-ta-wa selbst; Ten-squa-ta-wa aber solle verkünden, Manitu selber habe ihn zu seinen roten Kindern gesandt, er sei ein Prediger und Prophet, und alle Krieger müßten Tecumseh gehorchen, den er beauftragt habe, im Frieden und im Krieg die Sache der Kinder Manitus gegen die Blaßgesichter zu verteidigen. Wenn Ten-squa-ta-wa auf ihn höre, so wollte Tecumseh ihn zum ersten Manne unter allen Indianern machen, und die Oberhäuptlinge der Lakota, der Anischinabe, der Niukonskah und aller Stämme und Völker der rothäutigen Menschen würden seinem Wort folgen müssen.

Ten-squa-ta-wa hatte die soeben gehörte Drohung Tecumsehs mit zitterndem Entsetzen erfüllt, denn er traute ihm zu, daß er sie wahr machen würde. Er hörte den Darlegungen Tecumsehs mit der erbitterten Bewunderung zu, die ihn immer wieder vor ihm erfüllte. Ja, das war Tecumseh, der als Zwölfjähriger Lederlippe und Cornstalk und dem ganzen Stamm seinen Willen aufgezwungen hatte – damals, als die weißen Kinder bei den Shawnee geweilt hatten –, der als Zwanzigjähriger schon drei weiße Grenzer getötet hatte, die damals noch das Entsetzen jedes Kriegers gewesen waren, der wenige Jahre später zusammen mit Ta-ga-ju-tah in dem großen Kriege Cornstalks der Schrecken der Grenze war, und der dann bereit gewesen war, sich von den Engländern hinrichten zu lassen, um sein Volk zu retten. Er, der die Weißen besiegte, wo er mit ihnen zusammentraf. Wenn Tecumseh nicht auf einer seiner großen Reisen weit im Westen gewesen wäre, als General Wayne in das Indianerland einbrach, dann wäre der letzte Krieg zu einer Niederlage für die Langen Messer und nicht für die Indianer geworden.

Ten-squa-ta-wa liebte seinen Bruder nicht sehr, aber er bewunderte ihn und nahm sich vor, seinem Rat zu folgen.

Den Rest dieses Jahres reisten die Brüder gemeinsam von Stamm zu Stamm. Aber sie blieben nun südlich der Seen, in dem Land zwischen dem oberen Wabash-River und Michillimackinack. Sie besuchten die Nachbarstämme, und der Prophet gaukelte und zauberte, heilte Kranke und brachte Regen oder Sonnentage, je nachdem, was das Land brauchte und was seine Wetterkenntnis ihn voraussehen ließ. Er ließ sich Feuerwerkskörper kommen, ließ in der Nacht Raketen in die Luft steigen, er gebrauchte seine hypnotischen Kräfte wie damals, als er Lachender-Knabe befohlen hatte, Tete-boschti zu töten, und seine Vorführungen entsetzten und begeisterten die unwissende, gutgläubige Menge. Er hielt Bauchreden und ängstigte erfahrene Häuptlinge mit den unheimlichen, heiseren Stimmen, er blies Trompete in hohlen Bäumen, und seine Schläue bewahrte ihn davor, entdeckt zu werden. Er kannte seine Stammesbrüder und hütete sich vor Übertreibung. Auch war Tecumseh bei ihm mit ständigen Ratschlägen, Tecumseh, der alle diese Taschenspielerstückchen verachtete und der doch glaubte, sie nicht entbehren zu können und sich ihre Wirkung zunutze machte.

Und unaufhörlich forderten die Brüder die Rückkehr zum einfachen Leben früherer Zeiten. Damit aber taten sie das, was jeder der alten Friedenshäuptlinge wünschte. Oft genug hatten sie den Gouverneur in Vincennes gebeten, den Indianern kein Feuerwasser mehr zu verkaufen und den Schnapshändlern Reisen in das Indianerland zu verbieten. Gouverneur Harrison, der sehr wohl wußte, wie sehr der Alkohol die Indianer krank machte und wie sehr ihn die Händler dazu benutzten, um die Roten zu betrügen, tat sein Bestes. Er wußte ja, das ging immer so lange gut, bis die Indianer ihre Geduld verloren, bis sie dann zu Tomahawk und Büchse griffen, um Hunderte von Betrügereien zu rächen – dann verschwanden die Schnapsverkäufer blitzschnell aus den Wäldern, aber die Bauern und – schlimmer! – ihre Frauen mußten es an geschälten Kopfhäuten büßen. Und dann konnte er wieder die Soldaten gegen die betrogenen Roten führen, die so provoziert worden waren; niemand wußte das besser als der Gouverneur, denn er hatte ja ihre immerwährenden Klagen anhören müssen.

Aber Amerika war ein freies Land. »Was? Sollen wir uns etwa verbieten lassen, zu tun und zu lassen, was wir wollen? Er gönnt uns wohl nicht, der Gouverneur, daß wir verdienen; will uns nicht leben lassen, will uns Vorschriften machen –.« So oder ähnlich schrien die Händler, die Wirte, die Pelzjäger sofort, wenn er sie einmal um Zurückhaltung bat oder sich gar hinreißen ließ zu drohen. Und sofort stimmten die Grenzer, die Siedler und Städter ein, die fast alle ein schlechtes Gewissen hatten. Denn wer besaß schon Urkunde und Stempel, daß er zu Recht auf seinem Stück Land saß? Ja, sie alle brüllten sofort, sie seien freie Männer, und die Staaten seien das Land der Freiheit, der Gouverneur sei der Diener der Öffentlichkeit und nicht ihr Herr ...

Die Bitten der Häuptlinge an den Gouverneur, er möge doch den Schnapsverkäufern den Zutritt in das Indianerland verwehren, waren umsonst.

Nun aber sahen sie, daß es auch anders ging; daß man nur den Händlern das brennende Gift nicht abzukaufen brauchte. Die Häuptlinge sahen den Erfolg, sie sahen, daß wieder Frieden im Dorf herrschte, daß man abends die Gesänge der Mädchen wieder hören konnte, die vom Bad zurückkehrten, und nicht mehr das betrunkene Gröhlen einstmals verantwortungsbewußter Männer. Sie sahen, daß die Äcker besser bestellt wurden, daß es wieder Pelze und Felle in den Hütten gab, daß nicht jede Hirschhaut im voraus schon für Feuerwasser-Schulden verschachert war, sie sahen, daß ihr Volk wieder aufzuleben begann. Tecumseh hörte immer mehr zustimmende Antworten, wenn er in kleinem Kreise ruhig seine Gedanken vortrug und der Prophet war gern gesehen in allen Dörfern. Und daß er Tete-boschti hatte töten lassen, weil der die Kinder Manitus vom rechten Leben hatte abbringen wollen, das verschaffte Ten-squa-ta-wa den Dank der Zaubermänner, die alle ein Interesse daran hatten, daß das Haus des Geheimnisses nicht von Unberufenen betreten werden durfte. So schlug die schlimme Tat sogar zu Ten-squa-ta-was Gunsten aus. Wohin er kam, betrachtete man ihn mit Grauen und Furcht, in der zugleich heimliche Bewunderung lag.

Auch war er nicht nur ein Betrüger. Er konnte gebrochene Knochen schienen, er kannte von seiner Mutter Messua-taske, die eine Muskogee war, mehr heilkräftige Kräuter als alle Schamanen. Er hatte schon herausgefunden, daß Zuversicht am Krankenbett und ein starker Heilwille oft schon genügt, um Heilung zu bringen, während die Schamenen in den Dörfern vielfach mit Drohung und Angst arbeiteten. Er war auch klug genug, die wirklichen Könner unter den indianischen Ärzten, deren es genug gab, zu unterstützen, ihnen von seinem Wissen abzugeben und dafür wieder von ihnen zu lernen. Da er weit herumreiste, sah er mehr als alle anderen.

Der Ruf der beiden Brüder, der bis zu den fernen nordwestlichen Völkern gedrungen war, stieg auch bei den Stämmen am Wabash-River und Miami, und als Tecumseh die Versammlung der Miamihäuptlinge bat, ihm ein Stück Land am Tippecanoe-River zu überlassen, da war er schon so weit, daß diese Bitte eine Ehre für den Stamm war und infolgedessen sofort mit Vertrag und Totemunterschrift bewilligt wurde. Dieser Ort lag gleich weit entfernt von Detroit, dem wichtigsten Platz an den Seen, der an der Grenze zum Land der Engländer lag, und von Vincennes, wo der Gouverneur Harrison residierte. Es war vom Tippecanoe aus nicht weit zu den nordwestlichen Stämmen, nur eine Tagereise war es bis an den Kankakee, der ihn in den Illinois und damit in den Mississippi brachte, ohne daß er Vincennes zu berühren brauchte. Noch schneller brachte ihn das Wasser des Kankakee-River in den Michigan-See, und über den Wabash und Miami war der Erie-See in vier bis fünf Tagen zu erreichen. Tecumseh kannte sein Land und seine Wasserstraßen, kannte alle Trage-plätze, über die man die Kanus auf dem Rücken bis zum nächsten Flußlauf zu schaffen hatte – und in allen Dörfern dieser Trageplätze saßen seine Freunde, um ihm Nachricht von allen Dingen zu senden, die wichtig waren. Zumindest sollten sie bald dort sitzen.

Aber er war klug genug, nicht nur auf die strategische Lage der geplanten Hauptstadt des Indianerstaates zu achten, der liebliche Landstrich war fruchtbar und wildreich genug, um auch vielen Menschen Nahrung zu geben.

Der Herbst brachte den Indianerdörfern eine gewaltige Maisernte. Sie hatten im vergangenen Frühjahr mehr Mais, Bohnen, Erbsen und Kürbisse angepflanzt als in den letzten Jahren. Das Indianerland begann wieder zu blühen, und bald konnten die Worte wieder wahr werden, die der amerikanische General Wayne im letzten Kriege beim Anblick der Felder um den kleinen Ort Piqua ausgesprochen hatte: In ganz Amerika, von Florida bis hinauf nach Kanada, die weißen Siedlungen eingeschlossen, habe er nirgendwo so ausgedehnte Maisfelder gesehen wie am Wabash-River und am Miami.

Einen schlimmen Winter hatten nur die Reitervölker jenseits

des Mississippi hinter sich. Sie hatten, seitdem sie die großen Pferdeherden besaßen und seitdem also die Jagd auf den Büffel so leicht geworden war wie niemals früher, den Anbau von Mais immer stärker zurückgehen lassen. Und nun hatten die Fleischvorräte nicht ausgereicht, der Winter hatte gar zu lange und zu grimmig getobt, auch war die Schneedecke so unregelmäßig gewesen, daß man selbst auf Schneeschuhen nur schlecht und wochenlang überhaupt nicht vorwärts gekommen war. Auch dort, bei den Lakota und den entfernteren Stämmen, erkannten die Männer, wie recht Tecumseh habe, der immer wieder gepredigt hatte, man solle so viel Mais wie in früheren Tagen anbauen. Früher hatten auch die Nadoweis-siw in der Hauptsache von Mais und Bohnen gelebt. Jetzt mußten sie Hunde- und Pferdefleisch essen, um über den Winter zu kommen.

Die Einsicht wuchs. Würde es Tecumseh wirklich gelingen, die alte Zeit des Glückes und des Friedens wieder heraufzuführen?

Der erste Kongreß

Ten-squa-ta-wa-Stadt

Frühling, Sommer und Herbst waren vergangen, es kam der Winter nach dem ersten Jahr der Prophezeiungen Ten-squa-ta-was; er war kurz und mild. Im nächsten Frühling rief Tecumseh die Shawnee auf, zusammen mit ihm ein neues Dorf am Tippecanoe-River zu gründen. Mehr Familien, als er gedacht hatte, kamen mit ihm; auch viele Familien von entfernter lebenden Shawnee. Bald standen neue Hütten auf einer weiten Lichtung über dem Fluß, hoch genug, um vor Überschwemmungen sicher zu sein. Die Frauen säten Mais, die Männer hatten ihnen geholfen, den Boden zu pflügen. Mit den eisernen Hacken und Spaten, die Tecumseh eingehandelt hatte, war die Arbeit leichter als früher. Die Herdfeuer rauchten, die Maispflanzen begannen zu grünen, und nun trafen auch die ersten Abgesandten fremder Stämme ein, nach denen Tecumseh seine ›Hunde‹ ausgesandt hatte. Denn der Bund der ›Hunde‹ aus der Abteilung Chilacatha war fast vollzählig mit ihm nach Ten-squa-ta-wa-Stadt am Tippecanoe gewandert. Tecumseh hatte sein Wort wahr gemacht, er hatte die Stadt nach seinem Bruder genannt.

Die jungen Leute kamen, und nun begann die Ausbildung. Bald waren fünfhundert fremde Krieger in dem neuen Ort, Rindenhütten und Zelte standen im Schatten der Bäume; jeder Stamm hatte sein eigenes Lager rund um Ten-squa-ta-wa-Stadt, und viele Sprachen waren an den abendlichen Lagerfeuern zu hören. Die Krieger, die Jäger, die jungen Männer entfernter Stämme, die bisher kaum die Namen aller dieser roten Völker gekannt hatten, sahen mit Erstaunen und mit Begeisterung, wie groß, wie zahlreich das rote Volk war.

Erstaunt begrüßten die Lakota Verwandte, die die gleiche Sprache redeten wie sie, aber aus den schwülen südlichen Sumpfwäldern am Salzmeer oberhalb Floridas kamen. Es waren Catawba, deren letzte Reste sich zu den Muskogee geflüchtet hatten. Tecumseh hatte auch zu den Muskogee gesandt, die der muskogischen Völkerfamilie zugehörten, und die aus früheren Jahren den Shawnee freundlich geneigt waren. Die Muskogee hatten auch ungefähr dreißig Krieger gesandt, einen Spähtrupp, nicht mehr, aber der Shawnee war zufrieden. Er sah die Männer und die Stämme und sah die Zukunft. Das war nicht die Arbeit eines Sommers oder zweier Sommer. Es war nötig, Jahre und Jahre zu reisen, zu werben, zu predigen und zu arbeiten.

Selbst der Bund der sechs Nationen, die bei allen Indianerstämmen gefürchtete Irokesenliga, hatte Boten gesandt, denn auch sie fürchteten das Vordringen der Weißen, obwohl ihre unbewegten Mienen unter den kahlgeschorenen Schädeln keine Angst verrieten. Aber noch fehlten die meisten der Völker aus dem Westen. Wohl hatte er die Lakota und die Anischinabe miteinander versöhnt, aber noch waren die Assiniboin und die Siksika mit den geschwärzten Mokassin nicht da, noch fehlten auch die Tanisch, die Tsitsita und die Schoschonen aus dem Felsengebirge und die Niukonskah, die Larapihu, die Ne-me-ne und die Inde, die alle südlich der Lakota wohnten, es fehlten auch die Ani Yunwiha und Choctaw und Chickasaw, die die Bitternis der Langen Messer schon gekostet hatten – ja, dies war eine große Arbeit. Aber sie würden alle kommen. Sommer um Sommer würde er arbeiten und werben, und der Fuß des weißen Mannes würde keinen Schritt mehr tun in das Land des Indianers, wenn er es nicht erlaubte!

Meilen und Meilen weit waren sie hergekommen, um den Propheten der Shawnee zu hören. Groß und zahlreich war das rothäutige Volk, und wie leicht war das Gleichnis zu verstehen, das Tecumseh immer und immer wieder erläuterte, das Gleichnis von den Pfeilen, die ein Knabe zerbricht, wenn ihm erlaubt wird, einen nach dem anderen in die Hand zu nehmen, die aber der stärkste Krieger, ja, die hundert und tausend Krieger nicht brechen können, wenn sie vom Bande der Freundschaft zu einem dicken Bündel geschnürt sind; darin die heilige Pfeife, die Pfeife aus Hickory-Holz, die das eisenharte, messerscharfe Obsidianblatt trägt und das Kalumet des Friedens und die Axt des Krieges zugleich ist.

»Wenn das Band der Freundschaft die roten Völker bindet, so wird das weiße Volk vor unserer Macht und Stärke Achtung haben und die Verträge achten, Brüder meines Volkes.«

Abend für Abend hielt der Prophet Ten-squa-ta-wa seine aufrührenden Reden an den flackernden Feuern. Er sprach gut und mitreißend, denn Tecumseh war da und lieh ihm seine Gedanken. Ten-squa-ta-wa hatte sich ein neues Haus des Geheimnisses gebaut, er hatte die sprechenden Wölfe davor gestellt, er gebrauchte alle seine Künste, und die fremden Krieger saßen und lauschten, ihre Herzen füllten sich mit Glauben und Zuversicht, ihr Mißtrauen schwand, sie reihten sich ein in die Beschwörungstänze, die Klappern und Rasseln, Weidenflöten und Handtrommeln surrten und dröhnten, pfiffen und sangen.

Ein dröhnendes Donnerlied ertönte, ein Lied vom Leben, von der Ehre und vom Glück des Jägers. Da war kein Streit, keine Rauferei, denn es gab kein Feuerwasser in Ten-squa-ta-wa-Stadt; man hörte kein Gröhlen und nicht das Lallen von Betrunkenen. Jeder sah und hörte und fühlte in seinem Herzen die Begeisterung eines Volkes, das wieder an den Gott der Jagd, des Waldes, der Ebene, den Gott der Ströme und Seen, der Berge und der Tiere dieses Landes zu glauben begann. Sie nannten ihn Manitu oder Orenda oder Wakantanka, aber es war ihr Gott, der Große Geist, der alle Geschöpfe dieser Welt geschaffen hat und der will, daß jedes Geschöpf nach seiner Weise und Natur lebe.

Tagsüber gingen sie auf die Jagd, oder sie saßen im Gespräch zusammen und erzählten von ihrer Heimat, ihrer verlorenen

Heimat am Rappahanock-River, am Potomac- und am Susque-hanna-River. Die Männer der Shawnee erzählten von den Blau-grasauen, den Eichenwäldern und Salzebenen Kentuckys, wo die Hirschrudel zu Hunderten durch die Täler zogen. Die Lakota schilderten die ungeheuren Bisonherden, die wie schwarzblaue Wolken über die Ebenen wanderten.

Tecumseh ließ sie erzählen. Doch die meisten Zuhörer ver-sammelten sich immer, wenn er selbst zu reden begann, in sei-ner bildergewaltigen, leichthin fließenden Sprache, bewegt und leidenschaftlich.

Doch der Shawnee blieb nicht bei Reden. Er sammelte immer wieder die Krieger um sich zu Kampfspielen, zu Wettkämpfen, zu Ringkämpfen und Pferderennen. Seine ganze Leidenschaft aber waren militärische Übungen, und hier rührte er an das inner-ste Herz aller Krieger. Er brauchte nur in seine Erinnerung zu greifen, um aus seiner großen Erfahrung in Waldgefechten mit den Weißen, immer wieder neue Kampfszenen zu schildern. Er lehrte seine Zuhörer, niemals blind daraufloszurennen, weder sofort zu fliehen noch zu wild anzugreifen. Er zeigte ihnen, wie er die wirkliche Zahl der Gegner abzuschätzen gelernt hatte, er stellte in Scheingefechten wirkliche Kämpfe, die er einmal mit den weißen Männern gehabt hatte, vor den begeisterten Augen seiner Zuschauer dar.

Er zeichnete Karten des Geländes, in dem sie geübt hatten, mit Holzkohle auf gegerbte Büffelhäute, die er in einem stehenden Holzrahmen aufspannte wie eine Lehrtafel, so daß hundert und zweihundert Krieger seinen Worten folgen konnten – er erklärte und erläuterte alle Einzelheiten, und seine Zuhörer folgten ihm mit der Spannung von Kriegern, denen alle diese Dinge nicht Theorie waren, sondern die alle sehr genau wußten, daß sie sie einmal brauchen würden; ja, daß es besser gewesen wäre, sie hät-ten dies oder das schon früher gewußt.

Oft geschah es, daß ein Häuptling der Lakota oder der Seneca, ein Ottawa-Jäger oder ein Utagami-Mann aufsprang und von einem Gefecht erzählte, das er einmal gehabt hatte. Und Tecumseh hörte ihn an, stellte Fragen. Es war keine trockene Theorie, die er bot; manche alte Narbe zeigte, daß der Shawnee ein Kämpfer war; noch mehr aber bewiesen es seine Worte, seine Kenntnisse, seine Erzählung. Und da saßen ja auch Ein-Pfeil und Kishkalwa, Peta-Kuta und viele seiner Gefährten aus den Gefechten, von denen er erzählte. Und jeder sah die Genugtuung in ihren Gesichtern, wenn er von einem ihrer Siege erzählte.

Vor allem aber bewies Tecumseh ihnen immer und immer wieder, daß die Büchse des weißen Mannes nicht besser sei als Pfeil und Bogen. Er hatte sich stumpfe Pfeile angefertigt, die statt der Spitze einen kleinen Lederball trugen, und er führte seinen Zuschauern einen Angriff weißer Soldaten vor. Er legte sich mit Ein-Pfeil zusammen ins Gras und nahm Pfeil und Bogen, während zwei andere Krieger neben ihnen Gewehre hatten. Er zeigte ihnen, daß er sechs Pfeile verschoß, bevor der Gewehrschütze nach dem ersten Schuß wieder geladen hatte.

Immer wieder war Tecumsehs Bemühen darauf gerichtet, die Angst vor den erbarmungslosen Feinden zu vermindern. »Sie sind nicht unbesiegbar. Sie fliehen, wenn sie sehen, daß wir standhalten. Und dann schießt und trefft. Wenn ihr aber weichen müßt, dann so, wie der Fuchs, der sich in das Gras duckt und nicht zu sehen ist. Laßt niemals die Furcht euer Herz fressen, und ihr werdet alle Kriege lebend überstehen und Sieg und Ruhm ernten.«

Die Krieger der fremden Stämme kamen und wollten einen halben oder ganzen Monat in Ten-squa-ta-wa-Stadt bleiben, aber sie blieben doppelt und dreimal so lange. Rote Handelsleute, die vorbeikamen, um Töpfe oder Kupfer oder Tabak zu verkaufen, vergaßen ihre Geschäfte und griffen zu Pfeil und Bogen und lernten von Tecumseh, schlugen abends die Handtrommeln oder die aus ausgehöhlten Bäumen gefertigten Pauken, tanzten um die Lagerfeuer und sangen Kriegsgesänge. Und wenn sie weiterreisten, so erzählten sie überall, wohin sie kamen, von dem Propheten der Shawnee und seinem Bruder.

Die Krieger, die schließlich doch wieder heimkehren mußten, gingen ungern, aber sie gingen als Werber und Verkünder. Niemand aber schied aus der Prophetenstadt, ohne feierlich am Abendfeuer Ten-squa-ta-wa und seinem Bruder zu versprechen, daß sie alle zur Stelle sein würden, wenn es zum großen Kampf käme. Und jeder versprach, seine Brüder zu senden, damit sie selber den Propheten hörten und sähen, und die Kriegskünste von dem großen Berglöwen lernten.

Es war ein ständiges Kommen und Gehen in Ten-squa-ta-wa-Stadt; schnellfüßig sprangen die Knaben zwischen den Borkenhütten, den Erdhäusern und den Fellzelten umher und lernten früh, daß die Indianer ein Volk seien, ob sie in pelzverbrämter Kleidung gingen wie die Anischinabe oder halbnackt wie die Kirikitisch, die zu frieren begannen, wenn der Schatten der Bäume länger wurde.

Die fremden Krieger fuhren offen durch Vincennes und Detroit, ritten in Scharen durch Kaskaskia und Chicago, das damals noch eine kleine Erdfestung war mit Wassergraben und Palisadenwall. Die Weißen sahen die ernsten Gesichter, die gesammelten Mienen der Indianer, sie hörten Namen von Stämmen, die sie bis dahin nie gehört hatten und die Unruhe ging um im Fort Wayne und Peoria, im Ohiotal und an den Seen.

Gouverneur Harrison in Vincennes tat seine Pflicht. Er paßte auf, er forschte und hörte herum, er fragte die Häuptlinge der durchziehenden Gesandtschaften, er schickte Indianeragenten in die Walddörfer und Briefe an seine »Roten Kinder« und bat um Auskunft, was dies alles bedeute. Manch ein Sachem, der sah, daß sein Ansehen bei seinem Volk nachließ, ließ sich von Eifersucht und Sorge bereden, mehr zu sagen, als er hätte sagen dürfen. Nicht jeder der grauhaarigen Friedenshäuptlinge, die gelassen sein sollten und doch ein allzu heißes Herz mit sich herumtrugen, wollte es sich eingestehen, daß er eifersüchtig auf den wachsenden Ruhm Tecumsehs war, daß er neidisch war auf die Beliebtheit des Shawnee und auf das begeisternde Feuer seiner

Augen. Mancher warnte vor Tecumseh, vor Ten-squa-ta-wa; sie hätten Unruhe im Sinn, Unruhe und Böses im Blick.

Krieg? Überfall? Nein, das habe er nicht gesagt, das habe der Agent gesagt, Krieg wohl nicht, meinte der Häuptling gedehnt, Krieg auf keinen Fall, wahrscheinlich auf keinen Fall. Doch die Vögel im Walde sängen seltsame Lieder, und der Vater Gouverneur möge achthaben und Wachen aufstellen auf den Wällen von Vincennes.

»Wie?« rief der Indianeragent erschrocken aus. »Wachen aufstellen? So nah also ist es schon am Krieg?«

Krieg? Ein Überfall sei kein Krieg, ein Überfall sei ein Überfall, niemand könne hinterher sagen, wer es gewesen sei, der Jäger komme in der Nacht und verschwinde in der Nacht ...

So redete Häuptling Schwarzbär. Oder vielleicht war es der Häuptling Hirschhorn; es gab viele Namen und viele Häuptlinge. Manche waren vorsichtig und sagten gar nichts, hoben nur die Schultern, starrten in das Feuer und sahen dem Rauch ihrer Pfeife nach. Doch gerade das Schweigen war dem Agenten sehr verdächtig.

Aber der weiße Mann fragte natürlich nicht nur den Sachem, er fragte auch die jungen Krieger, und erst bei deren Antworten gingen ihm die Augen so richtig auf. Denn da konnte er begeisterte Worte hören, da sah er Bewunderung, Liebe, Treue, da hörte er auch manch eine übermütige oder heiße Drohung aus zukunftsgläubigem Herzen, da hörte er, daß kein Mann größer, schneller, treuer, tapferer sei als Tecumseh. Er könne so schnell rennen wie ein Pferd, schwimmen wie ein Fisch, sei schlau wie der Luchs, und schießen könne er, schießen, ha, schießen wie – wie ein Mitschi-malsa, ein Langes Messer. Nur schneller, sagte der junge Indianer und lachte. Und dann merkte er wohl, daß er zuviel gesagt hatte, und schwieg, oder es unterbrach ihn ein anderer und hieß ihn, seine Zunge im Zaume halten, und das war noch schlimmer. Der Indianeragent aber hatte genug gehört, er merkte sich alles und ging weiter.

»Du warst in Notwehr, Glenn?«

Der Gouverneur in Vincennes wurde nicht ruhiger durch die Berichte, die seine Späher ihm sandten. Und dann wurde im heißen Hochsommer ein weißer Mann erschlagen, an einem stillen, friedlichen Tag. Da hatte man es ja, es ging schon los. Zwar war Big Jim, der Tote, ein Raufbold und Betrüger, selbst seine weißen Brüder hatten ihn nicht gemocht, als er noch lebte. Doch nun war er tot, erschlagen, im Wald lag seine Leiche. Das waren Indianer gewesen, diese verfluchten Shawnee da oben am Tippecanoe-River, ausräuchern sollte man das Nest! Schon begann es zu kochen in den Schanzdörfern. Der Gouverneur zog schleunigst zwei Kompanien der Miliz ein, er wußte nicht recht, ob zum Schutz der Indianer oder der Grenzbauern. Genug, er zog sie ein und sandte Boten an den Propheten.

Der war in seinem Fahrwasser. Der Gouverneur wollte ihn sprechen? Das konnte er haben! Ten-squa-ta-wa fuhr ab, mit stattlichem Gefolge und predigte Herrn Harrison die Hucke voll von seinen edlen Absichten, daß der Gouverneur nicht mehr wußte, war er selber noch ein Blaßgesicht oder schon eine Rothaut. Ten-squa-ta-wa aber wies nach, daß der Mord nicht von seinen Leuten verübt worden war.

Und dann wurde der Täter auch gefunden, es war ein Weißer. Nun war der Mörder auf einmal kein Mörder mehr, jedermann glaubte, daß er in Notwehr gehandelt hatte, jedermann kannte ja die gewalttätige Art von Big Jim. Der war nun tot, man war im Grunde froh, daß man ihn los war – aber, nicht wahr, es hätte doch sein können, daß es Indianer gewesen wären!

Die Grenzer beruhigten sich, die Ernte nahte, es war gut, daß es die Indianer nicht gewesen waren, denn nun konnte man doch in Frieden die Ernte hereinbringen. Aber nach Jahr und Tag war der Sachverhalt vergessen. Da hieß es: Weißt Du noch, wie die roten Schufte damals Big Jim umgebracht haben? Donner, was sind wir doch für gutmütige Kerle, haben damals seinen Tod nicht einmal gerächt. Wäre besser gewesen, einfach so ein paar Roten die Axt vor den Schädel zu knallen zur Warnung ...

Ten-squa-ta-wa fuhr heim, der Gouverneur wußte nicht, woran er war, die Milizen kosteten Geld, sie wollten heim, die Ernte rief. Er entließ sie, sie gingen in ihre Häuser zurück, stolze Krieger, Brust heraus und die Faust auf den Tisch, daß es krachte, und ruhmbedeckt saß der und jener am Abend vorm Haus und ließ sich bewundern von Nachbars Jonny und Nachbars Betsy. Und seine Frau sagte zu Rebekka Stamford: Denkt nur, Rebekka, wenn die Roten nun aber nicht zur Kreuze gekrochen wären ...!

Aber dann, im Herbst, ging der Krawall noch einmal los, nur von der anderen Seite diesmal. Thomas Glenn erschoß in den Gassen von Vincennes ohne allen Grund, ohne die geringste Ursache einen Muskogee-Indianer, einen von diesen halbverhungerten, armen Teufeln, die sich ihren Lebensunterhalt mit Lastenschleppen, kleinen Diensten, Aushilfsarbeiten verdienten, da sie nicht mehr frisch und stark und schnell genug waren, von der Jagd zu leben. Seine Familie war tot, sein Clan zerrissen, er schlief in einer verfallenen Hütte unten am Fluß, strich müde und ängstlich durch die Straßen.

Und so ein armer Teufel kam Tommy Glenn eines Tages in die Quere. Glenn war schlechter Laune, hatte wohl wieder einmal hohe Preise für Pelze zahlen müssen – an andere Indianer, nicht an den Muskogee – oder das, was er für hohe Preise hielt. »Da ist ja noch so ein Schwein!« schrie er, hob die Büchse, knallte los, der Indianer lag im Straßenstaub, stöhnte, schrie. Glenn ließ ihn liegen.

Die Sache kam vor Harrison. Zwei Stunden später war Glenn verhaftet, saß im Gefängnis. Zwei Wochen später trat das Gericht zusammen, ein Gericht freier amerikanischer Bürger. Der Gouverneur war selbst Ankläger, er verlangte mit harten Worten den Tod des Mörders. Was? schrien die Richter, Mörder? Weil er einen Indianer erschossen hat? Du warst doch in Notwehr, Glenn, fragten die den Angeklagten. In Notwehr? lachte der, natürlich, nickte er, Notwehr, ich wußte mir nicht mehr zu helfen, er bedrohte mich, hob die Faust, soll ich mich etwa von einem Indianer schlagen lasse?! Ich mußte ihn niederschießen. Schnell waren Zeugen da, die wußten, daß der Muskogee ein Messer gezogen hatte; andere Zeugen, die wirklich dabei gewesen waren, hatten auf einmal nichts mehr gesehen, obwohl sie damals dem Gouverneur entrüstet den Mord genau beschrieben hatten. Jetzt waren sie vorsichtig geworden. Einige Freunde Glenns hatten unter vier Augen ein deutliches Wort mit ihnen gesprochen; sie konnten sich an nichts mehr erinnern. Sollte man etwa Gefahr laufen, einen Stich in den Leib zu bekommen – wegen des Muskogee? Der war tot, dem war doch nicht mehr zu helfen, Glenns Freunde aber waren am Leben, sehr am Leben. Man zog es vor, sich nicht mehr zu erinnern. Nein, nein, nein, sagten sie, sie könnten sich wirklich nicht erinnern, sie müßten sich damals geirrt haben, es wäre ja vielleicht möglich, daß der Rote doch ein Messer – die Kerle hätten ja immer Messer bei sich.

Ja, schrie ein anderer, es war Shannon, gar kein so übler Kerl sonst – aber sollte vielleicht Glenn wegen solch eines windigen, besoffenen Indianers bestraft werden, ja, schrie also Shannon, er habe doch dicht dabei gestanden –.

Dabei gestanden?, fragte der Richter, dem das nun doch zu toll wurde, denn Shannon war erst zwei Tage vor der Verhandlung von einer Reise zurückgekehrt.

Ja, natürlich, dicht hinter Glenn stand ich, fragt doch M'Caughan und Billy Slum, schrie er.

Kurz, Thomas Glenn wurde freigesprochen. Es gab eine große Feier bei M'Caughan unten am Fluß, das wäre ja noch schöner, Tommy, was? ... Es lebe die Gerechtigkeit, Tommy Glenn! Und die Jury dazu! Wir sind doch freie Männer in Amerika!

Der Winter kam, ein neuer Winter. Gouverneur Harrison hörte, es seien in Ten-squa-ta-wa-Stadt höchstens vierzig, fünfzig Krieger, mit Frauen und Kindern höchstens hundertfünfzig Menschen, der Ruhm des Propheten scheine also nachzulassen. Da hatte man's ja, dachte nun auch der Gouverneur, ich kenne ja meine Indianer, dachte er. Wir wollen ihnen im Frühjahr die Jahrgelder rechtzeitig schicken und Zucker und Salz, damit sie zufrieden sind. Sie werden schon vernünftig bleiben.

Gouverneur Harrison kannte nun wirklich die Indianer. Tensqua-ta-wa hatte auf ihn keinen großen Eindruck gemacht; ein Schwarmgeist, nicht ganz ehrlich, wie alle diese Schamanen, und dann doch wieder ganz in Ordnung. Wenn es ihm gelang, die Indianer von ihrer Säuferleidenschaft zu befreien, um so besser. Wenn schon der Prophet, der doch der Erste war, ein so gutmütiger, von wirren Gedanken erfüllter, kein besonders mutiger Knabe war, so war es sicherlich mit dem anderen, der ja nur der Zweite, der Untergeordnete war, erst recht nicht weit her. Überlegene Ruhe, väterliche Fürsorge und die nachdrückliche Warnung, keine Dummheiten zu machen – das würde schon genügen.

Gouverneur Harrison wollte Frieden, und er sprach nicht von seinem guten Herzen, aber er hatte eins. Die Agenten hatten ihm erzählt, daß die Roten viel mehr Mais anzubauen begannen, überall. Wenn das eine Folge des Wirkens der beiden Shawnee war, so wollte der Gouverneur gern ein Auge zudrücken, wenn einmal da und dort ein Übergriff geschah. Denn wenn die Indianer Ackerbauern wurden, dann würden ihre Klagen aufhören, daß das Wild immer seltener werde, dann würde auch der Haß auf die Weißen nachlassen, die ihnen die besten Hirsche und Elche wegschössen und die die Biber selbst dann fingen, wenn die Weibchen ihre Jungen hatten, während doch kein richtiger roter Jäger einem Biber in dieser Zeit nachstellte.

Ach, Harrison glaubte Bescheid zu wissen. Er glaubte, seine Grenzer und auch die Indianer zu kennen. Ihm war es recht, daß die Roten sich immer mehr in größeren Dörfern zusammentaten. Seitdem hatten die »Übergriffe« einzelner Horden weißer Jäger fast ganz aufgehört. Früher, als man in den Wäldern noch einzelne Familien fand, die ganz allein irgendwo Mais bauten, einen Hirsch schossen, da war es leichter gewesen, sie zu bestehlen, zu betrügen, ihre Fellvorratshäuser auszurauben oder sie gar zu ermorden.

Kurz vor Winteranbruch bat Harrison den Shawnee-Propheten noch einmal zu sich. Er führte ernste Gespräche mit ihm, er warnte nachdrücklich und sagte auch Unterstützung zu, wenn der Indianer es ehrlich meine. Ten-squa-ta-wa, dem Tecumseh einige sehr bündige Verhaltensmaßregeln mitgegeben hatte, machte diesmal einen viel besseren Eindruck auf den Gouverneur. Die freundlichen grauen Augen des Amerikaners ließen sich zwar nicht auf den Grund sehen, hinter der glatten Stirn, unter dem strohgelben Bürstenhaar saß ein kühler Verstand. Aber der Indianer prahlte nicht, redete nicht mehr wie bei der ersten Begegnung davon, daß er ein Gesandter Manitus sei. Er entwickelte dem Gouverneur ruhig, wie alle seine Gedanken darauf gerichtet seien, seine roten Brüder glücklicher zu machen. Sein Ziel sei Frieden, denn daß sie keinen Krieg gegen die siebzehn Ratsfeuer der Amerikaner führen könnten, das wisse er.

Der Winter verging, der Frühling kam blühend in die Täler, und Vincennes erlebte, wie zweihundert Lakota hoch zu Roß durch seine Straßen nach Norden ritten. Zweihundert kühl blickende, schweigsame Indianer, denen das lange, schwarze Haar über den Rücken herabfloß, die prachtvoll in Hirsch- und Büffelleder gekleidet waren, die Adlerfedern auf dem Kopf trugen und bemalte, eisenharte Schilde über dem Rücken, die Brust geschmückt und bestickt mit buntbemalten Stachelschweinborsten. Es ging also wieder los in Ten-squa-ta-wa-Stadt.

Bald hörte man, daß dort oben am Tippecanoe-River Assiniboin- und Siksika-Abordnungen angelangt seien. Kapitän Wells, der mehr als dreißig Jahre unter den Indianern gelebt hatte, dessen Frau eine Schwester des Miamihäuptlings Mitschikinikwa war, Kapitän Wells hatte es dem Gouverneur berichtet, und er war ein Mann, der sich auskannte.

Und dann hörte man, daß der Shawnee-Prophet einen allgemeinen Indianerkongreß für den Sommer einberufen habe. Ein paar Wochen später schickte er die Salzladung zurück, die der Gouverneur ihm nach Ten-squa-ta-wa-Stadt gesandt hatte. Er brauche keine Geschenke von den Langen Messern. Die roten Männer wüßten sich selbst zu ernähren, ließ er sagen.

Dann hieß es, englische Agenten trieben sich am Tippecanoe-River herum, und es sei erstaunlich, wie viele Gewehre und wieviel Pulver die Roten hätten. Der amerikanische Gouverneur Harrison fragte bei Wells in Fort Wayne an, und Wells schickte einen Boten in die Prophetenstadt. Doch der Bote kam zurück mit der Antwort, der Gouverneur brauche keine Furcht zu haben. Gewehre und Pulver brauchten seine roten Kinder, um Hirsche und Elche zu schießen; und seitdem sie kein Feuerwasser mehr annähmen, bekämen sie viel mehr für ihre guten Pelze. Das Pulver sei von amerikanischen Händlern gekauft und richtig bezahlt, der Vater Gouverneur möge sich erkundigen. Er wünsche doch sicher nicht, daß seine Kinder hungerten; mit Pulver und Blei aber könnten sich die Indianer mehr Fleisch beschaffen als mit Pfeil und Bogen. Das konnte Ernst, konnte Hohn sein. Harrison wünschte, daß der Prophet ihn wieder einmal besuche. Er schickte einen neuen Boten. Ten-squa-ta-wa gab ihm Antwort durch seinen Sekretär, dem er den Brief diktierte, er würde gern kommen, aber der Vater Gouverneur möge sich ein wenig gedulden, denn sie erwarteten Besuch in Ten-squa-ta-wa-Stadt, viele große Häuptlinge kämen. Die Häuptlinge würden zornig sein, wenn er sie nicht selbst empfänge. Aber danach wolle er gern kommen und mit dem Vater Gouverneur reden.

So gingen die Boten hin und her. In der Indianerstadt am Tippecanoe aber brannten wieder die abendlichen Feuer, hielt Ten-squa-ta-wa seine vom Großen Geist befohlenen Reden, unterrichtete Tecumseh die Männer im Krieg und erzählte und warb und schuf sich Freunde und Anhänger.

Der erste Kongreß

Im Frühsommer fand der erste Kongreß der Häuptlinge statt. Er begann mit einer feierlichen Begrüßung durch Ten-squa-ta-wa, und die alten Männer der Lenape, der Wyandot, der Miami machten lange Gesichter. Wie kam dieser Mensch dazu? Waren nicht Cata-he-cassa da oder Lederlippe, saß nicht Mitschikinikwa, der Fürst der Miami, unter ihnen? Hätte nicht er das erste Wort gehabt? Auf seinem Gebiet fand ja die Versammlung statt.

Aber Ongpatonga und Pesch-hi und Tinthon-ha, die Lakota-Häuptlinge, sahen nicht verwundert drein, sie fanden das ganz in Ordnung. Kleiner-Biber, der mächtige Sachem der Anischinabe, der in Begleitung von einem Dutzend Clanältesten und Häuptlingen gekommen war, fand es auch in Ordnung. Und die Hotchangara und Kickapoo, ja selbst Winnemac, der Potawatomi-Führer, saßen mit aufmerksamem Gesicht da und hörten zu. Dieser Prophet, der bei den Sachem der östlichen Stämme nicht viel galt – denn sie kannten ihn ja von seiner Jugend her –, der schien hier tatsächlich ein bedeutender Mann zu sein. Es war besser, still zu sein und zuzuhören.

Es folgten andere Reden, jeder der Stämme sprach durch einen seiner Häuptlinge, zwei, drei Tage gingen hin mit ruhigen Begrüßungen, mit feierlichen Worten, und an den Abenden saß Tecumseh im Zelte Tinthon-has oder am Herdfeuer bei Kleiner-Biber, sprach mit Winnemac oder mit Mitschikinikwa.

Dann hielt der Prophet seine zweite Rede, die er mit einem Zaubertanz begann und damit, daß er die heiseren Stimmen sprechen ließ. Die Augen der Häuptlinge wurden starr und sie atmeten schwer, als der Prophet im Kreise herumging und die Geister anrief am hellen, klaren Sommertag, und die Geister antworteten ihm aus einem Baumstamm oder aus einer Quelle, aus der Erde oder gar aus dem Leibe des Nachbarn.

Ten-squa-ta-wa entwickelte sein Programm, er sprach sich in große Begeisterung hinein. Viele Indianer sind gute Redner;

schon als Kinder werden sie von ihren Müttern angehalten, richtig sprechen zu lernen, damit sie sich als Männer im Rat der Krieger nicht zu schämen brauchen. Ten-squa-ta-wa aber hatte in den letzten Monaten und Jahren ein unvergleichliches Vorbild gehabt, er hatte den Reden Tecumsehs zugehört und gelernt. Seinen Stoff beherrschte er so gut wie der Bruder, denn sie hatten lange Gespräche miteinander gehabt. Tecumseh war nicht müde geworden, ihm auf alle Fragen, auf alle Zweifel eine Antwort zu geben, und der Prophet sprach nun vor den Häuptlingen. Er wußte, dies war der Tag, heute mußte er sie gewinnen. Er sprach vom Feuerwasser und immer wieder vom Feuerwasser, wie es die Jungen verderbe, die Männer krank mache, den Alten die Achtung des Stammes raube; wie es die Indianer arm mache, er führte Beispiele an. Er erzählte, wie der oder jener, ein ruhiger Mann, ein sicherer Jäger, sich im Schmutz der Straße gewälzt habe und nichts mehr von Anstand und Sitte gewußt habe. Und daß in Ten-squa-ta-wa-Stadt kein Tropfen des brennenden Wassers geduldet werde, daß auch viele Dörfer schon frei seien von diesem Übel – und da konnten die Häuptlinge nicht anders, als mit dem Kopf zu nicken und zuzustimmen.

Ten-squa-ta-wa sprach vom Maisanbau und vom Acker, und daß man Vorräte brauche für den Winter – und wieder mußten die Häuptlinge zustimmen.

Er sagte, Hirschhaut und Bisonhaut seien das Kleid des Indianers. Leder reiße nicht entzwei, wenn man im Wald an einem Zweig hängenbliebe, und der alte Cata-he-cassa, der in blauem Tuchrock gekommen war, nickte. Er hatte sich besonders feierlich anziehen wollen, aber sein Rock hatte einen tiefen Riß, denn er war an einem Dorn hängengeblieben.

Ten-squa-ta-wa sprach und sprach, und die alten Männer, die kühlen Krieger mit den grauen Köpfen, den bedächtigen Augen und den starren Stirnen hörten zu, schwiegen und rauchten ihre Pfeifen. Die Langen Messer, dachten sie, warum spricht er nicht von den Langen Messern?

»Ten-squa-ta-wa sieht eure Gedanken, Häuptlinge meines Volkes. Offene-Tür weiß, was eure Herzen unruhig macht. Auch davon wird der Prophet sprechen, den der Große Geist zu seinen Kindern gesandt hat. Hört, was Ten-squa-ta-wa sagt, hört und öffnet weit eure Ohren.«

Und nun rief er mit starker Stimme über die feierliche Versammlung hinweg, über die federgeschmückten Häupter, kahlgeschorenen Köpfe, Pelzkappen und starr hochgebürsteten Haarkämme, er rief mit lauter Stimme, und alle die ernsten Gesichter der Waldkrieger und Präriejäger, der Bootsfahrer und Reiterhäuptlinge hoben sich und starrten entgeistert den Menschen an, der da mit stolzer, jubelnder Zuversicht ihnen Unerhörtes sagte:

»Hört, und wer nicht glaubt, wird glauben, wird sehen und wird sein Haupt zur Erde beugen. Denn damit ihr wißt, daß ich der Gesandte Manitus bin, der Sohn des Manitu, will ich morgen die Sonne finster machen. Es wird keine Wolke am Himmel sein, es wird vorher nicht Nacht sein und nicht Dämmerung, aber ich werde zu Manitu rufen, und er wird die Sonne vor euch, die ihr hier versammelt seid, dunkel machen, er wird das Licht des Tages zudecken, und eure Seelen werden Furcht haben wie die Seelen der Tiere in den Wäldern. – Dann werdet ihr glauben, Häuptlinge, denn es wird geschehen um die gleiche Stunde, zu der ich heute zu euch spreche.«

Ten-squa-ta-wa hob beide Arme empor, hielt die Hände der Sonne entgegen und schritt rückwärts in den Wald hinein, der gleich hinter seinem Rücken begann.

Die Versammlung aber saß mit erstaunten Gesichtern. Sie wußten nicht: sollten sie lachen, sollten sie ernst bleiben? Hatte der Wahnsinn den Propheten umnachtet?

Sie saßen da, rauchten ihre Pfeifen, blickten vor sich hin, und allmählich erst erhob sich der oder jener und zog sich schweigend in sein Zelt, in seine Hütte zurück, dachte ratlos über die Worte nach, die Ten-squa-ta-wa gesprochen hatte. Daß er sie einfach anlog, das glaubten sie nicht, denn es mußte sich ja morgen schon zeigen, ob seine Worte Lüge oder Wahrheit seien. Aber wie konnte ein Mensch sich erkühnen und erklären, er habe Macht darüber, am hellen Tage die Sonne zu verhüllen?

Tecumseh hatte den Worten Ten-squa-ta-was mit der gleichen Verblüffung gelauscht wie die anderen Zuhörer, aber seine Betroffenheit ging bald in so rasenden Grimm über, daß er Mühe hatte, ein gleichmütiges Gesicht zu wahren. Sobald es möglich war, eilte er in den Wald, um den Bruder zu suchen und zur Rede zu stellen. Aber er war nirgends zu finden. Er stellte sich auch am Abend nicht ein, und Tecumseh mußte den Fragern immer die gleichen ausweichenden Antworten geben, bis er die Geduld verlor und den Häuptlingen erklärte, sie sollten warten bis morgen oder den Propheten selber fragen. Er gab damit zu, daß er nicht mehr wußte als sie, und die Spannung wuchs. An bloße Lüge wollte auch Tecumseh nicht glauben, eher traute er Ten-squa-ta-wa noch Verrat zu. War er von den Amerikanern gekauft, um sich und den Plan Tecumsehs bloßzustellen, lächerlich zu machen, die Gutgläubigen mit krassem Hohne zu enttäuschen? Aber das wieder wollte der Shawnee nicht glauben, dazu haßte Offene-Tür die Weißen zu sehr, und dazu war er auch viel zu eitel.

Es summten die Gerüchte, und am Tippecanoe ging eine Nacht der Fragen, der heimlichen Anrufe Manitus und Wakantankas zu Ende, als aus dem Dunkel der Berghöhen ein hallender, dröhnender Ruf erscholl, feierlich und wild zugleich, lauter als das Brüllen des Elchbullen in der Brunst, als das Röhren des Wapiti, als der dumpfe Schrei des Büffels. Er kam und ging, es war ein tiefes und dunkles Tönen, ein Donnern wie Gewittergrollen und doch näher und die Herzen tiefer erregend. Der große Jäger rief dröhnend im Wald nach seinem Volke, und die Gebete, die Gesänge, das Klappern der Rasseln, die Trommeln und Pauken begannen zu erschallen, erst leise und verhalten, dann aber lauter und lauter.

Der Tag ward grau

Der Morgen kam, aber der Prophet zeigte sich nicht. Die schweigsamen, regungslosen Wölfe standen vor seiner Tür, zwei seiner Anhänger, die er sich zu Gehilfen herangezogen hatte, saßen in Bärenfellen vor dem Eingang und hüteten das Haus des Geheimnisses. Die Sonne erreichte ihren höchsten Stand, doch Ten-squa-ta-wa zeigte sich nicht.

Am Nachmittag kam er aus der Zauberhütte, gekleidet wie meistens, in Leder wie alle anderen Männer; er ging mit nacktem Oberkörper, er hatte weder Rasseln noch Glocken in der Hand oder an seiner Kleidung; mit tiefernstem Gesicht rief er den Häuptlingen zu, die wartend umherstanden: »Folgt mir!«

Sie gingen auf eine leichte Anhöhe. Er ließ die Männer sich setzen, und junge Krieger mit Baumpauken und Handtrommeln, mit den Instrumenten des Zaubers, waren da und saßen im Kreise, und Ten-squa-ta-wa begann die Beschwörung.

Es war ein klarer Sommertag, keine Wolke war am Himmel. Der Prophet tanzte und rief den großen Manitu an. Die Häuptlinge und alle Anwesenden warteten in eisigem Schweigen.

Und dann begann das Licht fahl zu werden, die Sonne stand am Himmel, keine Wolke bedeckte sie, aber es wurde dämmerig und dunkel, die Sonne verlor ihren Glanz.

Die Pferde begannen zu scheuen und um sich zu schlagen. Ten-squa-ta-wa aber betete und rief Manitu an. Und die Düsternis wuchs, der Tag ward grau. Den Trommlern versagte die Hand, die Rasseln verstummten, das Entsetzen regte sich unter den Wartenden, denn die Sonne stand nicht mehr am Himmel, die Sonne war ausgelöscht. Der Prophet aber dankte Manitu, daß er allen Ungläubigen gezeigt habe, daß Offene-Tür von ihm gesandt war. Er bat, die tiefen Schatten von der Erde zu nehmen, die Vögel wieder singen zu lassen, den Männern ihr Herz wiederzugeben. Er tanzte die große Beschwörung, und langsam wurde es heller und heller, der Schein der Sonne gewann seine Wärme wieder.

Ten-squa-ta-wa dankte und sang und entfernte sich dann tanzend und singend aus der Versammlung, ging in seine Hütte zurück, und ein böser Ausdruck war auf seinem Gesicht. Er hatte gesehen, daß sogar sein Bruder eine Zeitlang fassungslos gewesen war, daß er ihn angestarrt hatte wie eine Erscheinung, daß auch Tecumseh nicht wußte, was er hatte denken sollen, und daß der wilde Krieger und große Redner, das starke Herz und der klare Geist Tecumsehs verwirrt gewesen waren. Denn er hatte die Büffeldecke über sein Haupt gezogen und sein Antlitz verhüllt wie die anderen.

Ten-squa-ta-wa lag auf seinem Lager im Haus des Geheimnisses, und die Eifersucht und der Triumph kämpften in ihm. Er war der Größere, der Schlauere, er war der Prophet, er hatte es bewiesen, er hatte es auch Tecumseh gezeigt. Was wäre Tecumseh ohne die Hilfe Ten-squa-ta-was ...

Aber Offene-Tür täuschte sich. Zwar hatte er richtig gesehen, Tecumseh war von den Geschehnissen überrannt worden, auch sein Herz hatte einen Augenblick lang schneller geschlagen im Sturm des Schreckens, und sein Gesicht hatte die Farbe verloren und war grau geworden wie die Luft umher und wie das Antlitz aller anderen. Mancher sah hinüber zu dem Shawnee, Kleiner-Biber und Mitschikinikwa, Pesch-hi und Tinthon-ha, und sie sahen, daß auch er erschüttert war. Nun war auch der Eigensinnigste überzeugt, und auch Winnemac, der Potawatomi, ein Mann, der nach Gestalt und Kraft, nach Festigkeit des Herzens und in seiner Klugheit Tecumseh ähnlich war – auch Winnemac hatte Tecumseh angeblickt, hatte seinen Schrecken und seinen Glauben gesehen, auch Winnemac beugte sich dem Propheten. Und dieser Augenblick war der Keim des Unglücks; Tecumseh konnte nicht ahnen, was in dem Potawatomi vorging, aber die Saat dieser kurzen Sekunden sollte später einmal furchtbar aufgehen.

Der Shawnee zog die Büffeldecke nicht über sein Haupt, um wie die anderen zu Manitu zu beten und angstvoll die Augen zu

schließen – wie Ten-squa-ta-wa gedacht hatte –, sondern um nach-
zudenken. Während um ihn her das Murmeln der Gesänge wieder einsetzte, als der Prophet gegangen war, da die Sonne wieder
heiß vom Sommerhimmel brannte, dachte der Shawnee nach.

Er konnte keine Lösung finden, aber er kannte doch seinen
Bruder und seine kleinen Künste. Er hatte sich eine Posaune von
den Engländern in Kanada schicken lassen und hatte in der Nacht
zuvor zum ersten Mal ihren dröhnenden Ruf aus den Wäldern
hallen lassen. Eine Betrügerei dieser Art mußte auch hinter der
neuesten Tat Ten-squa-ta-was stecken, und Tecumseh wollte sie
finden. Zunächst aber galt es, den Augenblick zu nützen. Er hatte
sich für den Fall, daß Ten-squa-ta-wa ihn etwa hatte betrügen wollen oder daß seine Beschwörung nicht gelungen wäre, darauf vorbereitet, einzugreifen. Er hatte nicht gewußt, wie er das hätte tun
sollen, aber es war ihm ja nichts anderes übriggeblieben, als auf
eine Eingebung zu hoffen, die ihm zur rechten Zeit schon kommen würde – so hatte er gedacht. Und er hatte Ein-Pfeil und Kish-
kalwa neben sich gesetzt, die treuen Freunde, die sich für ihn hätten in Stücke reißen lassen.

Während die Zaubermänner und die Gehilfen Ten-squa-ta-was
noch tanzten und sangen, die Trommeln dröhnten und die Füße
den Boden stampften, suchten die Blicke der Häuptlinge schon
den Bruder des Propheten. Allzu tief hatte sie dieses unerhörte
Ereignis gebeugt, allzu tiefe Schauer hatte ihre Seele empfunden.
Als die Luft grau und kühl wurde mitten am heißen Sommertag,
da konnte auch ein festes Herz wankend werden. Nun richtete
sich langsam ihr Sinn wieder auf. Die Erde stand noch, die Blumen blühten noch, die Pferde hatten sich beruhigt, und die Vögel
sangen wieder. Drüben aber saß der Bruder des Schamanen, des
mächtigsten, den sie kannten. Er war sein Beauftragter, er mußte
nun zu ihnen sprechen.

Die indianischen Schamanen waren keineswegs alle Gaukler
und Betrüger wie Ten-squa-ta-wa. Und selbst dieser wußte mehr,
als mancher weiße Arzt ihm zugestehen wollte. Die Kenntnisse

der Naturvölker sind vielfältig. Das Auflegen einer Hand, das Murmeln von Beschwörungen, die Seelenkraft eines Naturkundigen hatten schon manchen Kranken geheilt. Die Häuptlinge wußten das, und die meisten von ihnen konnten Scharlatane durchaus von wirklichen Schamanen unterscheiden. Darum waren ja einige bis zum letzten Augenblick auch voll Mißtrauen gegen Offene-Tür gewesen. Ihm war das Ansehen, das sein Bruder überall genoß, bisher zugute gekommen. Nun aber hatte Tensqua-ta-wa auf der ganzen Linie gesiegt. Selbst Cata-he-cassa und der uralte Lederlippe, die dem Propheten am meisten mißtrauten, die ihn schon ganz offen einen Lügner genannt hatten, wußten nun nichts mehr zu sagen. Sie waren erschüttert. Und auch sie warteten darauf, daß Tecumseh nun sprach.

»Der Pfeil ist von der Sehne geschnellt!«

Tecumseh trat in den Kreis, scheuchte mit einer Handbewegung die tanzenden Schamanen auf ihre Plätze, winkte Ein-Pfeil und Kish-kalwa. Sie traten neben ihn, enthüllten einen Gegenstand, den sie in den Händen trugen, und hielten ihn empor. Und alle sahen, was Ein-Pfeil und Kish-kalwa vorwiesen: Sie hoben ein Bündel schwarzgefärbter Pfeile hoch, in das eines jener Kalumets eingeschnürt war, die Friedenspfeife und Tomahawk zugleich sind. Das Bündel der schwarzen Pfeile aber war umwunden mit einem breiten weißen Band, und Weiß war bei allen Indianerstämmen die Farbe des Friedens und der Freundschaft. Kishkalwa und Ein-Pfeil hoben die beiden Bündel hoch, so daß alle sie sehen konnten, gingen dann in einander entgegengesetzter Richtung innen im Kreis der Versammelten die vordersten Reihen ab und zeigten das Zeichen des Bundes. Als sie wieder zu Tecumseh zurückgekehrt waren, bohrten sie einen dünnen Stab in die Erde, rechts und links vor Tecumseh, und steckten das Bündel darauf, so daß die Pfeilspitzen und der Pfeifenkopf wie das

Obsidianblatt der Kriegsaxt nach oben wiesen. Dann begaben sie sich wieder auf ihre Plätze. Es war still in der Runde.

Tecumseh war tiefernst. Jeder sah, daß er sich sammelte. Jeder sah, daß der Anruf des Großen Jägers wirklich seine Seele erfüllte. Dann begann der Shawnee seine Rede. Er gab keine Erklärungen des Wunders, das sie eben gesehen hatten. Er wies auf die beiden Pfeilbündel und begann mit dem Gleichnis, das sie alle schon einmal oder öfter von ihm gehört hatten, mit dem Gleichnis von den Pfeilen, die unzerbrechlich seien, wenn sie vom Band der Freundschaft zu einem dicken Bündel verschnürt und durch die Kriegsaxt verstärkt seien. Er zählte dann die Verträge auf, die die indianischen Völker seit der ersten Landung der Blaßgesichter an der Ostküste mit ihnen geschlossen hatten, und er zeigte eine so genaue Kenntnis dieser Dinge, daß die Häuptlinge der Wyandot, deren Stamm doch der Bewahrer der Wampumschwüre und der auf Leder oder auf Pergament geschriebenen Verträge war, erstaunt und zustimmend immer wieder mit dem Kopf nickten. Er zählte die Verträge auf und wies nach, daß sie alle, ausnahmslos, von den Weißen gebrochen worden waren.

Die Zuhörer standen noch im Bann der ungeheuerlichen Tat Ten-squa-ta-was, sie folgten Tecumsehs Worten mit gespannter Aufmerksamkeit, aber dies alles, was sie schon oft gehört hatten, regte sie nun nicht mehr auf. Sie warteten auf etwas anderes, Stärkeres, Größeres. – Und dieses andere kam.

Tecumseh erhob plötzlich seine Stimme: »Brüder und Freunde! Krieger der roten Völker, hört, was Tecumseh sagt: Ein Volk sind wir alle, die wir von roter Haut und schwarzem Haar sind, ob wir uns Anischinabe nennen oder Lakota, Lenni Lenape oder Wyandot, Assinoboin oder Muskogee. Siebzehn Ratsfeuer haben die Langen Messer, denn siebzehn Länder haben sie. Aber wenn sie einen Krieg führen oder einen Frieden schließen oder einen Vertrag unterzeichnen, so sind es alle siebzehn Ratsfeuer, die zum Krieg oder zum Frieden oder zum Vertrag schreiten. – Wie die Langen Messer sich zusammengeschlossen haben zu einem Bund

und keinen Krieg gegeneinander führen, so wollen auch wir uns zusammenschließen, und niemals wieder darf das Kriegsbeil von einem Stamm ausgegraben werden, um es gegen den anderen zu erheben, oder die Strafe aller Ratsfeuer unseres Volkes soll ihn treffen.«

Das ließ die Herzen der Häuptlinge erzittern, das war ein Wort, fast so groß wie die Tat Ten-squa-ta-was, der die Sonne zum Verschwinden gebracht hatte.

Tecumseh sah die ungeheure Wirkung seiner Worte. Er sprach weiter: »Die Langen Messer haben Gewalttat auf Gewalttat und Betrug auf Betrug gehäuft, aber sie sind ein seltsames Volk, Brüder! Wenn sie uns ein Stück Land gestohlen hatten, dann wollten sie hinterher ein Papier darüber besitzen. Wenn sie aber Land von uns erst erwerben wollten, dann haben sie uns bedrängt und bedroht und beschwatzt, bis wir es hergaben. Denn oft genug dachten unsere alten Männer, sie könnten auf diese Weise den Krieg vermeiden, und so haben sie das Land verlassen und den Langen Messern gegeben. Aber auch dann wollten sie hinterher ein Papier haben und wollten es ›kaufen‹, wie sie sagen. Sie gaben uns Decken, die so dünn waren, daß sie nicht wärmten, Pulver, das so schlecht war, daß es nicht brannte, Gewehre, die so alt waren, daß der Rost sie zerfressen hatte. Sie gaben uns all diese schlechten Sachen, die unsere Stammesältesten gar nicht wollten, und sie ließen es in den Papieren niederschreiben. Sie zählten darin genau auf, welche Dinge sie uns gegeben hatten, freilich ohne niederzuschreiben, ob sie alt oder neu waren, und sie sagten dann, sie hätten unser Land gekauft.

Oft genug gab es auch Häuptlinge, die hatten Verlangen nach Feuerwasser oder Gewehren, und sie verkauften Land an die weißen Männer, um diese Dinge zu erhalten, obwohl diese Häuptlinge doch wußten – sie mußten es wissen, daß man Land nicht vom Boden aufheben und dahin tragen oder dorthin tragen kann, daß man Land nicht weggeben kann wie ein Zelt oder ein

Pferd oder einen Bogen oder wie tönerne Gefäße: Sie wußten, daß dieses Land, in dem wir wohnen, keinem einzelnen Menschen gehört, sondern allen. Der Große Geist hat es für seine Kinder geschaffen und hat es ihnen gegeben, damit sie darauf Mais und andere Früchte pflanzen. Er hat die Tiere des Waldes und die Fische in den Flüssen und die Vögel unter den Wolken des Himmels geschaffen, damit wir zu jagen und zu essen haben und unsere Frauen, Kinder und Greise ernähren können.

Kein Häuptling hat das Recht, Land zu verkaufen wie ein Bärenfell. Er hat ja das Land nicht gemacht oder erbeutet oder geschossen. Die Haut des Hirschs und das Fleisch des Hirschs, den er geschossen hat, darf er verkaufen; sie sind sein Eigentum. Und doch muß er, wenn Kranke und Schwache und Alte in seinem Dorf wohnen, ihnen einen Teil vom Fleisch abgeben; er muß ihnen ein Fell schenken, damit sie sich wärmen, eine Hirschhaut, damit sie Kleider daraus machen können. Auch die Jagdbeute gehört nicht ihm allein. So ist es Gesetz.

Ihr wißt alle, Häuptlinge meines Volkes und ihr, weise Männer und Krieger und Jäger, daß wir den Biber nicht jagen, der Junge hat, und die Hirschkuh nicht töten in der Zeit, da sie geworfen hat. Das Wild im Wald ist nicht da, damit jeder mit ihm tue, wie ihm beliebt. Das Wild gehört allen, wie das Land, auf dem wir leben.

Und da die weißen Männer unser Land nur durch Kauf nehmen wollen, so wollen wir zwei neue Gesetze ausgraben und sie überallhin tragen, wo rote Menschen leben. Die Völker und Stämme von roter Haut und schwarzem Haar schlingen das Band der Freundschaft um ihre Dörfer und Zelte und Häuser. Ein Band soll uns alle umschließen, die wir zu einem Volk gehören.

Die Völker und Stämme von roter Haut und schwarzem Haar zünden neue Ratsfeuer an, zu denen wir alle das Holz und die Flammen geben. Und diese Ratsfeuer werden wie ein einziges großes Ratsfeuer an einem Ort gezündet.

Der heilige Platz, an dem die Ratsfeuer aller roten Völker brennen, soll diese Stadt Ten-squa-ta-wa sein, in der wir uns heute versammelt haben.

Ihr alle habt gesehen und gehört, Brüder, was der Prophet getan hat. Manitu gab ihm die Macht, die Sonne am hellen Tage zu verdunkeln. Es geschah zur Warnung für alle, die nicht glauben wollten. Dieser Ort soll von nun an ein heiliger Ort sein. Wer seinen Frieden bricht, wird getötet werden. Wir haben ihm den Namen Ten-squa-ta-wa gegeben, denn er soll eine offene Tür sein für alle, die in den großen Bund aller roten Stämme einziehen wollen als in ihre Heimat und in ihr Haus. Das ist das erste Gesetz.

Das zweite Gesetz aber ist: Kein Stamm, kein Volk der roten Menschen darf in Zukunft noch an die weißen Männer Land verkaufen, denn diese Erde hat der Große gute Geist allen seinen roten Kindern geschenkt. Wenn Land verkauft werden soll an die Mitschi-malsa, die Langen Messer, oder an die Englishmen, so muß es vor die Ratsfeuer der roten Völker zu Ten-squa-ta-wa gebracht werden, und die Ratsfeuer werden beschließen, ob verkauft werden soll oder nicht.

Wenn aber ein Häuptling oder ein Stamm oder ein Volk von roter Haut dennoch Land an die weißen Männer verkauft, so ist dieser Verkauf ungültig. Die Verkäufer aber erhalten die Strafe, die unsere Ratsfeuer beschließen werden.

Krieger und Häuptlinge, wenn wir diese beiden Gesetze beschließen, wenn wir diese beiden Gesetze dann befolgen, so wird kein Stück unseres Landes mehr den Weißen zufallen, so werden sie nicht mehr weiter eindringen können zwischen unsere Dörfer und Städte, so wird ihrem Fuß Einhalt geboten mit den Mitteln des Friedens, und ihrer Macht wird die Macht aller roten Völker begegnen.

Wir wollen Boten ausschicken an alle Völker von roter Haut und schwarzem Haar, Boten, die tief in die Erde hinabsteigen sollen, damit kein weißer Mann ihren Weg sehen oder ihre Worte hören kann. Die weisen Männer und die großen Häuptlinge aller

Stämme sollen hierher kommen. Wir wollen das weiße Band der Freundschaft um alle Menschen schlingen, die aus dieser Erde an das Licht gestiegen sind. Aber die schwarze Axt soll allen drohen, die uns feind sind. Wir wollen Mais rösten und zu Mehl zerstampfen und Salz und Zucker daraufstreuen, und jeder rote Mann soll davon essen.

Dann werden unsere Frauen ruhig schlafen können, und die Mädchen werden singend zum Morgen- und Abendbad wandern. Die Knaben werden lachend in den Regen hinausspringen, und unsere Ehrwürdigen, die vom Alter gebeugten Männer und Frauen, werden vor den Türen der Häuser, vor den Eingängen der Zelte sitzen und nicht zu fürchten brauchen, daß der Feind mit Messer und Kugelbüchse in das Dorf einbricht. Unsere Krieger und jungen Männer aber werden wieder jeden Morgen vor ihr Zelt treten und das Licht begrüßen.

Schlagt die große Trommel, Brüder! Dies ist kein Wort der Begeisterung und der schnellen Gedanken. Dies ist ein Wort, in Ruhe und Schweigen zu betrachten und zu erwägen. Geht in die Zelte und in den Schatten der Bäume unseres Waldes, sprecht mit Gras und Wasser, mit den Wolken des Himmels und den Sternen der Nacht. Und dann kommt wieder und sagt, was eure Herzen denken.

Tecumseh, der Fliegende-Pfeil der Shawnee, hat gesprochen. Der Puma hat sich geduckt und ist gesprungen, der Pfeil ist von der Sehne geschnellt und fliegt durch die Luft. Wird er sein Ziel erreichen, Brüder?

Tecumseh hat gesprochen.«

»Es ist Tecumsehs Wille«

Die Menge hatte sich verlaufen. Die Häuptlinge waren dem Rat Tecumsehs gefolgt und hatten sich in die Einsamkeit zurückgezogen, um über seine Worte nachzusinnen. Der Shawnee aber ging in sein Erdhaus, legte sich auf sein Lager nieder und ruhte. Der entscheidende Tag war gekommen. Doch er wußte, daß nach diesem Tag andere kommen würden, die neue Entscheidungen verlangen würden, und er war nur ein kleiner Häuptling eines der kleinsten Stämme, nicht einmal Sachem, sondern nur ein Kriegshäuptling, ein Häuptling auf Zeit. Und er war nach außen hin der Beauftragte seines Bruders. Er kannte das schwache Herz Ten-squa-ta-was, der zauberte und tanzte und sang und eitle Gedanken hatte und ein Betrüger war. Ein sehr festes Herz und sehr klare Gedanken braucht, wer sein Volk belügen will um großer Ziele willen. Aber wollte Ten-squa-ta-wa diese Ziele? Waren ihm nicht Ruhm, Macht, Ansehen viel wichtiger? Und er nannte sich doch der Prophet des Manitu.

Am Abend dieses Tages besuchte Tecumseh den Bruder. Der wollte wissen, wie seine Tat gewirkt hatte, ob die Häuptlinge Furcht gehabt hatten, ob sie jetzt an ihn glaubten. Er sah Tecumseh in die Augen und suchte darin den Schrecken. Aber das Gesicht des großen Bruders war streng, und noch strenger waren seine Augen. Tecumseh warnte ihn, noch einmal solche Überraschungen zu bringen, ohne ihn vorher zu fragen.

»Wer Tecumseh in den Weg tritt, wird auf die Zweige der Bäume gelegt werden.« In den Bäumen bestatteten die Waldstämme ihre Toten.

Der Prophet fuhr auf: »Manitu gab mir die Macht, mir allein, die Sonne zu verdunkeln . . .«

Doch Tecumseh unterbrach den Propheten mit eisiger Miene. Er machte eine kurze Handbewegung: »Haben die Inglismon, die Ten-squa-ta-wa das große, brausende Rohr brachten und ihm sagten, daß die Sonne sich verstecken werde, auch gewußt, wann wieder eine Finsternis ist? Haben sie Ten-squa-ta-wa davon auch erzählt, oder haben sie es ihm verschwiegen?«

Erschrocken fuhr Offene-Tür zusammen: »Soll es noch eine Finsternis geben? Und wann wird sie sein, sag es mir!«

Tecumseh starrte ihm verachtungsvoll ins Gesicht, da er sich

so schnell die Quelle seines Wissens entreißen ließ: »Der Berglöwe weiß nicht, wann die Sonne sich wieder verhüllen wird, aber
er hat immer gewußt, daß der Große gute Manitu, der die Welt
geschaffen hat, seine Geheimnisse nicht Offener-Tür anvertrauen
wird, da er sie ja doch nicht bewahren kann. – Ten-squa-ta-wa
möge sehr achtgeben auf die Worte, die Tecumseh nun spricht.
Es ist Tecumsehs Plan und Tecumsehs Wille, der sagt, was geschehen soll. Wer gegen Tecumseh handelt, der achte darauf, wie
schnell Tecumsehs Messer fliegt. Siehst du die Erdmaus dort an
der Tür, Ten-squa-ta-wa?«

Der Prophet blickte in die angegebene Richtung und zuckte
zusammen. Wo eben im ungewissen Schein des Feuers die Maus
zu sehen gewesen war, stak zitternd ein Messer in der Erde; er
hatte noch ein leises Quieken gehört, das war alles.

Tecumseh ging zur Tür, zog die Waffe aus dem Boden, reinigte
sie am Türvorhang vom Blut, steckte sie in den Gürtel und ging
hinaus.

Voll Haß und Furcht blickte der Prophet ihm nach.

Der Gouverneur

Die beiden Gegner

Bürger Volney

William Henry Harrison, Gouverneur des Territoriums Indiana, der zu Vincennes am Wabash-River residierte, hatte Besuch. Ein Mann aus Europa wohnte in seinem Hause. Aus Frankreich sogar, aus jenem großen Lande der Freiheit, dem man in Amerika seit dem Unabhängigkeitskrieg Dankbarkeit und Freundschaft zeigte, wo man konnte. Es war kein gewöhnlicher Mann, es war ein Herr, der da bei dem Gouverneur zu Gast war.

Sein Gast war der Bürger Volney, der eigentlich Constantin François Volney, Comte de Chasseboeuf hieß. Er war ein Graf und ein weitgewanderter Herr dazu, er hatte schon eine große Reise durch Syrien und Ägypten hinter sich, war Mitglied der Pariser Nationalversammlung von 1789 gewesen, war auch ein bekannter Schriftsteller, der viele Bücher veröffentlicht und erklärt hatte, er werde natürlich auch über seine Reise durch Amerika ein Buch schreiben. Da hieß es vorsichtig sein; und zugleich mußte man ihn ehren, mußte ihm zeigen, was es zu sehen gab.

Aber wenn es dem demokratischen Gouverneur Harrison auch wohltat, einen richtigen Grafen in seinem Hause zu wissen, so war er doch wieder nicht der Mann, sich deshalb anders zu geben als sonst. Er war ein nüchterner, klardenkender, freundlicher Mann. Er machte kein Hehl daraus, daß es eine Erholung war, einen gebildeten, weitgereisten Menschen sprechen zu können. Das war doch etwas anderes als die groben Schankwirte, die ungehobelten Pelzjäger, die schwerfälligen, biederen und zugleich ständig aufsässigen Hinterwäldler; etwas anderes als die betrügerischen Landhaie, die Bodenspekulanten und Wildmörder, die hier im fernen Westen im Namen der Freiheit und der Menschenrechte Schnaps soffen, mit Messern und Büchsen jedem friedlichen Mann das Leben schwer machten und vor allem einem Beamten der Staaten, dessen Aufgabe, Wille und Ziel es war, Ordnung zu halten, den Gesetzen Achtung zu verschaffen und den anständigen, friedlichen Menschen, die arbeiten wollten und weiter nichts, auch ihre Freiheit zu sichern.

Ja, wenn man mit dem Comte de Volney sprach, da mußte man eigentlich vorsichtig sein. Aber es drängte William Henry Harrison, von den Indianern zu sprechen. Der Graf Volney sah aus, als verstehe er, den Dingen auf den Grund zu gehen. Er hatte ein energisches Kinn und eine hohe Stirn, und vor allem leuchtete in seinen dunklen Augen das Feuer des gesunden Menschenverstandes, des aufklärerischen Forscher- und Gelehrtenverstandes, an den man glaubte wie an einen neuen Gott. Auf die Ehrlichkeit Volneys konnte man sich verlassen, das wußte Harrison. Wenn er ihn bat, dies oder jenes in seinem Buch höchstens als seine eigenen Gedanken zu vertreten, nicht aber als die des Gouverneurs Harrison zu Vincennes, so würde der Comte ihm den Gefallen sicherlich tun.

»Man müsse die Indianer gerecht behandeln, sagen Sie, Herr Graf? Dann würden sie sich wieder beruhigen? Gerechtigkeit sei es, was alle Naturvölker gewinne?« meinte Harrison. Er lachte, aber es war ein trauriges Lachen. »Sie vergessen, oder Sie wissen nicht, daß man kaum gerechter und weiser regieren kann, als die Sachem in den Dörfern der Roten. Und zudem, Herr Graf: Es ist vergeblich, für Gerechtigkeit einzutreten in einem Fall, der Indianer betrifft.«

Volney war erstaunt: »Das können Sie doch nicht sagen, Sie, der Gouverneur! Das kann nicht sein! Die Staaten sind ein Land der Zivilisation, Sie beschimpfen Ihre Landsleute ...«

Harrison winkte ab. »Was Sie hörten, waren nicht meine Worte, Herr Graf. Was ich soeben sagte, sind die Worte eines Präsidenten der Vereinigten Staaten, der fünfzehn Jahre lang Richter und Gouverneur an der Grenze war. Er sprach aus bitterer Erfahrung.«

»Aber Sie dürfen so nicht sprechen; Sie wenigstens müssen an Ihr Amt glauben ...«

Die Männer hatten sich in diesen Tagen schon oft unterhalten, es ging ihnen beiden um die Sache, sie nahmen sich nichts übel. Und dennoch sagte Harrison nun sehr kühl: »Was ich muß, das weiß ich sehr gut, Graf Volney. Ich muß die Lage sehen, wie sie ist, dann werde ich sie auch beherrschen. Vor einem Jahr starb hier ein Jäger und Grenzer. Ich kannte den Mann. Als er plötzlich krank wurde und starb, rief er seine Söhne zusammen, fünf Burschen von fünfundzwanzig bis herunter zu fünfzehn Jahren waren es. Er lag auf seinem Lager, auf einem alten, abgeschabten Bärenfell in einem von diesen schäbigen Blockhäusern unten am Fluß, er konnte nur noch mühsam sprechen ...«

Ganz beherrscht hatte Harrison zu erzählen begonnen, er war im Zimmer auf und ab gegangen, aber nun stand er in einer Ecke des großen Raumes, seine Stimme war nicht mehr ruhig, er war in grimmiger Empörung. Volney hätte es jetzt erkennen müssen, wenn er es nicht schon seit Tagen gewußt hätte, wie dieser Gouverneur hier mit seiner Aufgabe, seiner Pflicht und seiner Umgebung kämpfte. Dieser Mann nahm es ernst mit seinem Amt.

»Wissen Sie, Graf, was die letzten Worte dieses Sterbenden waren? ›Jungens‹ – er konnte nur noch röcheln, und es kostete ihn Anstrengung – ›Jungens, denkt daran, was ich euch immer sagte. Der Indianer ist wie das Gewürm in den Feldern. Zertretet ihn, sonst schadet er euch. Macht es zu eurer Lebensaufgabe, die roten Teufel niederzuknallen, wo ihr könnt.‹ Das sagte dieser Grenzer. Das nannte er die Lebensaufgabe eines Menschen! Ich war dabei und hörte es, Graf. Und dann fügte er noch mit einer Stimme, die schon im Verlöschen war, hinzu: ›Jeder Indianer ist ein schlechter Indianer, nur der tote Indianer ist ein guter Indianer.‹ – Das ist ein alter Spruch; ein Puritaner soll ihn aufgebracht haben, einer von diesen Musterchristen, die die Bibel im Munde und das Skalpiermesser im Gürtel führten. Ein alter Spruch, Graf. Nur ein Spruch – aber die Meinung sehr vieler Männer in Vincennes, im Fort Wayne, in Detroit, im ganzen Westen.«

Volney wußte nichts zu erwidern.

»Verstehen Sie nun, Graf, warum unser Präsident jene Worte aussprach?«

»Aber dann muß man die Indianer und diese weißen Grenzer auseinanderhalten. Gebt den Roten Land, das so weit entfernt ist, daß sie sicher vor den Schnapswirten sind.«

Harrison blickte spöttisch und traurig zugleich. Er ging wieder in dem großen Zimmer umher. Die Wände waren mit gehobeltem Holz roh vertäfelt, Tische, Stühle, ein paar Bilder an der Wand, ein eleganter Schreibtisch, furniert und spiegelblank poliert, und ein Polstersessel – das war der einzige Luxus. Ein großes Bärenfell lag vor dem Schreibtisch, ein Fell des grauen Bären.

Harrison sah darauf nieder. »Das sandte mir der Mann, den wir beide morgen zum erstenmal sehen werden, der Shawneehäuptling. Es soll ein Zeichen sein, daß er den Amerikanern wohlgesonnen sei und daß er zu jagen verstehe, ließ er mir dazu sagen.«

Der Gouverneur bückte sich und hob das Fell an einer Seite an. »Sehen Sie hierher, Graf: ein einziges Loch, der Einstich eines Messers. Damit, mit dem Messer, hat dieser Mann dieses riesige Ungeheuer getötet ... Verstehen Sie, was er mir sagen ließ, Graf? Dieses Fell ist eine Warnung und zugleich ein Angebot. Er sei als Freund und als Feind nicht zu verachten, heißt das. Das ist eine deutliche Botschaft. Sie können zwar nicht schreiben, diese ›Wilden‹, und doch sind ihre Briefe so klar, daß jeder sie lesen kann, der sich Mühe gibt.« Er ließ das Fell wieder zurückgleiten.

»Die Indianer weithin in das Innere verschicken, meinten Sie. Ein guter Gedanke, Graf. Aber dort wohnen andere Indianer. Diesen anderen Stämmen gehört das Land im Innern. Warum sollen sie sich durch neue Menschen den Ertrag ihres Bodens schmälern, sich das Leben durch sie schwerer machen lassen?«

»Laßt sie sich gegenseitig auffressen«, sagte roh der Graf. »Wenigstens habt Ihr dann die Hände nicht drin.«

»Oh, oh, Herr Graf, so schnell geben Sie schon auf? Sagten Sie nicht, ich dürfte nicht ermatten in meinem Amt? Aber gut, schicken wir die Indianer fort. Das heißt: Machen wir Krieg, brechen wir wieder einmal einen Vertrag, den wir feierlich beschworen haben. Treiben wir sie aus ihrer Heimat, die wir ihnen vor kurzem ›für ewige Zeiten‹ – so heißt es stets in den Verträgen – als sicheres Eigentum verbürgt haben, treiben wir sie also hinaus, weil sie uns im Wege sind, ach nein, wir sagten ja, weil wir sie vor unseren Grenzern schützen, weil wir sie von den Blaßgesichtern, den Langen Messern – so nennen die Roten uns – durch eine weite, unbewohnte Strecke trennen wollen.«

»Ja, das schlug ich vor«, meinte Volney. »Dann werden Gewalttaten, Betrügereien und Ausplünderungen aufhören –«

Harrison unterbrach rauh.

»Je weiter wir die armen Teufel – Herr, sie haben Frauen und Kinder, und ihr Schicksal geht mir ans Herz, mir, der ich kein Weichling bin. Ich kenne dieses Schicksal aus hundert Klagen ihrer Sachem, die solche Männer sind, daß ich den Hut vor ihnen ziehe und mich nicht eher setze, als bis auch sie sich setzen –«

Der Gouverneur unterbrach sich; er stand an seinem Schreibtisch und wog einen Briefbeschwerer in der Hand – es war der Schädel eines Raubtieres, irgendeiner großen Katze, die dolchspitzen Zähne saßen noch fest in den Kiefern –; er legte den Schädel nieder und ging wieder im Zimmer auf und ab.

»Je weiter wir die Indianer vertreiben, um so skrupelloser sind die Händler. Denn glauben Sie ja nicht, daß sie den Weg zu ihnen nicht finden. Das Geschäft ist einträglich, der Verdienst ungeheuer – Geld treibt den Menschen bis in die Hölle, Graf Volney, und noch weiter. Es treibt die Schnapshändler und Pelzjäger auch durch die Wälder zu den Indianerdörfern. Gefahr ist nicht dabei, im Gegenteil, viel Vergnügen ist dabei, denn die Indianer haben ja auch Frauen, nicht wahr, und der weiße Mann ist ein großer Mann, ein mächtiger Mann, ein Halbgott in solch einem Dorf. Sie können sich denken, daß so ein Kerl kein schlechtes Leben führt in den Zeltdörfern und den Erdhäusern …

Je weiter wir die Indianer vertreiben, um so rücksichtsloser sind die Händler, um so unverschämter betrügen sie die Roten, um so mehr mißachten sie die Gesetze, die Vorschriften. Es gibt ja für sie keine Polizei in den Wäldern, wohl aber sorgen die Häuptlinge durch ihre Polizei dafür – die gibt es in jedem Dorf, Graf Volney! –, daß den Räubern und Betrügern nichts geschieht, daß die jungen Krieger ihr heißes Blut bezähmen, bis – es nicht mehr zu ertragen ist. Dann werden sie – oh, nicht etwa erschlagen, skalpiert, geräuchert und verbrannt, wie man Ihnen hier in Vincennes überall erzählen wird. Nein, dann erhalten zehn Mann den Auftrag, den weißen Dieb und Gewalttäter bis an die Grenze ihres Landes zu geleiten. Nur selten, sehr selten wird wirklich einer erschlagen. Geschieht das aber wirklich, dann dürfen Sie annehmen, daß er es zehnfach, hundertfach verdient hat. Aber dann sollten Sie das Geschrei hier in Vincennes hören –« Der Gouverneur brach ab.

Es war eine Zeitlang still. Der Franzose blickte vor sich hin, er glaubte nicht, was Harrison ihm erzählte. Mehr um etwas zu sagen, um die Stille nicht zu lange lasten zu lassen, meinte er: »Sie werden mir wieder erklären, was Sie schon öfters sagten. Und doch muß ich nun wieder davon sprechen. Ich kann es Ihnen einfach nicht glauben, Gouverneur Harrison, daß diese Menschen, diese Wilden, Ihre Bemühung verdienen. Natürlich, man soll gerecht zu ihnen sein, ich sagte es selbst. Aber doch nur deshalb, weil man dann Ruhe hat, weil es sich leichter regiert, weil keine Aufstände kommen können, die Geld, Gut und Leben kosten. Aber aus anderen Gründen? Diese versoffenen Gestalten, die hier in den Gassen herumliegen, keinen anderen Wunsch haben, als irgendwie Schnaps zu ergattern; die in den Straßen gröhlen, betteln, sich prügeln und in den Straßenecken die Nacht verschlafen und den Tag dazu – diese Leute wollen Sie gegen das Recht der Zivilisation, gegen Ihre Nation in Schutz nehmen?«

Harrison stand still und hörte dem Franzosen zu, der mit eleganten Handbewegungen, mit einem Hochziehen der Augenbrauen sprach, ein gewandter, gebildeter Mann, der hier bei einem Glas süßem Likör über ein interessantes Thema debattierte, lächelnd, gewinnend, ein wenig von oben herab.

Aber der Gouverneur scherte sich nicht um den ungünstigen Eindruck. Morgen früh sollte er diesem Shawnee gegenübertreten, der nun seit Jahren hier in seiner Nachbarschaft und zugleich an den Seen, an den Quellen des Missouri und an fernen Felsengebirge wirkte und warb und predigte, und den er doch noch nie von Angesicht zu Angesicht gesehen hatte, weil er trotz aller Einladungen immer nur seinen Bruder, diesen sogenannten Propheten geschickt hatte. Morgen sollte er Tecumseh sehen und sprechen – wer konnte wissen, welche Entscheidungen er zu fällen hatte. Es drängte ihn, der sonst schweigsam war, sein Herz zu erleichtern, denn einem gerecht denkenden und aufrechten Manne ist nichts schlimmer und fällt nichts schwerer, als wissentlich Unrecht zu tun oder dem Unrecht zuzusehen.

Er sah den plaudernden Weltreisenden an, dem das, was Harrison das Herz bedrängte und den Geist verdüsterte, ein »Problem« war wie viele andere Probleme auch. Für Harrison aber war eine klare Haltung in Sachen der Indianer die entscheidende Frage überhaupt. Für ihn ging es darum, ob es ihm möglich war, seinen Auftrag als Gouverneur dieses Staates, der ein Staat von Weißen war, zu erfüllen und doch den Indianern, die ihm zumindest vor seinem Gewissen anvertraut waren wie Siedler und Grenzer, ein gerechter Fürsprecher und Beschützer zu sein.

Als der Franzose zu sprechen aufhörte, sagte Harrison fast feierlich: »Herr, Sie sprechen vom Schutz der zivilisierten Menschen. Gibt es einen Gott im Himmel, so sei er mein Zeuge: Wenn zivilisiert soviel heißt wie anständig, ehrenhaft, fleißig, wenn es heißt, daß man zu seinem Wort stehen, die Schwachen beschützen, die Kranken pflegen, die Hungernden speisen soll, dann – hören Sie wohl zu, Graf Volney – dann sind die Indianer die einzigen zivilisierten Menschen hier.

Was Sie da von den Betrunkenen sagen, die sich in den Gassen dieser Stadt wälzen – Gott sei's geklagt, es sind Indianer. Aber was für Indianer! Leute, die von ihrem Stamm ausgestoßen sind, die letzten Reste von ein paar kleinen, von uns, den zivilisierten Christen, ausgerotteten Stämmen. Vor einigen Jahren, ich gebe es zu, da war es noch anders. Da konnten Sie auch Lenape, Shawnee, Miami, Wyandot unter den Betrunkenen sehen. Aber das hat aufgehört, das ist seit drei, vier Jahren vorbei, seitdem der Prophet und sein Bruder wirken.

Aber Sie hätten diese Stämme, die sich nun mit den Shawnee verbündet haben, vor dem letzten Krieg sehen sollen! Es gab nichts Stolzeres als einen indianischen Krieger zu jener Zeit. Dann freilich versanken sie im Schmutz, in der Trunksucht – nicht alle, aber doch viele ...«

Volney unterbrach: »Da geben Sie es ja nun selbst zu, Gouverneur, was ich sagte. Denn Sie werden doch nicht behaupten wollen, daß ein starkes und edles Volk in wenigen Jahren so sinken kann. Wenn es doch geschieht, so ist es eben nicht stark und stolz gewesen ...«

Harrison schüttelte nachdenklich den Kopf. »So dachte ich früher auch, Graf Volney. Aber es ist falsch, so zu denken. Wenn Sitte und Ordnung verlorengehen, wenn der Mensch nicht mehr an Recht und Gesetz glauben kann, wenn er sieht, daß Macht und Brutalität herrschen und keine Gegenwehr hilft. Wenn man die Heimat verloren hat, wenn Vater und Mutter oder Frau und Kinder ermordet sind, dann kann ein Mann und ein ganzes Volk schnell und tief sinken. Sie haben es selbst erlebt, Graf. Wie war es denn in Frankreich? In der großen Revolution? Freiheit hieß es – und Zügellosigkeit und Mord war gemeint, – oder doch die Folge. Ich will Sie nicht kränken; Alkohol und Hoffnungslosigkeit – das sind zwei schwarze Schwestern, sie können den Stärksten brechen.

Ich wiederhole, Graf: Die Indianer sind die einzigen zivilisierten Menschen hier im Westen. Denn diese Wilden, wie Sie sie vorhin nannten, denken nicht nur an sich und an ihre Familie, ihre Kinder – das tun natürlich auch die weißen Siedler, die Bauern, auch die Jäger und Händler. Aber diese Wilden bemühen sich, auch anderen kein Unrecht zu tun, und sie leben und handeln für ihren Stamm. Sie denken erst an ihr Volk, an ihren Stamm, und dann an sich. So wenigstens lehrt ihr Gesetz. Das ganze Dorf muß schon in Not sein, damit ein einziges Wesen darin Not leidet.«

»Sie sind ein Idealist, Gouverneur«, spöttelte der Franzose.

»Der letzte Satz ist nicht von mir, Graf. Er ist von einem Ihrer Kollegen, einem Schriftsteller. Allerdings: Er war Missionar und lebte zwanzig Jahre lang in den Dörfern der Roten, teilte ihre Nöte, ihre Sorgen, ihre Freuden. Er hat die Indianer aus nächster Nähe gesehen, in ihrer Heimat, hat ein halbes Leben unter ihnen zugebracht. Der hat nicht nur eine kurze Reise gemacht und dann nach dem geurteilt, was er in den Gassen einer Fortstadt sah, und nach dem, was ihm Gastwirte und Schnapshändler erzählten – die Ausplünderer der Rothäute. Dort an der Wand stehen seine Bücher – Sie können darin lesen und das Zeugnis ehrenwerter Männer darin finden –.« Harrison brach ab.

Aber nach einer Pause begann er wieder: »Wissen Sie, daß die Indianersprachen kein Wort für den Begriff Dieb hatten, bevor die Weißen kamen? Denn Diebstahl war unbekannt in ihren Dörfern. Und wissen Sie, daß das schlimmste Vergehen das gegen die Gesetze von Clan und Familie ist? Daß aber die Lüge als fast ebenso schlimm beurteilt wurde? Bei uns, Graf Volney, ist es üblich, eine Notlüge milder zu beurteilen, weil der Lügner sich durch sie einem Schaden oder einer Strafe entziehen will. Bei den Roten aber ist die Notlüge die schlimmste von allen, die Lüge, die man am meisten verachtet, denn sie entspringt der Angst, also der Feigheit. Das war freilich in den alten Zeiten. Jetzt – sind wir gekommen und haben diese Indianer zivilisiert.«

»Sie sind ein Idealist, ich sagte es schon, Gouverneur.«

»Nun gut, das alles braucht man nicht zu glauben. Es können Vorschriften sein, die kein Mensch einhält. Aber etwas anderes kann Ihnen jeder Krieger der Roten beweisen. Es gibt für den Indianer keine größere Tat, als im Krieg einen Gegner getötet zu haben. Und doch machen sie noch einen Unterschied. Wer in einem Krieg, der zur Abwehr eines Angriffs auf das Dorf, die Heimat, den Stamm geführt wird, kurz, wer in einem Verteidigungskrieg einen Gegner tötet, dessen Tat wird doppelt gezählt. Wenn er ein Lakota ist, so darf er zwei Federn tragen statt einer, und diese Federn sind anders gezeichnet als die für Angriffskriege. Das ist noch heute so, Graf Volney.«

Der Franzose hatte sein spöttisches Lächeln aufgegeben. »Ist das wirklich wahr, was Sie mir da sagen, Gouverneur?«

Harrison nickte. »Und das sind – ›Wilde‹. Es hat sich schon oft ereignet – ich kenne zwei solcher Fälle aus den letzten Jahren, Graf –, daß ein Christ, ein Mann aus guter Familie und von bester Erziehung, aus eigenem Entschluß seine hohe Stellung und sein bequemes Leben aufgab, um bei den Indianern zu wohnen und ihr Leben zu leben. Aber noch niemals habe ich gehört, daß ein Indianer freiwillig sein Leben in der Wildnis aufgab, um das Leben weißer Menschen auf sich zu nehmen.

Mehr noch, Graf Volney. Im letzten Krieg hat der Feldzug des General Wayne viele Gefangene, darunter auch Frauen und Mädchen befreit, die zum Teil schon lange Jahre unter den Roten gelebt hatten. Dutzende von ihnen flohen, nachdem sie wieder einige Wochen in unseren Dörfern und Siedlungen gelebt hatten, heimlich, zum Teil bei Nacht – auch Frauen, Graf Volney! – und sie kehrten zurück zu ihren roten ›Gefangenenaufsehern‹, da sie lieber das Leben der Wildnis führen wollten, als unter ihren weißen Brüdern zu leben.«

»Faulenzer wahrscheinlich, die sich an keine Ordnung und Arbeit mehr gewöhnen konnten.«

»Nein, sondern Menschen, die eine geschlossene Ordnung, ein natürliches Leben voll Ehrlichkeit und Anstand kennengelernt hatten. Gehen Sie doch nach Vincennes hinunter, Graf Volney, und fragen Sie die Menschen dort nach Heimat und Herkunft. Jeder hat andere Gewohnheiten, ist mit anderen Hoffnungen hier zugewandert. Da sind Menschen, die Not, Armut oder die Willkür ihrer Fürsten aus der Heimat vertrieb, da sind Verdächtige, die die Gesetze und den Richter fliehen mußten, da Menschen, die voll Hoffnung sind, und Menschen, die jede Hoffnung verloren haben. Und das sind nun nicht Glieder eines Volkes, einer Nation – selbst dann wäre es ja noch ein wildes Durcheinander, das schwer zu regieren sein müßte. Aber da finden Sie in diesem kleinen, winzigen Nest Franzosen und Italiener, Engländer, Iren, Schotten, Schweden, Holländer, Deutsche, alles, alles, nur keine Einigkeit, keine Ordnung, kein Volk. Jeder denkt nur an sich, denkt daran, reich zu werden, so schnell wie möglich reich zu werden. Kaum einer traut dem andern – wie sollte er auch!

Die Indianer aber leben, wie sie seit Jahrhunderten gelebt haben, mit der Natur ihres Landes, mit den Jahreszeiten und mit ihren Göttern. Sie haben ihre alten heiligen Gebräuche – nur ein Flachkopf kann diese Gebräuche kindisch nennen –, sie haben ihre Sachem, ihre weisen Männer, ihre Ärzte; haben im Krieg ihre Offiziere und Generäle, die nur im Krieg Macht haben, sonst aber nicht, sie haben Badehäuser und Schwitzhütten, sie glauben an den Großen Geist, der diese Welt geschaffen hat. – Und vor allem, sie leben so, wie sie denken. Es ist keine sichtbare Kluft zwischen ihrem Leben und ihrer Religion.

Wir aber predigen: Liebe deinen Nächsten wie dich selbst. Und dann schlagen wir ihn kaltblütig tot.«

»Oh«, spöttelte Volney schon wieder, aber der Ton wollte ihm nicht recht gelingen, er war beunruhigt und fast ergriffen, das ließ sich kaum verstecken, »oh, der Gouverneur ist ein Träumer.«

»Spotten Sie nur, Graf«, unterbrach ihn der Amerikaner. »Ich sehe doch, daß Ihnen nicht nach Scherzen zumute ist. – Aber nun ist es Zeit, daß ich mich an meine Arbeit mache.« Er verbeugte sich. »Entschuldigt, Bürger Volney. Bald stehe ich wieder zu Ihrer Verfügung.«

Der Graf sah dem Davonschreitenden mit einer Grimasse nach; das Wort »Bürger« hatte getroffen. Dann legte er die Finger gegeneinander und blickte vor sich hin. Er pfiff ein Liedchen, erhob sich, trat an das Fenster und sah hinaus. Dort unten am Fluß lag die armselige Siedlung, dort lag auch das sogenannte Fort, eine einfache Befestigung, von einem mit Wasser gefüllten Graben und einem Zaun baumdicker, oben angespitzter Pfähle umgeben, die etwa mannshoch waren. Gegen einen Indianerangriff mochte diese Befestigung schon ausreichen. Er sah den Wabash-River unter sich dahinfließen, fast ein Strom, gut zweihundert Meter breit, und doch waren es bis zu seiner Mündung in den Ohio immer noch weit mehr als hundert Kilometer. Dieser Ohio aber war auch nur ein Nebenfluß des Mississippi. Wie ungeheuer mußte der »Vater der Ströme« sein!

Alles in diesem Lande war ungeheuerlich. Die Weite des Raumes, die Flüsse, die Seen, die so groß waren wie Meere, die Hitze im Sommer und der Frost im Winter, die Mückenschwärme ebenso wie die Herden des Wildes, die riesigen, endlosen Wälder und Ebenen. Dieses Land sagte dem Franzosen nicht zu, es erschien ihm fremd und feindlich.

»Mein Vater ist der Himmel ...«

Früh am nächsten Morgen erhielt der Gouverneur durch einen Boten die Nachricht, daß der Häuptling der Shawnee in kurzer Zeit zu der vereinbarten Unterredung erscheinen werde. Harrison hatte vor dem Eingang seines Hauses Stühle aufstellen lassen, auch zwei Tische, an denen die Dolmetscher und Protokoll-

99

führer sitzen sollten. Er hatte einige Offiziere gebeten, als Zeugen zugegen zu sein, und natürlich hatte der Ruf des Shawnee auch zahlreiche Bürger von Vincennes herbeigelockt. Dem Gouverneur wäre es lieber gewesen, wenn sie nicht gekommen wären, denn es waren immer Zwischenfälle zu befürchten. Er hatte zwar keine Möglichkeit, die Männer von Vincennes fernzuhalten, jedoch hatte er zumindest dafür gesorgt, daß sie ohne Waffen gekommen waren. Denn auch von den Indianern hatte er verlangt, daß sie ihre Waffen in dem Lager ließen, das sie vor der Stadt aufgeschlagen hatten.

Mit vierhundert schwerbewaffneten Kriegern war Tecumseh den Wabash-River heruntergekommen, achtzig Kanus lagen in dem kleinen Flußhafen. Vierhundert Indianer hätten die Stadt ohne allzu große Schwierigkeiten zerstören können, denn so viel Männer hatte ganz Vincennes nicht, und drei Viertel von ihnen wären beim ersten Alarmruf geflohen. Aber es war ja Frieden, und Harrison war kein Mann der Furcht. Immerhin hatte er in seinem Haus eine Wache von zwölf Mann unter dem Befehl eines Offiziers versteckt – für alle Fälle.

Als der Gouverneur den Häuptling mit seinem Gefolge den Hügel heraufkommen sah, trat er vor das Haus. Tecumseh kam mit etwa vierzig Begleitern. Auf den ersten Blick sah Harrison, daß die Indianer bewaffnet waren. Er schickte sofort Hauptmann Floyd dem Häuptling entgegen, und ließ ihm ausrichten, es sei doch vereinbart, daß sie ohne Waffen kommen sollten.

Tecumseh antwortete ruhig dem Offizier, der Gouverneur habe das zwar verlangt, aber er und seine Indianer seien freie Männer, die gewohnt seien, Waffen zu tragen. Er habe dem Gouverneur nicht zu gehorchen, eine Vereinbarung sei nicht getroffen worden.

Während dieses Gespräches waren die Indianer schweigend weitergegangen, hinter Tecumseh her, der nun zusammen mit dem Hauptmann Floyd an ihrer Spitze ging.

Einige Männer aus Vincennes kamen gleichzeitig mit den Indianern den Hang herauf. Sie hörten der englisch geführten Unterhaltung zu, und so vernahmen sie auch, wie Tecumseh sagte, übrigens sei sein Tomahawk auch seine Friedenspfeife, und er hoffe doch, daß er sie heute werde gebrauchen können.

Bei diesen Worten hob er das lang- und dünnschaftige Beil mit dem leichten Obsidianblatt hoch und wies auf den Pfeifenkopf. Hauptmann Floyd sah, daß es eine alte, sehr sorgfältig gefertigte indianische Arbeit war, ein kleines Kunstwerk aus Hickory-Holz, mit bemalten Lederbändern verschnürt und verstärkt, mit Federn verziert, wirklich mehr ein Gerät für feierliche Handlungen als eine Waffe, und er gab sich zufrieden.

Nicht so aber Tommy Glenn, der mit M'Caughan, Shannon und einigen anderen auch dabeisein wollte. Er hatte den verdammten Roten wiedererkannt, der ihm damals, vor Jahren, das Geschäft mit Fellen und Whisky vedorben hatte.

Tommy Glenn war wütend. Er trat von der Seite an Tecumseh heran, tippte ihm auf den Arm und sagte mit verstellter Freundlichkeit: »Mein Bruder möge diese Pfeife nehmen, dann braucht er seinen Tomahawk nicht.«

Der Indianer hatte sich brüsk dem Redner zugewandt, als er sich am Arm berührt fühlte, und sah den Händler mit aufflammenden schwarzen Augen an. Auch er erkannte Glenn sofort.

Der dicke Glenn aber hielt ihm mit unverschämtem Grinsen seine Pfeife hin, eine schmutzige, schlecht gearbeitete Pfeife mit zerkautem Mundstück und beschädigtem Kopf, der notdürftig mit Draht geflickt war. Der Shawnee sah abwechselnd auf die Pfeife nieder, die ihm der Weiße unter die Nase hielt, und auf den Händler, der nicht sauberer aussah als sein Rauchinstrument. Dann griff er mit Daumen und Zeigefinger nach dem ihm dargebotenen Knasterbehälter, hielt ihn weit von sich, betrachtete ihn verachtungsvoll und warf das dreckige Ding mit plötzlichem Schwung dicht an Glenns Kopf vorbei in einen Busch. Er hatte dabei einen ärgerlich schnarchenden Ton ausgestoßen. Nun aber machte er einen Schritt auf Glenn zu und fragte in fließendem

Englisch: »Ihr nennt mich Bruder. Wie kommt der Häuptling der Shawnee zu dieser Verwandtschaft mit Euch?«

War es das Auge Tecumsehs, war es der Ruf, der ihn seit einigen Jahren drohend umgab – oder war es nur der eine kleine Schritt, den der Indianer getan hatte – Glenn wich mit abwehrend erhobenen Händen rückwärts zurück und sagte ängstlich und frech zugleich: »Nun, über Adam, mindestens über Adam sind wir ja alle verwandt.« Und zog sich schnell noch weiter zurück, obwohl der Shawnee ihm nicht gefolgt war.

»Tecumseh dankt dem Guten Geist sehr, daß wir nicht näher verwandt sind«, rief der Indianer. Er wandte sich zu Hauptmann Floyd, der lächelnd neben ihm gestanden hatte, und fügte laut hinzu: »A big baby, a dirty big baby.«

Benjamin Shannon hörte diese Worte auch, und von diesem Augenblick an hatte Glenn seinen Spottnamen: dirty big baby.

Die Indianer schritten weiter, es war vom Ablegen der Waffen nicht mehr die Rede. Sie gingen mit gemächlichen Schritten, halblaut miteinander sprechend, einige auch still und schweigsam, den sanft ansteigenden Hang hinauf, die Häuptlinge der Lakota schritten nebeneinander. Ongpatonga und Mataton, Tinthon-ha und Pesch-hi, der in jedem Jahr einige Wochen in Ten-squa-ta-wa-Stadt weilte. Winnemac, der Potawatomi und die Ottawa-Anführer Kiwa und Kiwaguschkum, zwei Brüder, gingen zusammen mit Schwarzvogel, der ein Auge im Kampf verloren hatte. Sana-mahonga, Steinesser, von den Hotchangara war da, der narbenbedeckte Lenni Lenape Shingas und Stiatha von den Wyandot, der im letzten Krieg General Wayne so viel zu schaffen gemacht hatte. Auch der Shawnee Bluejacket war da, der Befehlshaber in der unglücklichen Entscheidungsschlacht gegen Wayne, Bluejacket, der früher ein Gegner Tecumsehs gewesen und nun sein Anhänger geworden war, obwohl er wesentlich älter war als Der-zum-Sprung-ansetzende-Berglöwe.

Harrison hatte auf einem der vor seinem Haus aufgestellten

Stühle in der Mitte des Halbkreises der Offiziere, Richter und ersten Bürger von Vincennes Platz genommen, vor ihm im Gras saß ein Indianer, der im Dienste der Regierung stand und Winnemac hieß wie der Potawatomi-Häuptling. Dieser Winnemac nannte dem Gouverneur mit halblauter Stimme die Namen der Häuptlinge, und Harrison fühlte aus dem Klang der Worte das immer größer werdende Erstaunen des Roten.

»Gouverneur, große, berühmte Häuptlinge – sie gehen hinter dem Berglöwen – Lakota, Hotchangara, Wyandot, Ottawa, Utagami, Lenape, Miami, Wea, dort zwei, drei Potawatomi, Seneca – große Häuptlinge, viel Federn, viel Pelze, große Waffen – dort Anischinabe, Muskogee, der Ani Yunwiha Runder Fuß. Große Versammlung, Vater, klug, vorsichtig sprechen. Kein Krieg, alle ohne Farbe, keine Sorge, alle ruhig.«

So sprach Winnemac. Und dennoch fühlte der Gouverneur mehr als nur Erstaunen in diesen Worten. Es lag auch Unruhe darin.

Harrison beugte sich zu Volney hinüber. »Nun, Graf, sind das dieselben schmutzigen Trunkenbolde wie die, die Sie aus den Gassen von Vincennes kennen?«

»Geben Sie ihnen Schnaps, und Sie werden sehen, wie sie sich verändern«, meinte der Franzose. »Aber was bedeutet das? Sie bleiben stehen? Sie gehen nicht weiter?«

Auch Harrison hatte es bemerkt. Er sah, wie der Indianer, der neben Floyd ging, mit der Hand auf eine dichte Baumgruppe in der Nähe wies, immer wieder dorthin deutete und auf die Worte des Hauptmanns, die dieser offensichtlich zu ihm sprach, immer wieder ablehnend den Kopf schüttelte. Schließlich verließ der Hauptmann die Gruppe der Häuptlinge, und kam mit verlegenem und zugleich auch ärgerlichem Gesicht den Hang herauf und ging auf den Gouverneur zu. Die Indianer warteten.

Tecumseh lasse den Gouverneur bitten, den Ort der Verhandlung in den Schatten der Platanen dort zu verlegen. Der Indianer liebe die Bäume und höre gerne die Stimme der Vögel des

Waldes, ihr Gesang mache das Herz ruhig und die Worte heiter und freundlich.

Harrison blickte seine Nachbarn an. Volney hatte laut aufgelacht, General Gibson, ein alter Milizoffizier, der hier in Vincennes Grund und Haus hatte, knurrte etwas von Unverschämtheit, die Richter und Offiziere waren teils verblüfft, teils wütend. Der Gouverneur sah mit Ruhe einen nach dem anderen an, dann stand er auf und befahl, man möge die Stühle zu den Bäumen hinüberschaffen. Es waren etwa hundert Meter zu der Gruppe. Harrison schritt, mit Volney plaudernd, zu den Platanen hinüber. Die Wache blieb im Haus. Die übrigen Weißen folgten, verblüfft, murrend, einige sogar etwas ängstlich. Die Zuschauer begannen schon zu schreien und gaben ihren Unwillen zu erkennen. Aber sie schwiegen, als der Gouverneur stehenblieb und sich ihnen schweigend zuwandte.

Harrison befand sich in großer Anspannung. Aber er ließ sich nichts anmerken. Sein sonnenverbranntes Gesicht war ruhig, seine Bewegungen gelassen. Er wußte, daß die Indianer ihn scharf beobachteten, obwohl sie taten, als sähen sie ihn gar nicht.

Die Diener hatten Stühle und Tische wieder im Halbkreis aufgestellt, der Gouverneur nahm Platz, mit ihm die Männer seiner Umgebung. Als die Häuptlinge nahten, stand Harrison auf und grüßte sie durch Abnehmen des Hutes, während alle Indianer beide Hände erhoben und die leeren Handflächen dem Gouverneur zukehrten. Das war das Zeichen des Friedens. Der Augenblick entbehrte nicht einer gewissen feierlichen Spannung.

Harrison setzte den Hut wieder auf und sagte dem Dolmetscher, er möge Tecumseh mitteilen, daß er, der Gouverneur, nicht mit einer so starken Begleitung gerechnet habe und daß daher nicht für alle Häuptlinge Platz sei. Er bitte ihn und die Seinen, sich zu setzen, soweit genügend Stühle da seien.

Der Dolmetscher sagte zu Tecumseh: »Euer Vater erlaubt Euch, Euch zu setzen; er hat nicht so viele Häuptlinge erwartet ...«

Aber der Shawnee unterbrach mit rauhem Stolz: »Mein Vater

ist der Himmel, meine Mutter die Erde dieses Landes. An ihrer Brust will ich mit meinen Brüdern ruhen. Der weiße Mann aber, der unsere Sprache spricht, möge die Worte seines Herrn getreu zu uns sagen, denn Tecumseh spricht die Sprache der Langen Messer und wünscht genauen Bericht.« Er ließ sich im hohen Grase nieder, rings um ihn setzten sich die Häuptlinge.

Der Gouverneur fragte den Dolmetscher, was denn nun schon wieder vorgefallen sei, und verlegen gab der Mann Auskunft.

Harrison, der Tecumseh an diesem heißen Julitage zum erstenmal sah, war betroffen von der machtvollen Ruhe, die der Häuptling ausstrahlte. Was er geahnt hatte, fand er bestätigt im ersten Augenblick: Hier vor ihm saß der Mann, der insgeheim die Unruhe, die Bewegung, die Versammlungen und Handlungen aller Indianer leitete. Der Gouverneur hatte schon wiederholt mit Ten-squa-ta-wa sprechen müssen, und die zugleich eitle und kriecherische, prahlerische und versteckt drohende Art des Propheten, seine dumme Dreistigkeit hatten den klugen Amerikaner bald auf die Vermutung gebracht, daß nicht Ten-squa-ta-wa es war, der die besonnenen Häuptlinge so vieler Stämme in seinen Bund zu treten veranlaßt hatte. Auch hatten die Indianeragenten schon oft auf den Bruder des Propheten hingewiesen, ohne freilich den Sachverhalt zu durchschauen.

»Wenn Ihr englisch sprecht, Häuptling, so würde ich gern ohne diesen Umweg zu Euch reden«, sagte nun Harrison, indem er sich an Tecumseh wandte. Doch der Indianer entgegnete mit höflicher Unnachgiebigkeit in seiner Sprache: »Meine Brüder sollen hören, was ich sage. Tecumseh bittet, durch den Dolmetscher mit ihm zu sprechen.«

Harrison zuckte bedauernd die Achseln. Alle Verhandlungen wären leichter gewesen, wenn man auf englisch miteinander hätte sprechen können. Es blieb nichts anderes übrig, als nachzugeben. Mit Verwunderung erkannte der Gouverneur, daß er nun schon zum zweiten Male dazu gebracht wurde. Zugleich wurde ihm klar, daß der Häuptling sich einen wesentlichen Vorteil gesichert hatte, denn er würde nun die Worte seines Gegners zuerst in der Sprache der Weißen und dann noch einmal in seiner indianischen Sprache hören. Er hatte sich Zeit zum Nachdenken gesichert – und zugleich nobel darauf verzichtet, diese Tatsache dem Gouverneur zu verschweigen. Niemand hatte ihn gezwungen zu gestehen, daß er Englisch sprach.

»Tecumseh hat verlangt, mich zu sprechen. Ich bin bereit, ihn zu hören«, sagte nun Harrison. Unwillkürlich sprach er, der sonst die Indianer durch freundliches Wesen, durch Höflichkeit und herzliche Worte zu gewinnen suchte, zurückhaltend und fast etwas steif. Unmutig fragte er sich, als er dies erkannte, ob er sich denn tatsächlich seine Verhandlungsweise auch weiterhin vorschreiben lassen wolle.

»Die Erdgeborenen sind ein Volk!«

Nun stand Tecumseh auf, alle Blicke wandten sich ihm zu. Die Zuschauer drängten sich näher heran. Das also war der Bruder des Shawnee-Propheten. Er stand da vor ihnen, schlank, aufrecht, mit unbekleidetem Oberkörper, im übrigen in der indianischen Lederbekleidung, Wurfmesser und Tomahawk im Gürtel, sonst ohne allen Schmuck. Er blickt ruhig umher und begann zu sprechen. Die volltönenden Laute seiner Sprache klangen dunkel über den Platz, fließend, ohne stottern und stammeln. Die Gedanken strömten ihm zu, er sprach mit sparsamen Handbewegungen und doch leidenschaftlich bewegt. Von Zeit zu Zeit schob er eine Pause ein, um dem Dolmetscher Gelegenheit zur Übersetzung zu geben. Dann stand er aufmerksam lauschend da, und gelegentlich verbesserte er den Übersetzer mit wenigen Worten.

Hinter ihm saßen im Halbkreis die Häuptlinge. Sie hatten ernste Gesichter, harte Züge, klare, scharfe Augen, rauchten ihre langen Pfeifen, und wenn Tecumseh sprach, so hörten sie aufmerksam zu, mit leicht vorgeneigten Köpfen. Und der Gouverneur konnte sehen wie ihre Gesichter an einigen Stellen der Rede des Häuptlings grimmig dreinsahen, wie sie an anderen zustimmend nickten und wie dann wieder ihre Augen leidenschaftlich aufleuchteten. Es ging eine stille, drängende, fast unheimliche Macht von dieser schweigsamen Schar entschlossener Männer und ihrem Redner aus, dessen Worte wie ein machtvoller Strom rauh, laut, fordernd und leidenschaftlich aus seinem Munde flossen.

Der Gouverneur habe einen Streifen Land am Wabash-River für die Langen Messer gekauft; Verkäufer sei der Häuptling Lederlippe gewesen, ein Shawnee von Geburt, der von den Wyandot in ihren Stamm aufgenommen worden sei. Der Häuptling Lederlippe habe kein Recht gehabt, dieses Land zu verkaufen.

»Die roten Stämme haben beschlossen, daß kein Häuptling, kein Dorf, kein Clan und kein Stamm mehr einen Streifen Land an die Langen Messer verkaufen darf, wenn nicht die vereinigten Ratsfeuer der Erdgeborenen ihre Zustimmung dazu gegeben haben. Die Erdgeborenen sind ein Volk. Die Erde dieses Landes gehört keinem einzelnen Häuptling und auch keinem Stamm, sie gehört dem Volke der Erdgeborenen. Wir haben beschlossen, ein großes Ratsfeuer zu entzünden, an dem jeder Stamm der Erdgeborenen seinen Platz haben wird.

Der Sachem Lederlippe war ein alter und kluger Mann. Er wußte, was sein Volk beschlossen hatte. Er war ein Feind Tecumsehs. Um Tecumseh zu zeigen, daß er ihn nicht fürchte, verkaufte er einen Teil der Erde, auf der die Wyandot wohnen, der aber wie alle Teile dieses Landes allen Erdgeborenen gehört. Denn nicht Einzelnen, dem ganzen Volk der Erdgeborenen schenkte der Große Geist, der die Welt geschaffen hat, dieses weite und schöne Land. – Der Sachem Lederlippe, der ein Greis war und an sein Volk hätte denken müssen, verkaufte einen Teil der Erde, die ihm anvertraut war, an die Langen Messer.

Der Sachem Lederlippe ist tot. Er erhielt die Strafe für seine Tat. Tecumseh sandte Männer aus Lederlippes Clan. Sie ließen ihm Zeit, seinen Todesgesang zu singen, und töteten ihn. So hatte es das Ratsfeuer zu Ten-squa-ta-wa-Stadt beschlossen. Der Vertrag, den er mit dir, Gouverneur Harrison, geschlossen hat, ist mit ihm getötet worden.«

Der Dolmetscher übersetzte, Tecumseh hörte zu. Harrison konnte einen Ausruf des Unwillens nicht unterdrücken. Er hatte selbst mit dem alten, schlauen Lederlippe verhandelt, der gelähmt war seit früher Jugend und doch noch großen Einfluß unter den Indianern gehabt hatte. Er hatte wohl gehofft, diesen Einfluß zu verstärken, als er sich von den Wyandot adoptieren ließ, hatte gehofft, auf Shawnee und Wyandot zugleich einwirken zu können.

»Das war ein Mord!« rief General Gibson entrüstet aus.

Tecumseh hörte es und blickte den Rufer mit eisigem Hohn an. Er fuhr in seiner Rede fort. »Der Sachem Lederlippe ist verurteilt und tot. Das Gericht seines Volkes hat ihm die Strafe auferlegt, die er verdient hat. So wird es jedem ergehen, der als Erdgeborener gegen sein Volk handelt. Denn wir, die roten Menschen, sind die Metogtheniake, die Kinder dieses Bodens. Der Himmel dieses Landes ist unser Vater, die Erde dieses Landes ist unsere Mutter. Wir allein sind die von dieser Erde Geborenen, uns allein hat der Große Geist dieses Land geschenkt. Die Weißen haben uns unsere Erde gestohlen, haben sie uns geraubt. Sie haben uns ermordet, unsere Ernten verbrannt, haben uns zu Flüchtlingen und Menschen ohne Heimat gemacht.«

Und nun kam eine furchtbare Abrechnung. Eine ganze Stunde lang zählte der Shawnee die Verträge auf, die die blaßgesichtigen Eindringlinge den Erdgeborenen aufgezwungen hatten, bewies, wie jeder einzelne von ihnen gebrochen worden war, wie den Indianern an ihrer Stelle neue Verträge auferlegt worden waren, und wie nach kurzer Zeit auch diese wieder von den gleichen weißen Männern in Stücke gerissen worden waren.

Es war eine rücksichtslose, grausame Abrechnung. Hier stand der Indianer vor hundert und mehr weißen Männern, vor ihm lag die Festungsstadt Vincennes, und hinter ihr stand die ganze Macht der siebzehn Ratsfeuer der Vereinigten Staaten Amerikas. Hier aber stand ein einzelner Indianer, vierzig Männer hinter sich, und schrie der Versammlung hochmütiger Richter und Offiziere, betrügerischer Schnapshändler, brutaler Grenzjäger, mit der Geschichte dieses Landes gänzlich unbekannter Siedler und Bauern, diesem seltsamen Mischmasch aus allen Nationen der Weißen seine Anklagen ins Gesicht.

Der Dolmetscher übersetzte, er übersetzte stockend und zögernd, und wenn er einige Ausdrücke abmildern wollte, dann fiel ihm der Indianer ins Wort und verbesserte ihn. Die Gesichter der Weißen verfinsterten sich mehr und mehr, sie begannen zu murren und leise zu drohen. Aber da erhob der Shawnee seine tiefgrollende Stimme und seine dröhnenden Worte ließen die weißen Männer wieder still werden. Hinter ihm saßen schweigend, rauchend, mit ernsten Gesichtern vierzig bewaffnete Häuptlinge – die Langen Messer aber erinnerten sich, und es wurde ihnen unbehaglich zumute, weil sie ja keine Waffen bei sich hatten. Sie mußten ruhig sein, sie mußten sich alles anhören. Auch lagen unten vor der Stadt noch vierhundert weitere rote Krieger – oh, Tecumseh hatte gewußt, was er tat, als er sie mitbrachte. Er war gekommen, Anklage zu erheben, nicht aber, um Gewalttaten zu erdulden.

»Die Erdgeborenen sprechen zu euch, Lange Messer. Sie sehen den Haß in euren Gesichtern. Warum haßt ihr die Erdgeborenen? Weil sie euren Vätern Mais und Fische und Fleisch brachten, als sie zu verhungern drohten? Weil sie euch pflegten, wenn sie euch krank in den Wäldern fanden? Weil sie euch immer wieder und wieder Land schenkten?

Der Shawnee will euch sagen, warum ihr die Erdgeborenen haßt. Ihr haßt uns, weil ihr uns ermordet habt. Weil ihr unsere Seele getötet, unsere Leiber vergiftet habt, weil ihr uns eure Krankheiten, eure Laster, eure Habgier gebracht habt; weil ihr wißt, daß eure Friedensverträge Gewalt waren. Ihr habt uns gezwungen, ja zu sagen und die heiligen Zeichen unserer Clans auf die Verträge zu setzen. Aber ihr wart so gierig, daß ihr nicht warten konntet, bis wir uns gegen die Gewalt erhoben und die Verträge brachen: Nein, ihr selbst habt sie immer und immer wieder gebrochen. Ihr habt unsere Frauen ermordet, unsere Kinder skalpiert. Ihr haßt uns, ihr beschimpft uns, weil ihr das alles getan habt und weil ihr eure eigene Seele belügen und betrügen müßt. Denn euer Gewissen würde euch verzehren, würde euch wie ein wildes Tier keine Ruhe lassen, wenn ihr uns nicht vor euch selbst als Mörder, Diebe und Feiglinge bezeichnen würdet.«

Die Wirkung dieser Worte war unbeschreiblich. Der Gouverneur saß da, in seinem Armsessel zurückgelehnt, hörte dem Dolmetscher zu und hörte zum erstenmal einen Indianer die Gedanken aussprechen, die er selber gehabt hatte. Er konnte sich nur mit Mühe zurückhalten, mit dem Kopf zu nicken. Und tat es wohl doch. Denn er sah, als er Tecumseh anblickte, etwas wie ungläubiges Staunen in dem stolzen Gesicht des roten Kriegers. Es war wie eine Zwiesprache von Auge zu Auge zwischen ihnen. Vorsichtig, beherrscht, nachdenklich und doch zustimmend von Seiten des Gouverneurs, mißtrauisch, abwehrend und doch wie von plötzlicher Hoffnung erhellt auf Seiten des Indianers.

Die anderen Weißen aber? Sie hatten rote Gesichter, sie murrten, schimpften und gröhlten. Dann aber brach das Lärmen plötzlich wieder ab, weil der Dolmetscher den nächsten Satz begann. Den wollten sie hören. Doch bevor er ganz zu Ende gesprochen hatte, schwoll es wieder an wie ein rasch nahender Sturm, wurde lauter und lauter. Und traute sich doch nicht, vom Drohen zum Handeln überzugehen. Die Offiziere, die neben Harrison saßen, von Beruf Bauern, Landbesitzer, auch Advokaten und anderes, waren verhaltener als die anderen, aber die Empörung stand auch in ihren Gesichtern. Die Richter redeten hitzig auf den Gouverneur ein, der ruhig, weit zurückgelehnt in seinem Sessel saß, dem Dolmetscher zuhörte, dem Lärm der Menge zuhörte und seinen Gedanken nachsann.

Tecumseh sprach sofort weiter, als der Übersetzer geendet hatte. Und obwohl kaum einer der Weißen seine indianisch gesprochenen Worte verstand – höchstens einige Pelzjäger – obwohl für alle anderen seine Rede nicht viel mehr war als das wilde Rauschen eines Baches, verstummten sie doch, wurden ruhig, lauschten gespannt. Sie blickten auf die Indianer hinter ihm, deren Gesichtsmuskeln sich über den Backenknochen spannten und deren Augen finster glühten. Die Weißen konnten sich der geheimen Drohung dieses gefährlichen und doch äußerlich so ruhigen Anblicks nicht entziehen, sie hörten und schwiegen – auch sie – und warteten ungeduldig auf die Übersetzung durch den Dolmetscher.

Der hatte eine schwere Aufgabe. Die Reden der roten Häuptlinge bewegten sich sonst immer in den gleichen Ausdrücken. Auch die großen Redner unter ihnen pflegten würdevoll, langsam, feierlich zu sprechen, mit längeren Pausen zwischen den einzelnen Sätzen, in denen der Redner sich seine nächsten Worte sorgsam überlegte und sie in die richtige Form zu bringen suchte. Tecumseh aber sprach fließend, schnell, er sprach in immer neuen Bildern, und der Dolmetscher, der sowohl Algonkin wie Englisch als seine Muttersprache betrachtete – er hatte viele Jahre bei den Shawnee gelebt – gestand später, daß es ihm außerordentlich schwer gefallen sei, die Gedankenflüge Tecumsehs zu erfassen und angemessen zu übersetzen.

Der junge Häuptling zog den Schluß unter seine Ausführungen. »Die Erdgeborenen sind ein Volk. Sie haben beschlossen, sich an ein einziges Ratsfeuer zu setzen, und dieses Feuer soll am Tippecanoe-River in der Stadt Ten-squa-ta-wa brennen. Wenn die Siebzehn Ratsfeuer Verträge schließen wollen, so müssen sie diese Verträge mit dem Ratsfeuer zu Ten-squa-ta-wa-Stadt abschließen. Niemand darf an die Langen Messer Land verkaufen als das Ratsfeuer zu Ten-squa-ta-wa. So ist das neue Gesetz.

Der Sachem Lederlippe ist tot. Der Vertrag, den er geschlossen hat, ist tot, und die Siebzehn Ratsfeuer der Langen Messer werden das Land, das Lederlippe ihnen verkauft hat, nicht in Besitz nehmen. Die Erdgeborenen wollen auf ihrer Erde wohnen, und die Langen Messer mögen wohnen bleiben auf der Erde, die sie nun haben. Das Volk der roten Menschen wird nicht länger zurückweichen, aber es will in Frieden leben mit den Weißen.

Tecumseh ist bereit, die Pfeife des Friedens zu rauchen und einen Vertrag zu schließen. Das Ratsfeuer zu Ten-squa-ta-wa will das Wampum des Friedens bewahren für ewige Zeiten. Wir wollen das Kriegsbeil für alle Zeiten in die Erde versenken, so tief, daß niemand es wieder finden soll. Die Langen Messer haben die Wahl, ob der Rauch des Friedens oder der Qualm des frischen Blutes zum Himmel steigen soll.«

Er setzte sich in das Gras. Die Weißen hörten gespannt dem Dolmetscher zu. Diesmal herrschte tiefe Stille. Nun mußte Harrison antworten. Was würde er sagen?

»Reden die Langen Messer eine Sprache?«

Der Gouverneur hatte es nicht eilig. Er saß nachdenklich in seinem Sessel, schwieg und sah vor sich hin, auch als der Übersetzer schon längst aufgehört hatte zu sprechen. Die Indianer rauchten, mit gleichmütigen Gesichtern. Als Harrison sich schließlich erhob, begann er mit einer Begrüßung der Häuptlinge. Er freue sich, so viele berühmte Krieger in seiner Stadt zu sehen. Auch er sprach laut und fließend, aber seine Sprache war freundlich, ruhig, gemäßigt.

Dann begann er, Tecumseh zu antworten. Es sei nicht wahr, daß die Indianer ein Volk seien. Wenn der Große Geist gewollt hätte, daß sie ein Volk sein sollten, warum habe er ihnen dann verschiedene Sprachen gegeben, so daß sie sich selbst ohne Dolmetscher nicht verstehen könnten?

Da unterbrach Tecumseh den Redner, gegen alle Gewohnheit der Indianer. Er sagte laut, mit lächelndem Gesicht: »Reden die

Langen Messer eine Sprache? Sprechen nicht die Engländer eine Sprache und die Franzosen eine andere? Und die Deutschen, die Schweden, die Holländer? Und die vielen anderen Stämme der Weißen? Und doch sitzt ihr alle um ein Ratsfeuer und sagt, ihr seid ein Volk?«

Er hatte englisch gesprochen. Verblüfft sahen sich die Zuhörer des Gouverneurs an. Solche Kenntnisse, solche Beweisführung waren sie von den Indianern nicht gewohnt. Auch Harrison war erstaunt. Er wußte nichts darauf zu entgegnen, denn dagegen war nichts zu sagen. Der Indianer hatte recht.

Harrison wurde zornig. Er hatte sich eine Blöße gegeben. Er war von einem Roten unterbrochen worden. Das durfte er, der Gouverneur, sich nicht bieten lassen! Und das Schlimmste: Er mußte wider besseres Wissen eine schlechte Sache vertreten. Er wurde scharf und ungeduldig. Ohne auf Tecumsehs Zwischenruf einzugehen, fuhr er fort. Er wollte versuchen, wie weit er gehen konnte.

»Viele Häuptlinge sehe ich vor mir. Das mächtige Volk der Anischinabe – die Lakota, die berühmten Krieger der westlichen Ebenen, Häuptlinge der Miami, auch Lenni Lenape, die edlen Wyandot – ja, auch Männer der Seneca, die zu den sechs Nationen gehören – und sie lassen einen Shawnee zu mir sprechen? Wer sind die Shawnee? Ein kleiner Stamm ohne Heimat, der das Wandern liebt – erst saß er am Salzmeer, dann im Lande der Muskogee, er wohnte später in Kentucky, dann am Scioto-River, nun ist er zersplittert in drei Dörfer, die weit verstreut sind. Wo ist Cata-he-cassa, ihr Sachem? Warum fehlt er in diesem Rat der Häuptlinge? Sind die Stämme sich vielleicht doch nicht so einig, wie Tecumseh es sagt?

Tecumseh will, daß die Regierung das Land zurückgibt, das sie von Lederlippe und den Wyandot gekauft hat. Haben die Shawnee ein Recht auf dieses Land? Haben sie überhaupt ein Recht auf das Land am Wabash-River und an den Seen? Sie leben hier als Gäste der Miami, sie haben das Land nicht gekauft wie die Langen Messer. Die Regierung der Siebzehn Ratsfeuer hat es durch Kauf und Verträge erworben, die Siebzehn Ratsfeuer haben ein Recht auf dieses Land, die Shawnee haben kein Recht darauf.«

Hier aber sprang Tecumseh auf. Er war während der Ansprache des Gouverneurs immer unruhiger, immer erregter geworden und hatte ihn unverwandt angeblickt. Er hob die Hand, er unterbrach furchtlos den Gouverneur zum zweitenmal und begann laut und leidenschaftlich zu sprechen. Er übersetzte seinen Gefährten die Worte Harrisons, und der Gouverneur konnte sehen, wie die starren Gesichter der Häuptlinge sich grimmig belebten, wie sie von Haß und Empörung beherrscht wurden. Harrisons Blick fiel auf Winnemac, der immer noch vor ihm im Gras saß und plötzlich aufgeregt an seiner Pistole zu fingern begann. General Gibson sagte zu Hauptmann Floyd: »Die Kerls haben etwas vor. Es wäre besser gewesen, die Wache mit hierherzubringen.« Auch bei den Zuhörern ringsum entstand Unruhe, einige begannen bereits, sich Knüppel und dicke Äste abzubrechen, andere fingen an, sich unauffällig durch die Büsche und Bäume zu entfernen.

Tecumseh aber sprach, seine Worte wurden lauter und lauter: »Brüder, es ist wie immer. Sie sprechen Worte der Lüge, sie sagen, sie haben das Recht auf unser Land. Sie wollen versuchen, die Lakota und die Anischinabe gegen die Shawnee zu hetzen.« Er legte die Hand an den Tomahawk. »Manitu, hör die Klage deiner Kinde! Leih uns deinen Bogen, Manitu!«

Erregt sprangen die vierzig Häuptlinge auf, die Krieger, Jäger, Reiter, Waldläufer, erregt reckten sie die Arme zum Himmel, und sie wiederholten Tecumsehs Ruf: »Manitu, hör die Klage deiner Kinder! Leih uns deinen Bogen, Manitu!«

Es war ein Anruf an ihren Gott, eine wilde Bitte um helfenden Beistand, eine Klage an den Himmel, die bittere und leidenschaftliche Klage von harten Kriegern, eine trotzige Klage.

Die Weißen aber verstanden es anders. Von den Zuhörenden liefen die meisten schreiend davon, Tommy Glenn als einer der ersten, andere folgten. Doch die übrigen, obwohl waffenlos, scharten sich um den Gouverneur, der aufgesprungen war und seinen Degen gezogen hatte, auch die Offiziere standen mit blanken Degen da. Die Bürger von Vincennes, soweit sie nicht flohen, griffen nach Steinen, brachen sich Äste von den Bäumen, scharten sich um die Gruppe der Offiziere.

Vom Hause Harrisons kam im Laufschritt die Wache heran. Der Offizier, der sie führte, gab im Laufen Befehle, sie stellten sich, kaum angekommen, neben den Gouverneur und machten die Gewehre schußfertig.

Die Indianer sahen dem wilden Aufruhr mit erstaunten Gesichtern zu. Tecumseh winkte, und sie setzten sich alle wieder in das Gras. Er selbst aber blieb stehen und sah mit lächelndem Erstaunen – Harrison wollte es scheinen, als ob unverhohlener Spott in diesem Lächeln lag – die Weißen an.

Die Wache legte auf einen Befehl des Offiziers die Gewehre an, da brüllte donnernd der Shawnee: »Wenn ihr schießt, werden die Häuser der Stadt brennen und das Blut der Männer durch die Gassen fließen!«

Aber Harrison hatte die Befehle des aufgeregten Offiziers auch gehört, er hatte schon scharf und schneidend befohlen, die Gewehre wieder abzusetzen. Das geschah.

Nun war es sehr still. In den Platanen rauschte der Wind.

Tecumseh hob leicht die Hand. »Hören die weißen Männer die Vögel singen? Niemand dachte an Kampf.«

Da aber rief Harrison: »Ihr habt uns mit Gewalt bedroht. Jetzt wollt ihr es abstreiten. Tecumseh und die Häuptlinge sind als Gesandte gekommen, sie stehen unter dem Schutz des Beratungsfeuers, darum mögen sie unbehelligt davongehen. Aber ich führe keine Verhandlungen mit Friedensbrechern, die bei den Beratungen die Waffen erheben. Geht, wir gehen auch.«

Er befahl der Wache, noch auf dem Platz zu bleiben, und wandte sich seinem Haus zu. Die Bürger folgten ihm. General Gibson befahl den Offizieren, zu der Wache zu treten, und übernahm selbst das Kommando.

Die Indianer blickten auf Tecumseh. Der rief den Dolmetscher in indianischer Sprache an, es war ein so scharfer Befehl, daß der Mann unwillkürlich aufsprang.

»Du wirst ihm sagen, was wir gerufen haben. Das Leben vieler Männer hängt an deinen Worten. Geh!« schrie er.

Dann winkte der Shawnee den Häuptlingen, und sie erhoben sich und gingen zu ihrem Lager. Es waren erfahrene Männer. Sie waren es gewohnt, daß die Langen Messer drohten, Verhandlungen abbrachen, schrien. Damit hatten die Blaßgesichter schon manchen Vertrag erzwungen.

Es wurde ein schwüler Nachmittag für die Einwohner von Vincennes. Die Stadt war nicht auf Krieg gerüstet, und die Indianer waren bewaffnet. Tecumseh hatte Wachen aufgestellt, und im übrigen ließ er seine Krieger Wettspiele beginnen.

In der Stadt aber hockte die bleiche Angst. Harrison hatte im Frühsommer zwei Kompanien Miliz einberufen, als die Nachrichten über Ten-squa-ta-wa-Stadt, über den Propheten und die Anzahl seiner Anhänger immer bedrohlicher klangen. Harrison hatte sich bisher nicht aus der Fassung bringen lassen, er kannte die Besitzer der Blockhäuser unten am Fluß zu gut, kannte auch ihre Schliche und Listen. Aber er hatte doch die Miliz einberufen. Sie lag in einem Fort am Wabash-River, drei Meilen oberhalb der Stadt. Er schickte ein Kanu stromaufwärts, und schon am Abend rückte eine Kompanie in Vincennes ein, die andere blieb im Fort. Auch die dienstpflichtigen Männer der Stadt selbst wurden zu den Waffen gerufen. Das beruhigte die Bürger.

Inzwischen hatte der Gouverneur den Dolmetscher vernommen. Und der Mann sagte aus, daß seiner Ansicht nach die Indianer keinen Angriff geplant hätten, sondern, als sie aufgesprungen waren, Manitu angerufen hätten. Er berichtete Harrison auch, was Tecumseh ihm aufgetragen hatte.

Harrison fragte Winnemac. Der bestätigte die Worte des Dolmetschers. »Aber warum hast du denn so aufgeregt an deiner Pistole gefingert?« fragte er ihn wütend.

»Winnemac? An der Pistole gefingert? – Ah, die Pistole ist

116

nicht in Ordnung. Der Hahn tut nicht – Winnemac wollte Pistole richten –«, stammelte erschrocken der Indianer, der den Gouverneur noch nicht so aufgebracht gesehen hatte.

Harrison hatte Grund, ärgerlich zu sein – ärgerlich auf sich selbst. Tecumseh hatte einen tiefen Eindruck auf ihn gemacht, er hatte innerlich seinen Worten zustimmen müssen, er hatte den Indianer provozieren wollen. Aber er war unsicher gewesen und hatte daher schärfer gesprochen, als er gewollt hatte.

Hätte Tecumseh einen Überfall geplant, so wäre er anders vorgegangen – auch das mußte der Gouverneur sich eingestehen. Der Shawnee hatte vierhundert bewaffnete Krieger vor der Stadt. Wäre es seine Absicht gewesen, sie zu überfallen, so wäre die Stadt seinem Angriff so gut wie wehrlos ausgesetzt gewesen.

Zudem: Es war Frieden. Und die Indianer hatten noch nie einen Kampf ohne Kriegserserklärung eröffnet. Harrison mußte sich selbst die Schuld an dem Vorfall geben. Er war tief unzufrieden mit sich. Denn er wollte Frieden mit Ten-squa-ta-wa und seinem Bruder halten. Es drohte ein neuer Krieg mit England. Er hatte Anweisung aus Washington, jeden Zusammenstoß mit den Indianern zu vermeiden, damit, wenn es zum Kampf mit den Engländern in Kanada kam, die Grenze wenigstens vom Indianerkrieg verschont bliebe.

Tecumseh hatte ausdrücklich um Frieden gebeten. Und er, der eben noch dem Grafen Volney von den Indianern vorgeschwärmt hatte, gerade er hatte nun die Gelegenheit verpaßt.

Harrison war unruhig, er hielt es nicht im Zimmer aus und ging in dem Park vor seinem Haus auf und ab.

Da erblickte er den Shawnee Bluejacket. Er kam gemächlich den Hang herauf und ging, als er den Gouverneur sah, sofort auf ihn zu. »Tecumseh bittet um eine neue Unterredung«, sagte er.

Harrison atmete auf. Es gab ein kurzes Hin und Her, auch Bluejacket sprach englisch, wenn auch nur mühsam. Und am Schluß vereinbarten die beiden Männer eine neue Zusammenkunft für den nächsten Morgen.

»Meine Brüder mögen lächeln wie ich«

Die Unterredung fand am gleichen Ort statt wie am Tag zuvor. Aber als Tecumseh mit den Häuptlingen eintraf, fand er den Platz zu beiden Seiten von Bewaffneten flankiert. Auf diese Weise war ein offenes Viereck entstanden, an dessen Stirnseite der Gouverneur mit seiner Begleitung saß, an dessen rechter und linker Flanke die Angehörigen einer Milizkompanie aufmarschiert waren und deren noch offene Seite die Indianer einnehmen sollten. So mindestens hatte Harrison gerechnet.

Tecumseh aber übersah die neue Lage mit einem Blick, und die Weißen erhielten sofort einen schlagenden Beweis von der schnellen Entschlußkraft des Shawnee. Während sie alle erwarteten, daß die Häuptlinge sich an der unteren Seite des Vierecks niederlassen würden, um sich so den Rücken frei zu halten und möglichst weit außerhalb der Gefahr zu bleiben, schritt ihr Anführer, der in ruhigem Gespräch mit einem der Häuptlinge begriffen war, in das Viereck hinein und ging so nahe an den Gouverneur heran, daß sie sich fast die Hand hätten geben können. Die anderen Häuptlinge waren ihm, ohne auch nur einen Augenblick zu zögern, gefolgt. Hier begrüßten sie alle Harrison und seine Begleiter, indem sie wieder beide Hände emporhoben, worauf sie sich schweigend niederließen. Tecumseh blieb einen Augenblick länger stehen, um einen Indianer an seine Seite zu rufen, der sich bisher bescheiden im Hintergrund gehalten hatte.

Die Weißen waren verblüfft von der Kühnheit der Roten. Nun waren sie ja fast von den Soldaten der Miliz umringt und also ganz in die Hände des Gouverneurs gegeben, dachten die Bürger. Die Offiziere freilich machten verkniffene Gesichter. Ihr schöner Plan war zunichte gemacht. Wenn es zum Kampf kam, so konnten sie nicht feuern lassen, denn jeder Schuß, den sie abgeben ließen, konnte, nein, mußte ihre gegenüberstehenden Kameraden genausogut treffen wie die Indianer.

Harrison aber erkannte, daß Tecumseh nicht nur dies bedacht

hatte. Wenn die Indianer heute losschlagen wollten, dann war er selbst als erster verloren. Er kämpfte mit sich, während er noch den Hut zog und ihn wieder auf den Kopf setzte, ob er die Häuptlinge nicht veranlassen sollte, sich weiter zurückzuziehen. Aber sollte er sich weniger kühn zeigen als der Shawnee?

Harrison setzte sich und ließ es bei der Sitzordnung, die Tecumseh gewählt hatte. Er sah, während noch Stühle gerückt wurden und die Protokollführer an den Tischen miteinander flüsterten, daß Tecumseh, der nur wenige Meter vor ihm im Grase saß, sich lächelnd mit seinen Nachbarn unterhielt. Aber er verstand keine der Sprachen der Indianer. Das war auch gut so; denn sonst wäre er kaum so ruhig gewesen, wie es für die Verhandlung notwendig war.

Tecumseh sagte: »Meine Brüder mögen hören, aber auch lächeln wie ich. Wenn die Langen Messer uns überfallen, so wird Tecumseh den Gouverneur töten. Ein-Pfeil muß mit dem ersten Schuß den Häuptling der Weißen töten, der die Soldaten zu seiner Linken führt. Winnemac muß den Häuptling erschießen, der die Soldaten zu unserer Rechten befehligt. Wenn deren Soldaten keine Befehle von ihren Häuptlingen erhalten, so sind sie wie Kinder und wissen nicht, was sie tun sollen. Wir werfen uns dann alle nach rechts, dringen in das Haus des weißen Vaters und nehmen seine Frau und seine Kinder gefangen. Dann werden sie uns abziehen lassen. Darum darf den Frauen und Kindern nichts geschehen, denn sie werden unser Schild sein. Meine Brüder haben mich verstanden. Sie mögen meine Worte lächelnd weitersagen.«

Als der Shawnee sah, daß die Weißen bereit waren, fragte er mit höflicher Gebärde bei dem Gouverneur an, ob er beginnen könne. Harrison nickte, und Tecumseh erhob sich.

Er trat einen halben Schritt vor, und atemlose Stille herrschte. Nach den gestrigen Ereignissen war die Spannung auf das höchste gestiegen. Die Weißen wußten – Harrison hatte dafür gesorgt, daß sie es wußten –, daß jeder Zwischenfall vermieden werden mußte, denn die Indianer waren immer noch schlagkräftiger als sie. Wenn auch die Milizen einberufen waren, so war doch die Stadt gegen die Indianer nicht zu halten. Die Holzhäuser, alle Vorräte, viele, viele Menschen wären verloren gewesen. Harrison hatte den Offizieren strengste Weisung gegeben, auf äußerste Disziplin zu achten, und auch den Bürgern, die sich wieder als Zuschauer und Zuhörer eingefunden hatten, trotz ihrer Proteste die Waffen abnehmen lassen. Sie waren überdies eindringlich von ihm ermahnt worden, Ruhe zu bewahren und keine Zwischenrufe zu machen. Als daher Tecumseh seine Augen gelassen über die Versammlung schweifen ließ, war es kein Wunder, daß eine fast hörbare Stille herrschte.

Hier standen sie sich gegenüber, auf wenige Meter Entfernung; der Weiße in der steifen Uniform seines Amtes, den langen Säbel an der Seite, Orden aus dem letzten Krieg an der Brust – der Indianer mit entblößtem Oberkörper, den Tomahawk im Gürtel und eine Kette aus den Zähnen der Grizzlybären um den Hals. Gestern hatte er diese Kette nicht getragen. Harrison und manch einer seiner Begleiter stellte es fest. Was hatte das nun wieder zu bedeuten?

Aber da begann er schon zu sprechen – langsam, höflich, sehr ruhig: Der Häuptling der Shawnee bedauere, daß es gestern ein Mißverständnis gegeben habe, übersetzte der Dolmetscher. Sie hätten nicht beabsichtigt, die weißen Männer anzugreifen. Es sei nicht die Art der Erdgeborenen, einen Krieg ohne Kriegserklärung zu beginnen. Er bitte also, daß der Gouverneur alle Falten der Sorge und des Mißmutes von seiner Stirn entferne. Sie seien gekommen, friedlich zu verhandeln, denn sie wünschten den Frieden. Es sei die Hoffnung der Häuptlinge, daß die Langen Messer den Frieden ebenso ehrlich wünschten wie das Volk der Erdgeborenen.

Es ging ein Aufatmen durch die Reihen der Weißen. Ihre Gesichter entspannten sich, und plötzlich betrachteten sie diesen eindrucksvollen Shawnee, der ihnen gestern einen so tollen Schrecken eingejagt hatte, fast mit Wohlwollen. Harrison selbst wurde von einem Gefühl der Zuneigung ergriffen, und Tecumseh mußte das spüren, denn er blickte seinen weißen Gegner nicht mehr so zurückhaltend an wie bisher.

Er erklärte, daß die Indianer beschlossen hätten, dem Rat zu folgen, der ihnen so oft von den Siebzehn Ratsfeuern gegeben worden sei, nämlich Frieden untereinander zu halten, ihr Land und ihre Äcker zu bebauen, das Feuerwasser gänzlich abzulehnen, den Verkehr mit den Weißen zu meiden, sich nicht in die Kriege der Weißen zu mischen noch sich in sie hineinziehen zu lassen.

Als der Dolmetscher diesen letzten Satz aussprach, horchte Harrison auf. Der Gouverneur verstand, was Tecumseh ihm hier anbot: nicht mehr und nicht weniger als Neutralität im Krieg mit England, mit dessen Ausbruch jedermann in den Staaten schon für die nächste Zeit rechnete. Nachdenklich sah Harrison den Indianer an. Das war eine kühne Diplomatie, würdig eines Staatsmannes.

Tecumseh fuhr fort, die Erdgeborenen seien noch weiter gegangen, sie seien nicht nur den Ratschlägen der Siebzehn Ratsfeuer gefolgt, sie wollten auch ihrem Beispiel folgen. Denn so, wie die Langmesser sich zusammengeschlossen hätten und ihre Ratsfeuer zu einem großen Feuer vereinigt hätten, das in der Stadt Washington brenne, so wollten auch sie ein einziges Ratsfeuer anzünden, und alle Stämme der Erdgeborenen würden einen Sitz daran haben, wie er schon gestern erzählt habe. Unmöglich könne der Gouverneur oder der Weiße Vater in Washington eine solche Handlung als Bedrohung ansehen; und er bitte daher auch, nicht dem Gesange zischender Schlangen zuzuhören, die Streit zwischen den Indianern und dem Weißen Vater in Washington herbeiführen wollten.

»Sie singen euch ins Ohr, daß wir Krieg wollen, daß wir diese Stadt anzünden wollen, daß wir die Langen Messer über den Ohio und über das Gebirge im Osten zurücktreiben wollen. Der weiße Gouverneur möge mir in das Antlitz sehen: Bin ich ein Narr? Sehe ich aus wie einer, dem das Feuerwasser den Verstand genommen hat? Schwanke ich auf meinen Füßen? Und sehen meine Brüder, die Häuptlinge, aus, als ob der Große Geist ihre Sinne gelähmt hat? – Wir wissen, daß wir die Langen Messer nicht vertreiben können aus dem Land, das sie uns geraubt haben. Aber wir wissen, daß viel, viel Blut der weißen Männer fließen wird, wenn sie versuchen sollten, uns in die großen Seen oder weiter in den Westen zu treiben. Wir stehen hier, und wir werden fest stehen und nicht mehr zurückweichen. Wir werden kämpfen und sterben, wenn die weißen Männer uns angreifen und unser Land wollen. Aber wir werden die Freunde der Langen Messer sein, wenn sie auf dem Land bleiben, das sie nun bewohnen. Die weißen Männer mögen wählen.«

Tecumseh setzte sich, und der Dolmetscher begann. Die Richter, Offiziere, Bürger, die Milizsoldaten, die ja alle selbst Bürger von Vincennes oder Bauern und Siedler aus der nächsten Umgebung waren, hörten zu. Zu dem Gefühl der Erleichterung, das sie immer stärker empfanden, je länger der Dolmetscher sprach, gesellte sich eine Verblüffung, die ihren Gesichtern einen nicht gerade geistreichen Ausdruck gab. Sie sahen ziemlich blöde drein, um es ganz deutlich zu sagen. Denn natürlich: wer wollte es den Roten verwehren, sich zusammenzutun und die Vereinigten Staaten des indianischen Volkes zu gründen? Sie hatten das klare, das unbestreitbare Recht dazu. Da war mit juristischen Gründen nichts zu machen. Aber verdammt ungemütlich konnte das werden, ganz ungewöhnlich ungemütlich. Die Bürger von Vincennes kratzten sich sozusagen innerlich den Kopf. Man war hier an der Grenze, am weitesten vorn, schon fast im Land der Roten, mittendrin sozusagen. Und wenn die alle einmal loslegten ... Diese Roten – die Nadoweis-siw, die Kickapoo und Utagami und wie sie alle hießen. Wenn das jetzt alles noch dazukam, was da im fernen Westen und Nordwesten wohnte, zu den alten Feinden?

Man konnte eine Gänsehaut bekommen als ausgewachsener, freier, amerikanischer Bürger, der man war. Da wollte man doch lieber ruhig zuhören, wenn dieser Shawnee da den Frieden wirklich wollte – warum nicht? Konnte er haben! dachte der und jener, dachten wohl schon die meisten.

Denn der Krieg mit England hing drohend über der Grenze. Zwar wußte niemand, wer da eigentlich mehr Lust hatte, den Tanz zu beginnen, fast schien es, als ob die Staaten Appetit auf das große Land im Norden hätten. Man dachte wohl in Washington, das würde ein Spaziergang werden, und hielt das ungeheure Land im Norden für wert, einige Opfer darum zu bringen – nun, das war jetzt gleichgültig und noch weit fort. Aber die Indianer waren nah, und wenn die Briten alle diese Stämme hier, die Tecumseh zu einem Bunde vereinigt hatte, mit Gewehren, mit Pulver und Blei versorgten – dann gute Nacht Vincennes und Kaskaskia und Cahokia und ihr anderen mickrigen Fortstädte hier oben. Gute Nacht auch, Pelzhändler und Schankwirte und Bauern und Farmer, eure Skalpe sind dann keinen Grauhornpelz mehr wert ...

Mach Platz, Indianer!

Harrison sah den Eindruck, den Tecumsehs Worte auf die Bürger von Vincennes machten. Gestern waren sie trotz aller Angst nicht bereit gewesen nachzugeben, heute waren sie bereit zu allem. Gestern aber, ja, noch vor einer Viertelstunde hatte er nachgeben wollen, hatte der Regierung in Washington zureden wollen, die Wünsche der Indianer zu erfüllen, jetzt sah er, daß er nicht nachgeben durfte.

Alle seine Indianerfreundschaft war plötzlich in ihm versunken, denn nun war nicht mehr die Rede von seinem Herzen, auch nicht von dem Recht der Indianer, jetzt stand seine Pflicht als Gouverneur der Staaten vor ihm.

Der Plan Tecumsehs war großartig über alle Maßen. Natürlich hatten die Indianer das Recht, sich zusammenzuschließen. Und Harrison traute diesem Mann zu, daß er fertigbrachte, was kein

Indianer vor ihm fertiggebracht hatte. Nun, da er den mächtigen, von hochfliegenden Gedanken bewegten roten Staatsmann auf vier Meter Entfernung vor sich sah, da er ihn sprechen sah, hielt er das alles nicht mehr für überspannt, für verrückt, für hoffnungslos.

Hier war Gefahr. Und er war der Gouverneur William Henry Harrison. Mochten sie auch ehrlich Frieden wollen – er glaubte es ja. Aber diesen Frieden konnte er ihnen nicht geben. Harrison war ein weißer Mann: vorwärts ging der Marsch Amerikas, vorwärts in den Westen, bis an die Küste des anderen Meeres, die Küste des Großen Ozeans. Frieden mit den Indianern? Wer waren die Rothäute, daß sie den Marsch der Siedler aufhalten wollten!

Nach Westen geht der Marsch Amerikas. Vor uns das freie Land, die offene Ebene, die Felsengebirge und der große, große Ozean. Und jenseits des Ozeans liegen die neuen Länder Asiens, die großen Länder, die reichen Länder – jenseits des stillen Weltmeers lag der Handel, die Zukunft, die Macht, die Größe Amerikas. Platz, Indianer, mach Platz! Go ahead! Der Ruf der Pioniere, deren Planwagen über die Grasebenen der Prärie rollen, war im Ohr des Gouverneurs.

Und er wußte, was er zu tun hatte. Tecumseh wollte den Frieden. Harrison, der milde, gerechte, aufrechte Harrison, wollte den Krieg. Von diesem Tage an wollte er ihn, und er spähte von diesem Tage an nach der Gelegenheit aus, ihn zu eröffnen.

Längst hatte Tecumseh sich wieder niedergelassen, längst hatte der Dolmetscher aufgehört zu sprechen. Nach dem Shawnee war Winnemac, der Potawatomi, aufgestanden. Auch der Ottawa Kiwaguschkum, Sana-mahonga, der Hotchangara, und die anderen alle, der Wyandot-Häuptling Siatha und der Lenape Shingas, einer nach dem anderen erhob sich, bestätigte feierlich die Worte Tecumsehs, erklärte auch seinerseits, daß sie beschlossen hätten, das Ratsfeuer zu Ten-squa-ta-wa zu entzünden und – in Frieden mit den Langen Messern zu leben.

Immer ruhiger wurden die Bürger von Vincennes, immer

zufriedener. Immer ruhiger wurde auch das Gesicht des Gouverneurs unter seiner neuen Erkenntnis. Alle Zweifel waren von ihm abgefallen, die Entscheidung war getroffen, fast fröhlich war der Ausdruck seines Gesichts, und immer mehr wuchs seine Hochachtung vor Tecumseh. Jeder große Mann weiß einen großen Gegner zu schätzen. Bisher hatte Harrison die Indianer mit Mitleid angesehen, da sie niemanden hatten, der für sie eintrat. Nun war ihr Verteidiger da. Urplötzlich hatte er sich vor ihm aus dem Nichts erhoben. Nicht dieser eitle Popanz, nicht der Prophet, war ihr Anführer. Tecumseh war es – und das war ein Gegner, der kein Mitleid brauchte und es auch nicht wollte.

Tecumseh sah die Veränderung im Wesen des Gouverneurs, er saß ja dicht vor ihm im Gras, er hatte Muße, ihn zu betrachten, er sah, daß sie ehrlich war, und er verstand sie falsch, er mußte sie falsch verstehen. Und plötzlich beugte er sich zu Ein-Pfeil hinüber und flüsterte ihm ein paar Worte zu.

Am Tage zuvor hatte hier auf der Höhe ein starker Wind geweht, der die Mücken nicht aufkommen ließ. Heute aber herrschte Windstille, und mit dem Höhersteigen der Sonne waren auch die Mücken aus dem Gras emporgestiegen. Die Soldaten wedelten unaufhörlich mit Tüchern und Armen, die Bürger, Offiziere und auch der Gouverneur hatten dicke Lederhandschuhe über die Hände gezogen, hatten sich die Hüte tief in die Stirn und zugleich über den Nacken gedrückt, und doch mußte sich Harrison ebenso wie seine Begleiter mit geschwungenem Taschentuch unaufhörlich das Gesicht, die Nase, das Kinn und vor allem die Augen freihalten. In dicken Wolken hingen die sirrenden kleinen Biester über der Versammlung, die Röcke, die Hüte und Beinkleider waren bedeckt von einer kriechenden, wimmelnden Schicht von schwarzen und braunen, großen und winzig kleinen Eintagsfliegen, Mücken, Stechfliegen, Bremsen, die in alle Falten und Ritzen der Kleider eindrangen.

Die Weißen waren so sehr mit sich selbst beschäftigt, daß sie kaum darauf achteten, daß die Indianer ruhig dasaßen.

Tecumseh hatte Ein-Pfeil ein paar Worte zugeflüstert, der nickte, legte Pfeil und Bogen vor sich auf die Erde, legte auch Tomahawk und Messer ab, griff dann vor sich in das Gras und nach rechts und links und erhob sich. Harrison sah den Indianer auf sich zukommen, er sah ihn lächeln, er hatte auch gesehen, daß er vorher alle Waffen abgelegt hatte. Schon stand Ein-Pfeil vor dem Gouverneur, er hatte ein Büschel Pflanzen mit grau-blauen, gezackten, pelzigen Blättern in der Hand und steckte nun immer ein paar Stengel der Pflanze in die Öffnungen des holz-geschnitzten Lehnsessels rings um den Körper des Gouverneurs.

Dann griff der Indianer nach dem Gürtel, knüpfte einen klei-nen Lederbeutel ab, öffnete ihn und zeigte Harrison den Inhalt, indem er mit einem Finger hineinfuhr und etwas von dem Fett, das in dem Ledersäckchen enthalten war, sich selbst über das Gesicht strich und sorgfältig verrieb.

Harrison hatte zuerst verständnislos zugesehen, aber nun bemerkte er, daß die Mücken ihn verlassen hatten, er hörte ihr Sirren und Summen wie aus weiter Ferne, blickte sich um und sah, daß sie nach oben und zur Seite geflüchtet waren, sah, daß er wie in einer Lücke der Mückenwolke saß. Er begriff, nahm den kleinen Lederbeutel, den der Indianer ihm hinhielt und rieb sich ein. Das Fett roch scharf und würzig, aber gar nicht unangenehm. Ein-Pfeil war auf seinen Platz zurückgegangen, Harrison aber gab den Beutel seinem Nachbarn zur Benutzung weiter. Auf einmal begriffen die hochmütigen Herren, warum die Oberkörper der Indianer immer wie leicht geölt glänzten. Und sie begriffen auch, warum von Zeit zu Zeit etwas wie ein zufriedenes Schmunzeln um die Mundwinkel des einen oder anderen Häuptlings gezuckt hatte. Selbst Tecumseh hatte eine leise Genugtuung und ein spöt-tisches Lächeln nicht unterdrücken können, als er sah, wie die hochmütigen Weißen gegen die Moskitos kämpften, die ihm und den Seinen nichts anzuhaben vermochten.

Als der letzte Häuptling gesprochen hatte, erhob sich Harri-son. Spannung zeigte sich auf den Gesichtern der Weißen, aber auch die Indianer konnten nicht verbergen, daß sie voll erregter Erwartung seinen Worten lauschten.

Der Gouverneur sprach kurz und freundlich. Er freue sich, daß das Mißverständnis von gestern aufgeklärt sei. Es erfülle ihn mit Genugtuung, daß Tecumseh und seine Freunde den Frieden wollten. Auch die Siebzehn Ratsfeuer wünschten nichts sehnlicher, als friedlich neben ihren roten Brüdern zu leben. Es freue ihn und alle seine weißen Brüder, daß die Völker der Indianer – wohlweislich vermied der Gouverneur das Wort »Volk«; Tecumseh hörte es und runzelte die Stirn –, daß die Völker der Indianer auch untereinander das Kriegsbeil begraben hätten. Er werde ihre Wünsche an den Weißen Vater in Washington weiterleiten, vor allem auch den Wunsch, daß der Landstrich, den die Regierung von Lederlippe gekauft habe, an die Indianer zurückgegeben werden solle. Aber er glaube nicht, daß der Weiße Vater diesen Wunsch erfüllen könne. Das Land sei gekauft, der Vertrag sei richtig geschlossen und unterzeichnet, und es werde daran kaum noch etwas zu ändern sein. Doch werde er aufrichtig an die Regierung berichten.

Harrison hatte ruhig gesprochen. Er wußte, daß der Augenblick noch nicht gekommen war, er mußte Zeit gewinnen.

Seine Worte enttäuschten die Indianer, aber sie waren unangreifbar. Zwei Gegner hatten Häuptlings-Tomahawk und Offiziersdegen miteinander gekreuzt, der erste Waffengang war unentschieden verlaufen. Aber Harrison, der glaubte, er habe doch den größeren Vorteil erreicht, er habe den offenen Zusammenstoß vermieden, wußte noch nicht, daß auch Tecumseh Zeit gewinnen wollte. Auch Tecumseh war noch nicht fertig.

Mit feierlichen Worten verabschiedeten sich die Häuptlinge. Die Offiziere gaben ihre Kommandos, die Miliz-Kompanie rückte ab, und der Gouverneur kehrte in sein Haus zurück.

Am folgenden Tage besuchte Harrison, nur von dem Dolmetscher begleitet, unangemeldet das Lager, das die Indianer unmittelbar vor der Stadt aufgeschlagen hatten. Der Gouverneur ging mit aufmerksamen Augen durch die Zeltgassen, sah die Holzfeuer in den Ledertipis brennen, sah das Innere der schlichten indianischen Behausungen offen vor seinem Blick liegen, denn überall waren die Büffelhäute hochgeschoben, um dem kühlenden Wind Durchzug zu verschaffen. Er sah keinen einzigen Betrunkenen, sah nur heitere, ausgelassene oder – gelassene Gesichter, und die einzigen Menschen, die mürrisch daherschlichen, waren die weißen Schnapshändler, die sich nach dem friedlichen Ausgang der gestrigen Unterredung ein Riesengeschäft versprochen hatten, aber nicht ein einziges Glas Whisky losgeworden waren.

Mehr als alles andere zeigte diese Tatsache dem Gouverneur, welch ein erstaunlicher Einfluß von der Persönlichkeit Tecumsehs ausging. Einen weicheren Menschen als Harrison hätte diese Feststellung wohl in seinem Entschluß, den Krieg mit den Indianern bei der ersten günstigen Gelegenheit zu suchen, schwankend machen können. Denn waren die Roten nun nicht endlich auf dem Wege, den man ihnen bei jedem Vertragsabschluß scheinheilig empfohlen hatte? Fingen sie nun nicht endlich an, Frieden zu halten, untereinander und mit den Weißen. Fingen sie nicht an, wieder den Boden zu bebauen, nachdem man sie endlich ein paar Jahre in Ruhe ließ? Hörten sie nicht auf, sich am Feuerwasser zugrunde zu richten?

Ja, das taten sie alles. Und nun begannen sie, wirklich gefährlich zu werden. Sie wollten einen Staat gründen. Was sonst hatten sie vor, wenn sie ein Ratsfeuer entzünden wollten?

Harrison sollte an diesem Tage noch mehr sehen. Längst hatte Tecumseh Nachricht, daß der Gouverneur im Lager war, und als er sich dem Zelt des Shawnee näherte, da trat der Häuptling heraus. Er ging auf den Gouverneur zu, begrüßte ihn, reichte ihm die Hand, lud ihn ein, sein Zelt zu betreten. Auch jetzt sprach er Algonkin, und der Dolmetscher mußte übersetzen.

Harrison ließ sich am Feuer nieder. Tecumseh füllte einen hölzernen Becher mit einer wohlschmeckenden Fleischbrühe, die in einem Topf über den Flammen hing – und es entstand eine lange und ausführliche Unterhaltung, die zunächst hochpolitischen Charakter trug, später aber persönlich und heiter wurde.

Tecumseh erklärte dem Gouverneur, daß seine Pläne, seine Absichten nicht weiter gingen, als er gestern in seiner Rede gesagt habe. Daß die Politik der Landkäufe, die die Vereinigten Staaten gegenüber den Indianern verfolgten, wie ein unaufhaltsamer Strom wirke, der sein Volk davonzuschwemmen drohe. Und daß der Bund aller roten Stämme, den er zu gründen im Begriffe stehe und der jeden einzelnen Sachem, jeden Clan und jedes Dorf in Zukunft daran hindern werde, ohne Einwilligung des Großen Ratsfeuers zu Ten-squa-ta-wa-Stadt noch Land zu verkaufen, der Damm sei, den er gegen die andrängende, weiße Flut errichten wolle. Er stellte nüchtern fest, daß sein Bestreben sei, Frieden zu halten, denn er kenne sehr wohl die Macht der Staaten, daß er aber seinen jungen Leuten die Furcht vor den Langen Messern längst genommen habe. Man wisse an allen Lagerfeuern vom Miami bis zum Missouri, daß die Weißen nicht unbesiegbar seien, ja, daß der Indianer im Waldgefecht weit überlegen sei.

Er wolle Frieden mit den Staaten, aber er fürchte, daß er doch in einen Krieg mit ihnen hineingezogen werden würde. Wenn aber der Gouverneur, den Präsidenten in Washington dazu veranlassen könnte, die neulich gekauften Ländereien wieder zurückzuerstatten und zu erklären, daß er niemals wieder Verträge mit einzelnen Stämmen, sondern nur noch mit der Gesamtheit des Volkes der Erdgeborenen schließen wolle, so würde er noch weiter gehen, als nur Frieden zu halten. Dann sei er bereit, der Bundesgenosse der Siebzehn Ratsfeuer in dem Kriege gegen Kanada zu werden, der ja doch demnächst ausbrechen werde. Er würde lieber der Freund der Staaten als der der Engländer sein, die die Indianer schon so oft schmählich im Stich gelassen hätten. Aber wenn der Präsident seine Forderung nicht erfüllte, so würde er sich gezwungen sehen, sich mit den Engländern zu verbünden.

Das war klar und deutlich gesprochen. Aber Tecumseh fügte eine Aufzählung hinzu, aus der hervorging, daß er zwanzigtausend Krieger unter die Waffen rufen könne – und das war eine gewaltige Zahl, größer, viel größer als die weißen Armeen des Westens, die niemals über tausend Mann stark waren.

»Mein Bruder möge mir glauben –« zum ersten Mal redete der Shawnee Harrison mit diesem Wort an, und der Gouverneur, der doch gewohnt war, daß die Indianer »Vater« sagten, wenn sie zu ihm sprachen, empfand die Anrede nicht als Beleidigung, sondern als Ehrung – »Tecumseh weiß, Krieg zu führen – mit zwanzig Kriegern und auch mit tausendmal zwanzig.«

Harrison saß am Feuer. Der Geruch des brennenden Holzes, der Duft der Brühe in dem Tongefäß, vielfache Gerüche waren um ihn, er dachte: ein großer, ein gefährlicher Feind. Hier gibt es nur Krieg bis zur Entscheidung. Wer weiß, ob man ihn verstehen würde; Washington wäre sicher ganz froh, einen solchen Bundesgenossen zu haben, und wer weiß, ob man die Verluste billigen würde, die dieser Krieg gegen den Shawnee kosten mußte. Aber Harrison war kühl und klar, er sah weit. Seine Gedanken milderten jedoch nicht seine herzliche Zuneigung zu Tecumseh. Und der Shawnee, der sich von keinem Intriganten, keinem schlauen Diplomaten, von keinem unehrlichen oder hinterlistigen Manne hätte täuschen lassen, er ließ sich von der Herzlichkeit Harisons, die ehrlich war, da der Amerikaner den großen Gegner erkannte und achtete, von ihr ließ sich Tecumseh täuschen.

Denn der Shawnee folgte den alten Sitten, die von den Kriegern zwar die Beherrschung aller Listen und Schliche verlangten, aber im Kriege weniger die Vernichtung des Gegners anstrebten als vielmehr einen ehrenvollen Sieg. Der Sieg aber konnte nur ehrenhaft sein, wenn auch der Gegner vorbereitet war.

In den mörderischen Kämpfen der Grenze war freilich diese Sitte längst abhanden gekommen. Die weißen Grenzer kamen lautlos und ohne sich anzumelden. Sie waren da, und zugleich krachten die Büchsen. Daraus hatten auch die Indianer gelernt.

Tecumseh aber sah in Harrison den hochherzigen, ebenbürtigen Feind. Er erwartete von ihm, wenn es zum Kampfe kommen sollte, keine Milde, aber er erwartete von ihm noch viel weniger Heimtücke. Trotz aller bitterer Erfahrung hatte der Shawnee von weißer Art, Krieg zu führen, doch noch nicht genug gelernt.

Harrison ging nach dem Gespräch mit dem Shawnee durch die Zeltgassen. Er begrüßte eine Anzahl Häuptlinge, die gestern und vorgestern bei den Verhandlungen anwesend waren: Bluejacket, den hitzköpfigen alten Shawnee, den er von früher her kannte, den Potawatomi Winnemac, den Lenape-Häuptling Shingas, er dankte Ein-Pfeil für die Mücken-Salbe, und Tecumseh überreichte ihm für spätere Fälle einen größeren Vorrat des würzig riechenden Fettes. Harrison begrüßte auch die Lakota, die ihm mit unverhohlener Neugier, aber mit noch viel weniger verborgenem Selbstbewußtsein entgegenkamen. Sie gehörten zu einem noch völlig ungebrochenen Volk, das für Tecumseh achttausend Krieger zu stellen bereit war. So hatte ihm wenigstens der Shawnee erzählt. Im Gespräch mit Pesch-hi und Ongpatonga, mit dem jugendlichen Mataton und dem schlauen, kühlen Tinthon-ha mußte Tecumseh vermitteln, denn der Dolmetscher des Gouverneurs verstand die Sprache der Lakota nicht.

Dann aber führte der Shawnee den Amerikaner zu einem Mann, der in seiner Kleidung eine seltsame Mischung aus Lakota und Shawnee war. Er trug prachtvolles langes schwarzes Haar, hatte die Federn des Kriegsadlers im Schopf wie die Lakota, aber die bunten Stickereien auf Mokassins und Leggins waren ähnlich den Mustern der Shawnee. Noch erstaunter als der Gouverneur war sein Dolmetscher. Er konnte sich, wenn auch nicht ganz ohne Schwierigkeiten, mit dem fremden Häuptling verständigen, und er erzählte Harrison, dies sei ein Siksika, der ihm erzählt habe, daß sein Volk nördlich der Lakota wohne und ebenso stark und volkreich sei wie diese, »aber er spricht die Sprache der Waldstämme, Gouverneur!« sagte aufgeregt der Dolmetscher.

Tecumseh hörte lächelnd zu. Er sah die tiefe Sorge auf dem Gesicht Harrisons, und einen Augenblick lang überfiel den Shawnee das Mißtrauen, das er sonst gegen alle Weißen hegte. Doch dann dachte er: Mochte doch der Gouverneur auch Furcht haben. Das würde ihn eher zum Frieden geneigt machen.

Harrison aber hatte die Gefahr in ihrer ganzen Größe erkannt. Dem Shawnee wohnte kein Stamm zu weit, war keine Reise zu lang und zu gefährlich. Er hatte nicht geprahlt, als er ihm vorhin erklärt hatte: »Tecumseh wird seinen Füßen keine Ruhe gönnen und den Paddeln am Rindenrand seines Kanus keine Rast, er wird die Beine seiner Pferde nicht schonen und nicht die Lauffläche des Tobbogans im Winter. Tecumseh wird an allen Lagerfeuern sprechen und über die Seen und durch die Wälder rufen, seine Stimme wird über die Prärie erschallen und in den Schluchten des Felsengebirges – bis sein Volk einig ist und um das Ratsfeuer in Ten-squa-ta-wa-Stadt sitzt. Das Volk der Erdgeborenen wird nur eine Stimme haben und nur eine Kriegsaxt. Es wird treu seinem Freunde und furchtbar seinem Feinde sein.«

Harrison hatte diese Worte im Ohr, er hatte das Bild der kräftigen jungen Krieger und die harten, entschlossenen Gesichter der Häuptlinge vor Augen, als er in sein Haus zurückging. Es war keine Zeit zu verlieren. Es galt, sich vorzubereiten.

Peru oder Mexiko

Tecumseh hatte seinen Bruder in Ten-squa-ta-wa-Stadt zurückgelassen. Gleich nach seiner Rückkehr von Vincennes hatten die Brüder lange Gespräche, in denen sie bis in alle Einzelheiten ihr Verhalten für die nächste Zeit besprachen. Tecumseh hatte Grund, neues Vertrauen in den Propheten zu setzen, denn Ten-squa-ta-wa hatte in der Zwischenzeit eine Reise in den Süden gemacht, hatte zwar bei den mächtigen Niukonskah keine Erfolge gehabt, um so größere aber bei ihren Feinden, den Larapihu. Damit aber war der erste Stamm der großen Sprachfamilie der Kaddo gewonnen.

Aber wichtiger war die Botschaft, die Ten-squa-ta-wa von den

Muskogee, Chickasaw und Choctaw gebracht hatte, deren Wohngebiet sich vom Südhang der Appalachen bis zum mexikanischen Golf erstreckte. Sie waren Nachbarn der Weißen, sie litten seit Jahrzehnten unter den Gewalttaten der Langen Messer, sie waren grimmige Krieger, aber sie waren durch den Keil, den die Weißen mit der Gründung der beiden Staaten Kentucky und Tennessee bis an den Mississippi vorgetrieben hatten, seit zwanzig Jahren fast gänzlich von den nördlichen Stämmen der Indianer getrennt. Die Botschaft des Propheten hatte alle diese südlichen Stämme in Erregung versetzt, und da große Teile der Shawnee lange Zeit als Gäste im Lande der Muskogee gewohnt hatten und treue Bundesgenossen in deren ständigen Kämpfen gegen die Ani Yunwiha gewesen waren, die sich schon früh den Weißen anzupassen versucht hatten, so hatte es Ten-squa-ta-wa leicht gehabt. Er hatte nur daran zu erinnern brauchen, daß der größte Häuptling der Shawnee, der von den Weißen schmählich ermordete Cornstalk, sich seinen ersten Kriegsruhm als Verbündeter der Muskogee erworben hatte. Auch waren manche Shawnee seit jener Zeit mit den Muskogee verwandt, auch die Mutter der beiden Brüder, Messua-taske, war eine Muskogee vom mächtigen Clan der Panzerschildkröte. Es fiel den Brüdern nicht schwer, sich ihre Sprache wieder in Erinnerung zu bringen, und Tecumseh war entschlossen, von seiner Verwandtschaft mit der Schildkröte jeden Gebrauch zu machen. Denn die Politik der Indianer war immer auch eine Politik der Clans. Der Ruhm, den der einzelne sich erwarb, war immer auch der Ruhm der Clans und umgekehrt.

Ten-squa-ta-wa berichtete zufrieden und prahlerisch von seinen Erfolgen. Aber Tecumseh erkannte, daß er die Wahrheit sprach. Es galt, die Zeit zu nutzen, und er entschloß sich sofort, selbst in den Süden zu reisen. Es war der Entschluß weniger Minuten. Entfernungen, Mühsal, Gefahren schreckten ihn nicht, schon schickte er Kish-kalwa in der Lagerstadt herum und ließ zuverlässige Männer rufen, denen er seinen Entschluß bekannt-

133

gab. Und wen er aufforderte, ihn zu begleiten, der stimmte begeistert zu. Er wählte Männer aus allen Stämmen und sorgte vor allem dafür, daß einige Lenape und Wyandot-Häuptlinge darunter waren, denn diese beiden Stämme waren im Osten immer noch berühmt, obwohl ihre Macht längst gebrochen war.

Dann gab es noch eine lange Unterredung mit Ein-Pfeil und Kish-kalwa, denn Tecumseh wollte keinen Fehler begehen. Er mußte Ten-squa-ta-wa zurücklassen und brauchte Wächter, die verhindern sollten, daß der Prophet eigenmächtig handelte. Die beiden Freunde wurden still und traurig, als er sie bat, in Ten-squa-ta-wa-Stadt zu bleiben, die jungen Krieger zu führen und sie vor Unbesonnenheiten zu bewahren.

»Der weiße Mann in Vincennes hat gute Augen. Von ihm droht keine Gefahr, wenn er nicht zum Angriff gereizt wird. Meine Brüder sind Krieger vom Bund der ›Hunde‹. Sie sorgen für die Sicherheit in der Stadt Tecumsehs. Tecumseh weiß, daß sie besonnen, treu und tapfer sind. Sie mögen mir versprechen, daß kein Krieg ausbricht, solange der Berglöwe im Süden weilt.«

Die beiden versprachen es, und Tecumseh wußte, er konnte ihnen vertrauen.

So kam es, daß der Shawnee schon gegen Ende des Monats Juli, drei Wochen nach der ersten Unterredung wieder in Vincennes war. Er hatte den Gouverneur durch einen Boten von seinem Kommen benachrichtigt, wieder hatte Harrison eindringlich gebeten, er möge mit geringer Begleitung kommen – und wieder, wie schon beim ersten Mal, scherte sich Tecumseh nicht um diese Bitte, die mehr ein Befehl sein sollte.

An einem mondhellen Abend fand die Zusammenkunft statt. Diesmal kam der Shawnee mit der Hälfte der mitgebrachten Krieger; hundertfünfzig bewaffnete, federgeschmückte, schweigende Männer standen im schimmernden Licht des Mondes hinter Tecumseh. Der Shawnee sagte, er müsse noch einmal das Land zurückfordern, das Harrison letzthin wider Gesetz und Recht von den Wyandot gekauft habe. Auch wenn der Gouverneur erkläre, die Sache liege nun in den Händen des Präsidenten in Washington, so ändere das nichts an der Forderung seines Volkes.

Noch einmal betonte er, daß die Indianer nichts stärker wünschten, als in Frieden mit den Langen Messern zu leben. So wie die Erdgeborenen den Weißen keinen Vorwurf daraus machten, daß sie sich zu den Ratsfeuern zusammengeschlossen hätten, sowenig könnten die Weißen Widerspruch dagegen erheben, daß er den Bund der Erdgeborenen gegründet habe.

Er müsse jetzt eine weite Reise machen, und sobald er zurückgekehrt sei, werde er mit dem Großen Vater der Weißen in Washington verhandeln. Er brauche dringend das Land am Wabash-River, denn in nächster Zeit würden neue Krieger nach Ten-squa-ta-wa-Stadt kommen, die ausgedehntere Jagdgründe brauchten, um sich ernähren zu können. Er bitte also, daß alles bleibe, wie es jetzt sei, und daß man Frieden halte, bis er mit dem Präsidenten selbst gesprochen habe.

Harrison erwiderte, eher werde der Mond vom Himmel fallen, den sie jetzt so still und feierlich über den Wäldern sähen, als daß der Präsident der Staaten dulden könne, daß Weiße ungestraft ermordet würden. Die Entscheidung über den Landkauf liege ebenfalls in Washington, aber er glaube, daß der Präsident seine Soldaten lieber in Weiberröcke kleiden würde, als Land zurückzugeben, das er rechtmäßig gekauft habe.

Nun, erwiderte Tecumseh, wenn der Große Vater der Weißen die Sache zu entscheiden habe, so hoffe er, daß der Gute Geist ihm genügend Verstand geben werde, das zu unrecht erworbene Land wieder zurückzuerstatten; und er fügte hinzu – der Ausdruck seines Gesichtes war im Dämmer der Mondnacht nicht zu erkennen, als er die folgenden Worte sprach: Es sei wohl wahr, der Präsident sitze weit entfernt in seiner Hauptstadt und trinke ruhig seinen Wein; der Krieg berühre ihn nicht sehr, während Tecumseh und Harrison ihn auszufechten haben würden.

Die Unterredung schloß mit höflichen Worten, dann schritten die Indianer zum Fluß hinunter. Eine halbe Stunde später schon scoll der Gesang der abreitenden Krieger vom Fluß herauf. Harrison stand vor seinem Haus und sah undeutlich die dichtgedrängte Masse der Indianer am Ufer entlangziehen. Zuweilen blitzte ein Gewehrlauf im Mondlicht, das Schnauben der Pferde klang durch die Nacht, dumpfes Hufgetrappel war zu hören, denn es war sehr still und die Fläche des silberglänzenden Stromes leitete die Geräusche weit durch das große Schweigen. Die endlosen Wälder dämmerten im Frieden der Spätsommernacht, und die Rufe der Nachteulen schallten geisterhaft von den Sternen herunter. Sagten sie Unheil voraus?

Den Gouverneur überlief ein Schauer. Aber er war entschlossen. Tecumseh fuhr nach dem Süden, die Gelegenheit war gekommen.

Zwei Tage später schrieb Harrison an das Kriegsministerium in Washington einen Brief, und schon der zweite Satz enthielt eine sehr bewußte Unwahrheit:

»Mein gestriger Brief wird Sie von der Abreise Tecumsehs unterrichtet haben, und ebenso vom Ziel seiner Reise. Zweifellos will er die Indianer im Süden zum Krieg gegen uns aufhetzen ... Ich glaube nicht, daß Gefahr besteht, bevor er zurückgekehrt ist, aber seine Abwesenheit bietet eine selten günstige Gelegenheit, seinen Bund zu zerstören, und ich hoffe, diese Absicht ausführen zu können, ohne einen Krieg beginnen zu müssen.

Die unverbrüchliche Gefolgschaft und Achtung, die Tecumsehs Anhänger ihm bezeugen, ist ganz erstaunlich, und sie ist mehr als alles andere der Beweis dafür, daß wir es hier mit einem jener Genies zu tun haben, die sich zu Zeiten erheben, um Revolutionen hervorzurufen und die bisherigen Ordnungen umzustürzen. Wenn er nicht in unserer Nachbarschaft lebte, würde er vielleicht der Gründer eines Reiches werden, das an Größe mit Mexiko oder Peru wetteifern könnte. Ihn schreckt keine Schwierigkeit. Seit vier Jahren ist er ständig unterwegs. Heute ist er am Wabash-River, bald darauf am Erie-See, am Michigan-See oder am Mississippi. Und wohin er kommt, überall erringt er Erfolge. Jetzt ist er dabei, das letzte noch fehlende Stück in sein Werk einzufügen. Aber ich hoffe, daß er bei seiner Rückkehr gerade den Teil zerstört finden wird, von dem er glaubt, daß er endgültig gesichert ist. Denn obwohl die meisten seiner Anhänger ihm aus Überzeugung und Liebe folgen, gibt es doch andere, die nur aus Furcht vor ihm auf seiner Seite stehen, wofür ich genügend Beweise habe. Der Prophet ist zwar kühn und frech, aber ihm fehlen Urteil, Geschick und Festigkeit.«

So schrieb Harrison nach Washington.

Tecumseh nahm nur etwa dreißig Begleiter nach dem Süden mit; sie ritten geradewegs an den Ohio. An der Mündung des Wabash-River ließ Tecumseh seine Leute ein Lager auf einer Anhöhe über den beiden Flüssen aufschlagen.

Er stand lange allein auf der Höhe und blickte über den im Glanz des stillen Sommertages gewaltig brausenden Strom dahin. Reiher flogen in schwerfälligem Flug tief über die Wasserfläche, Hirsche grasten in den lichten Auen und vereinzelte kleine Rudel dunkelmähniger Bisons trollten in der Ferne. Drüben, jenseits des Stromes lag die Urheimat der Shawnee, verloren für immer. Da wimmelte es jetzt von Weißen. Wie nach einem Dammbruch war die Flut der verhaßten Feinde in das Land eingebrochen, hatte in wenigen Jahren die Wälder zerstört, das Wild ausgerottet, die gewaltigen Herden der Elche und Hirsche vernichtet.

Am nächsten Tag ritt er mit den Lakota in ihr Stammesgebiet am Missouri. Sie folgten dem Lauf des Ohio, sie ritten bis zum Vater der Ströme, dem Mississippi.

Tecumseh und seine Begleiter überquerten schwimmend den Mississippi und ritten ihn am anderen Ufer stromauf. Kilometerweit trug der Wind ein wildes Brausen an ihr Ohr und bald hielten sie an den gurgelnden, graugelb schäumenden Fluten des Missouri. Der riesige Strom führte tote Baumungeheuer und ganze Inseln ineinander verfilzten Buschwerks mit, die er unaufhörlich aus seinen Ufern riß, drohend schwärmten die Wolken der Moskitos über den Auwäldern, aber die Lakota begrüßten mit feierlich dunklen Gesängen die Wasser der Heimat.

Das Verhängnis naht

Zögernde Stimme

Am Kansas verabschiedete sich Tecumseh von den meisten der Lakota und bog nach Westen ab. Noch einmal wollte er versuchen, die Niukonskah zu gewinnen. Aber wohin er kam, traf er auf Ablehnung, auf eisige Höflichkeit, gar auf Drohung. Er ließ sich nicht abschrecken, ließ ein Lager am Ufer des Flusses aufschlagen und besuchte den Sachem des mächtigen Volkes.

Breiter-Pfad aber war ablehnend und hochmütig, er hörte sich die Reden des Shawnee an, wurde schließlich fast freundlich, blieb aber bei seiner Absage. Hier hatte Ten-squa-ta-wa irgendeinen Fehler begangen, Tecumseh fühlte es, konnte aber nicht feststellen, was es gewesen war. Aber wenn er gegen die Weißen wetterte, dann schien es ihm, als ob bei aller Zustimmung auf den Gesichtern seiner Zuhörer etwas wie eine besondere Spannung, als ob es wie Bereitschaft zu scharfer Ablehnung in den Augen der Niukonskah glomm.

Schließlich mußte er müde und enttäuscht ablassen. Es war das erste Mal, daß er einen vollkommenen Fehlschlag erfuhr. Er ritt allein zurück, lehnte die Begleitung ab, die Breiter-Pfad ihm anbot, blieb zwei Tage einsam in der Prärie und wandte sich dann auf einem Umweg wieder dem Kansas zu.

Da traf er kurz vor dem Abend auf eine frische, einzelne Fährte. Der Gedanke durchzuckte ihn, dem einsamen Reiter zu folgen und ihn zu fragen, warum dieser Stamm sich dem gemeinsamen Bunde der Erdgeborenen gegen die Langen Messer nicht anschließen wolle. Er gab dem Einfall nach, ritt schneller und schneller und fand sich bei Einbruch des Abends plötzlich vor

einer von zwei hoch aufragenden Tannen beschatteten Blockhütte, wie sie die weißen Grenzer zu bauen pflegten. Ein Hund
bellte. Tecumseh ritt langsam näher, er roch den Holzrauch, und
da hielt er auch schon vor dem Sachem der Niukonskah, der mit
einem weißen Grenzer vor einem kleinen Feuer saß, über dem
am eisernen Spieß ein Hase briet.

Der Shawnee stieg vom Pferd, wand den Zügel um einen dünnen Baumstamm und trat näher. Der Hund, der vor dem Weißen
am Boden lang, hatte sein Bellen auf einen Ruf seines Herrn ein-
gestellt, blickte aber mit aufmerksam erhobenem Kopf dem
Ankömmling entgegen.

Tecumseh sah einen leicht gebeugten Rücken, silberweißes,
langes Haar, sah an einem großen Stein eine sehr lange Büchse
alter Konstruktion lehnen, sah nun, wie sich ihm, während Breiter-Pfad sich zur Begrüßung erhob, ein braungebranntes, von
hundert Falten durchzogenes Gesicht zuwandte, in dem ihm
zwei blaue Augen seltsam hell und prüfend entgegenblickten.

»Tritt näher an mein Lagerfeuer, mein lieber Bruder Tecumseh«, sprach ihn eine spröde, leicht zitternde Greisenstimme in
der Sprache der Shawnee an. »Dein Name erklingt in den fern-
sten Savannen und im tiefsten Süden, der meine ist vergessen.
Aber ich sehe, mein jüngerer Bruder erkennt den weißhaarigen
Jäger. Es gab eine Zeit, mein Freund, da waren wir glücklich.«

Der Shawnee sah eine alte, alte Hand, die sich ihm freundlich
entgegenstreckte, und ehrfürchtig nahm er sie, beugte sich lange
darüber, führte nach indianischer Sitte die Hand an sein Herz
und verbarg mühsam die heiß in seinen Augen aufsteigende
Erschütterung.

Der Greis mußte aber gefühlt haben, wie bewegt der Shawnee
war, er sprach nach einer Pause weiter: »Der alte Danny ist nun
wirklich alt, sehr alt, und er hat Ruhe. Du aber suchst den Ruhm
und den Kampf. Es ist immer das gleiche, auch dein Herz wird
still werden, mein jüngerer Bruder, sorge, daß es fest bleibt.«

Tecumseh richtete sich wieder auf. Der alte weißhaarige Jäger zog seine Hand zurück und blickte den Shawnee an, der bescheiden vor ihm stand, still, wie es dem Jüngeren zukommt, zu dem ein alter Mann spricht, und der sich nicht setzen darf, solange er nicht dazu aufgefordert ist.

»Man sagte mir, du hassest die Weißen, aber ich sehe, daß du der gleiche geblieben bist, denn deine Seele weiß immer noch, was Ehrfurcht ist. Verzeih mir, daß ich nicht aufstehe, dich zu begrüßen, Häuptling der Shawnee. Ich bin alt, und das Aufstehen fällt mir schwer. Setz dich zu uns und iß, wir werden alle satt werden. Noch trifft meine Büchse, und mein Arm ist ruhig, mein Auge noch klar genug. Aber es ist Abend, und ich bin allein. Die Sonne wird bald untergehen, und der alte Danny freut sich, daß er Tecumseh noch einmal sieht.«

Der Shawnee sah sich um. Sein Blick begegnete dem des Niukonskah-Häuptlings, der ihn erstaunt und zugleich freundlich ansah. Breiter-Pfad hatte kein Wort von der Rede des weißen Jägers verstanden, da der Greis Algonkin gesprochen hatte, aber er sah die Bewegung im Antlitz Tecumsehs. Und der Niukonskah, der dem fremden Häuptling aus dem Osten bisher mit kalter Höflichkeit begegnet war, forderte ihn nun auch seinerseits freundlich auf, Platz zu nehmen.

Er sagte dann, als Tecumseh saß: »Der Shawnee wird nun ahnen, warum das Volk der Niukonskah sich nicht dem Bunde gegen die Langen Messer anschließen kann.«

Tecumseh, in Gedanken verloren, sah fragend auf, ohne zu antworten.

»Dein Bruder Ten-squa-ta-wa, der sich selbst Sohn des Manitu nennt, forderte uns auf, alle weißen Männer aus unserem Lande zu vertreiben, ja sogar, unseren Bruder Zögernde-Stimme zu töten. Da haben wir erkannt, daß Offene-Tür ein Lügner und Feigling ist, der keine Ehrfurcht vor Freundschaftsbanden hat. Warum hat sich der Berglöwe mit einem Lügner verbündet? – Auch wir hassen die Langen Messer. Auch wir sind bereit, unser Land gegen sie zu verteidigen. Aber wir folgen keinem Feigling, dessen Augen nicht geradeaus blicken können. Denn der Große Geist haßt die Lügner und niemals gibt er ihnen den Sieg.«

Aber der Shawnee hörte kaum, was Breiter-Pfad zu ihm sagte. Er blickte den alten Daniel Boone an, den man früher den Lederstrumpf genannt hatte und der hier in der Stille der Prärie, fern dem Krieg der Grenze, in dem er so lange Jahre eine mächtige Rolle gespielt hatte, seinen Lebensabend verbrachte.

Es wurde ein schweigsames Mahl. Der abnehmende Mond stieg langsam am Himmel empor. Daniel Boone fragte nicht nach den Plänen des Shawnee. Er war ein weißer Mann, und er wollte Tecumseh nicht in die Verlegenheit bringen, ihn zu belügen, oder die Antwort zu verweigern.

Aber dann kam die Rede auf vergangene Zeiten. Breiter-Pfad hörte von den wilden Kämpfen, an denen der alte Mann teilgenommen hatte, hörte von seiner nie-fehlenden Büchse und dem Ruhm, den er damals bei Weißen und Roten gehabt hatte. Er sah mit Staunen, wie das runzlige Gesicht Old Dannys sich listig belebte, wie er mit den klugen, hellen Augen humorvoll zwinkerte, wenn er irgendwelche Schliche aus längst vergangenen Tagen berichtete, und wie auch Tecumseh sein Teil beisteuerte. Die beiden sprachen Sioux, um dem Niukonskah zu ermöglichen, ihren Worten zu folgen.

Breiter-Pfad hatte in diesen Stunden den Shawnee kennengelernt, seine Meinung von ihm hatte sich gründlich geändert.

Aber Tecumseh machte keinen Versuch mehr, ihn umzustimmen.

Die Boten des Todes

Früh am anderen Tage verabschiedete er sich von Daniel Boone, dann ritt er mit dem Niukonskah davon.

Bevor er sich von Breiter-Pfad trennte, fragte er noch einmal: »Der Häuptling will immer noch bei seinem Entschluß bleiben?«

»Mein Volk soll in Frieden leben und nicht im Krieg ermordet werden.«

»Die Niukonskah wollen also ihre Brüder allein kämpfen lassen?«

»Kein Hohn und kein listiges Wort wird Breiter-Pfad vergessen lassen, welchen Namen er führt.«

»Auch Tecumseh will den breiten Pfad des Friedens gehen, und nur, wenn man ihn zwingt, wird er den gewundenen schmalen Weg des Krieges betreten. Der Häuptling möge das nicht vergessen. Gemeinsam wollen wir einen Damm gegen den Strom bauen, der uns verdrängen will.«

Unbewegt, doch mit herzlichem Klang in der Stimme, entgegnete der Häuptling: »Die Niukonskah sind stark genug, ihre Kriege allein zu führen. Sie wollen nicht für andere kämpfen.«

Da aber hob Tecumseh den Arm und wies über die wellige Prärie zu ihren Füßen: »Der Häuptling Breiter-Pfad hat Augen und sieht nicht, er hat Ohren und hört nicht. Die Boten des Todes fliegen bereits in deinem Lande, und du erkennst sie nicht.«

Tecumseh hatte diese Worte mit solcher Trauer gesprochen, daß nun der Niukonskah zum ersten Mal etwas wie Unruhe zeigte. »Breiter-Pfad weiß nicht, was der Shawnee meint«, sagte er.

»Siehst du dort die Bienen über die Ebene fliegen? Sie hängen in jeder Blüte. Sie fliegen den Langen Messern nicht weiter als fünf Tagereisen voraus. Wo ist das nächste Dorf der Feinde unseres Volkes?«

Betroffen sagte Breiter-Pfad: »Tecumseh hat ein großes Wissen. Das Dorf der weißen Männer liegt vier Tage von hier.«

»Ich sagte es. Du aber willst nicht hören. Tecumseh wünscht sehr, daß er nicht recht behält, aber er sieht die Boten des Todes, und sein Herz trauert, denn er weiß, was kommen wird. Breiter-Pfad wird an den Shawnee denken.«

Damit wandte er sein Pferd und ritt davon. Lange sah der Niukonskah unbeweglich dem allmählich Entschwindenden nach. Dieser Mann war kein Lügner und Prahlhans wie der Prophet.

142

Seine Trauer und sein Erschrecken, als er die wilden Bienen gesehen hatte, waren echt gewesen. Dunkle Ahnungen befielen den Häuptling.

Nach Süden!

Der Shawnee aber ritt im Trab dem Lager seiner Freunde zu. Das Gesumm der Todesboten hatte alle Unentschlossenheit verscheucht. Sie ritten im Flußtal stromabwärts bis an den Missouri, folgten auch ihm, und an der Vereinigung des braungelben Stroms mit seinem helleren Bruder hielten schon seit Tagen die Rindenkanus, die er an diese Stelle hatte kommen lassen. Die Ruderer bestiegen die Pferde, und die Reiter setzten sich in die Boote. Südwärts schossen die Kanus, hinein in die unwiderstehliche Strömung des Wassers. Der Vater der Ströme trug die federleichten Boote wie dünne Schalen, die von den Ruderern mit kraftvollen Zügen an treibenden Baumstämmen und in der Flut verborgenen Felsen sicher vorübergesteuert wurden.

Schwül stand die stille Luft über dem breiten Strom, dampfende Nebel hingen wie feuchte Schleier unter der Sonne, deren Strahlen nicht bis zum Wasser durchzustoßen vermochten.

Modriger Dunst wehte von den zahllosen Inseln herüber. Alligatoren trieben blinzelnd vorbei, ein Schlag mit dem Panzerschwanz hätte genügt, ein Kanu zu zertrümmern. Nackthalsige schwarze Rabengeier hockten auf dem toten Geäst lautlos gleitender Riesenstämme, die hoch im Norden mit dem unterwaschenen Ufer in den Missouri gestürzt waren und nun hier den Aasvögeln als Ansitz und Boot zugleich dienten. Sumpfzypressen standen mit breiten, wuchtigen Kronen in der Strömung. Aber die letzte Frühjahrsflut hatte bei einigen den Schlamm zwischen ihren Wurzeln davongeschwemmt. Schon der nächste Sturm würde sie in den Strom werfen.

Die Lakota, die Lenape, die Wyandot, gar die Anischinabe, die den harten Norden gewöhnt waren, die trockene Sommerhitze und den klirrenden Winterfrost, fühlten sich unwohl in diesem fieberdampfenden Wasserland, und sie atmeten auf, als die Boote in einen kleineren Nebenfluß einfuhren. Nun galt es manchmal, Lasten und Kanus über Schnellen und Fälle stromauf zu schleppen, aber es schien den Häuptlingen, als ob nach jedem Wasserfall, den sie nach oben umgegangen hatten, die Luft klarer und reiner würde.

Aufatmend hielten sie nach nur einwöchiger Reise in einem Vortal des Gebirges. Hier mußten sie die Rindenboote verlassen, aber schon waren Gesandte der Muskogee eingetroffen und begrüßten die Gäste aus dem Norden.

Nun begann eine Triumphfahrt sondergleichen. An allen Feuerstellen kannte man den Namen des Propheten und seines Bruders. In allen Häuptlingshäusern sprach man schon von dem Bund der Erdgeborenen, die bei sich nun auch Ratsfeuer entzünden wollten wie die Langen Messer. Jeder Stamm hatte ja ohnehin sein Beratungsfeuer, an dem alle Clans und Abteilungen Sitz und Stimme hatten. Wie nahe lag es also, den letzten Schritt zu tun, und alle diese Ratsfeuer zu einer einzigen großen, feierlichen Flamme zusammenzufügen. Die Zeit der Bruderkämpfe, der Kriege untereinander, die das rote Volk zerstörten, war vorbei, und die Hoffnung hob sich wie ein Adler aus den Gebirgstälern der Appalachen, aus den weiten, fruchtbaren Ebenen am Golf und aus den dampfenden Urwäldern Floridas.

Wohin der Shawnee kam, wo er auch im Kreise seiner Gefolgsleute auftrat und die roten Pfeilbündel mit der eingeschnürten Kriegsaxt niederlegte, die vom Band der Freundschaft zusammengehalten wurden, da sprangen die Männer auf die Füße und schrien ihre Zustimmung, da traten die Häuptlinge der Dörfer zusammen und versprachen Gefolgschaft.

Doch es gab auch Widerstand, Hohn und bittere Absage. MacIntosh war ein Häuptling der Muskogee, er lachte den ledergekleideten Botschafter aus dem Norden aus. Er stand in grüne und gelbe Seide gekleidet, mit silbernen Armspangen geschmückt und mit Straußenfedern am Hut vor dem Shawnee, übergoß ihn mit spöttischen Reden und nannte ihn einen Wahnsinnigen.

Aber der Kriegshäuptling Lamo-tschattih, den die Weißen Weatherford nannten, ein Mann, der ein Gut besaß so groß wie ein Fürstentum, der nicht umsonst den Namen Roter Adler trug, schloß sich dem Shawnee an, lud ihn zu sich, und sie führten nächtelange Gespräche. Lamo-tschattih war ein Halbblut, sein Vater war ein Engländer gewesen; er hatte die Verachtung der Weißen noch tiefer zu spüren bekommen. Er haßte die Langen Messer mit verzehrender Inbrunst – wehe den Langen Messern, wenn dieser Adler sich zum Kriegsflug erhob! Tecumseh spürte, daß er hier einen glänzenden Geist und einen furchtbaren Krieger zu seinem Bundesgenossen gemacht hatte.

Und er ritt und wanderte und paddelte weiter. Er besuchte die mächtige Nation der Chickasaw, die den Weißen schon so viele Niederlagen zugefügt hatten, daß sie bei den Grenzern als fast unbesiegbar galten. Kamen die Heere der Weißen, so wichen sie in die Sümpfe zurück, in denen nur sie den festen und fruchtbaren Boden zu finden wußten, auf dem ihre Häuser standen. Die Langen Messer waren wehrlos und hilflos in dieser Landschaft – wenn es ihnen nicht gelang, Verräter zu finden oder rote Nachbarstämme gegen sie aufzuhetzen. Dann aber kam es zu den schauerlichen Schlachten im Sumpf, in denen jede schwerere Wunde tödlich war, da die Moskitos und Giftfliegen sich in Schwärmen auf ihr niederließen, und das Fieber den Tod besiegelte.

Tecumseh sprach vor den Chickasaw und Choctaw, und er kam bis nach Florida hinein. Seine Kanus befuhren den riesenbreit strömenden Calusa-hatschi, und staunend sahen die Augen seiner Nordleute den ungeheuren Okeechobee-See. Liebliche Landschaften, fruchtbar und blühend, wechselten mit greulichen Fiebersümpfen. Hier aber wohnten die Ikaniuksalgi, die von den Spaniern her schon trübe Erfahrungen mit den weißen Menschen gemacht hatten, die in tausend Listen und Tücken erfahren waren, Kanufahrer und Alligatorentöter, Schlangenbeschwörer und Jäger auf Truthahn, Waschbär und Schildkröte. Auch sie hörten die Reden des Mannes aus dem Norden, und unter ihnen sollte Jahre später die von ihm ausgestreute Saat noch einmal fürchterlich für die Weißen aufgehen.

Tecumseh reihte Erfolg an Erfolg, und er ahnte nicht, daß es verlorene Zeit war. Im Norden braute sich Unheil zusammen.

Tecumseh kam zurück aus den Zypressensümpfen, wandte sich nun in die Mitte, in das Reich der Muskogee. Er ging in ihre Hauptstadt Tuckabatschii am Tallapusa, trat vor den Senat des mächtigen Volkes und hielt hier zu mitternächtlicher Stunde eine seiner gewaltigen Reden.

Der milde Geruch der blühenden Wiesen und der Rauch des Beratungsfeuers stiegen zum Himmel empor – und der Shawnee sprach. Er brachte den Gürtel des Friedens von den Ikaniuksalgi, zu den Chickasaw und Choctaw, die sich mit den Muskogee verbünden wollten zu einem Ratsfeuer. Er legte das Pfeilbündel der nördlichen Stämme vor dem Rat der Häuptlinge nieder. Hinter ihm saßen die Häuptlinge seiner Heimat, um ihn die neuen Freunde, und alle warteten auf die Antwort.

Weißer-Kranich war der oberste Häuptling der Muskogee. Er saß schweigend da, duldete, daß der Shawnee die Zeichen seines Bundes vor ihm niederlegte, aber er schwieg.

Da trat Tecumseh noch einmal vor, blickte ihm in das Antlitz, streckte die Hand aus und zeigte mit dem Finger auf ihn und rief über die Versammlung hin: »Dein Blut ist weiß. Du hast meine Worte angenommen und die Pfeile und den Gürtel des Bundes und den Tomahawk, aber du willst nicht kämpfen und nicht zu uns treten. Ich kenne deine Gründe: du glaubst nicht, daß der Große Geist mich gesandt hat. Höre, Weißer-Kranich, und hört, ihr alle: ich verlasse Tuckabatschii und gehe nun nach Detroit. Wenn ich dort eintreffe, so werde ich mit dem Fuß auf den Boden stampfen, und die Erde wird zittern, und ihr werdet sie grollen hören, und alle Häuser in dieser Stadt werden einstürzen.«

Er rief seine Freunde, und sie folgten ihm in die Kanus, die am Ufer bereitlagen. Die Muskogee blieben zurück. Weißer-Kranich starrte dem Fremden nach, der ihm vor dem Rat der Häuptlinge diese Drohung in das Gesicht geschrien hatte. Verwirrung und Schrecken war auf allen Gesichtern.

Lamo-tschattih begleitete den Freund noch tagelang nach Norden. Als die beiden sich trennten, sagte Roter-Adler feierlich: »Schick mir die Kriegsaxt, mein Bruder, wenn es Zeit ist. Wir werden mit euch kämpfen.«

Roter-Adler, den die Weißen Weatherford nannten, war gewonnen.

»Nimm meine Seele, Herr des Lebens!«

Es war eine schwere und mühevolle Reise im Kanu, siebenhundert Kilometer gegen die Strömung des Mississippi, aber der Erfolg ließ die Arme nicht ermüden. Als sie die Mündung des Missouri erreichten, gingen sie an Land und schlugen ein Lager auf. Die Anstrengung war zu groß gewesen, die Männer brauchten Ruhe.

Das Wetter war mild und warm, wie es um diese Jahreszeit an den nördlichen Ufern des Vaters der Ströme üblich war, denn es waren die ersten Tage des Oktobers, des Monats der fallenden Blätter. Tecumseh, der ursprünglich geradewegs nach Ten-squata-wa-Stadt hatte zurückkehren wollen, erlebte durch diese Rückkehr aus dem feuchtwarmen Süden unter den klaren, reinen, stillen nördlichen Himmel eine solche Steigerung seiner Kräfte, daß er beschloß, die wenigen Lakota, die sich unter seinen Gefährten befanden, ein Stück auf dem Weg in ihre Stammesheimat zu begleiten und noch einmal die Niukonskah aufzusuchen. Vielleicht ließ sich Breiter-Pfad nun bewegen, seinem Bund beizutreten, wenn er ihm von dem Empfang berichtete, den ihm die südlichen Stämme bereitet hatten.

Nachdem sie also zwei Tage auf einer Anhöhe unweit des Stromes gerastet hatten, verabschiedete er sich am frühen Morgen des dritten Tages von den Gefährten, denen er Botschaften an den Bruder auftrug, und schritt zum Wasser hinunter, wo die Lakota bereits auf ihn warteten.

Doch da hatte er ein seltsames Erlebnis. Während er achtlos dem schmalen Bett eines kleinen Wasserlaufes, eigentlich mehr einer Quelle, folgte, löste sich wenige Schritte vor ihm plötzlich die geduckte Gestalt eines Tieres aus den Erlenbüschen, die das schmale Rinnsal begleiteten, und trat mit geschmeidigem Gang in das Freie: ein Puma. Doch statt sich sofort wieder in das Gebüsch zu drücken und davonzuschleichen, wie es sonst die Gewohnheit dieser großen Katze ist, blieb der schmächtige Räuber gleichmütig auf seinem Platz, ja, er duckte sich und schien sich zum Angriff vorzubereiten. Das war ungewöhnlich, denn der Puma greift den Menschen nur an, wenn er gar nicht anders kann.

Tecumseh wußte nicht, was er tun sollte. Der Puma war das Tier seines Totems. Er durfte es weder töten noch verwunden, und so versuchte er, es durch Zurufe zu verscheuchen. Aber der Silberlöwe hob fauchend die Tatze und wich nicht. Er kam langsam näher, und der Indianer hatte den Eindruck, daß er ihm den Weg versperren wollte. Das sonst scheue Tier war ärgerlich und gab auf sehr eindeutige Weise seinen Unwillen immer wieder zu erkennen. Er fauchte und zeigte die dolchscharfen Zähne. Seine Augen glühten unerschrocken, und der lange Schweif schlug kraftvoll von einer Seite zur anderen. Schließlich stellte er sich quer, machte einen Riesenbuckel, die Haare der Rückenbürste stellten sich steil auf, und so schritt er seitwärts näher.

Tecumseh, der noch unschlüssig dastand, hörte hinter sich die ernste Stimme des Lenape-Häuptlings Weißer-Fisch: »Mein Bruder möge umkehren. Der Berglöwe will nicht, daß du noch einen Umweg machst. Wir wissen nicht, ob deine Abwesenheit deine Feinde nicht hat groß werden lassen, mein Bruder.«

Aber der Shawnee wehrte ab. »Mein Herz ist fest. Kein Bote

erreichte mich. Dieser Bote aber, so scheint mir, kündet Unheil an, das mich im Land der Niukonskah erwartet. Ich will sehen, was es ist. Mach Platz, Bruder«, rief er dann dem Puma zu. »Der Berglöwe geht seinen Weg, schütze mich, Bruder im Tier.«

Er schritt nun rasch geradeaus. Der Puma wollte nicht weichen und sprang erst im letzten Augenblick zur Seite. Dann blickte er dem Indianer nach und sandte ein langgezogenes Heulen hinter ihm her.

Weißer-Fisch aber ging zurück zu den Gefährten. Als er erzählte, was er soeben erlebt hatte, stand Dunkles-Gesicht, der Wyandot, auf und sagte: »Meine Brüder, wir wollen in unsere Dörfer zurückkehren, damit wir bei unserem Volke sind, wenn das Unheil eintritt. Denn dies war ein böses Zeichen. Tecumseh hätte besser getan, dem Berglöwen zu gehorchen.«

Der Shawnee aber saß bereits im Kanu mit den drei Lakota-Kriegern, von denen einer der junge Mataton war.

An der Mündung des Kansas ließ der Shawnee die Lakota weiterfahren, er stieg an Land und wanderte allein, zu Fuß, nur mit Bogen und Pfeil bewaffnet, seinem Ziel zu. Wasser gab es überall in der Prärie, und Nahrung gab ihm die Jagd.

Nach Tagen näherte er sich dem Dorfe des Häuptlings Breiter-Pfad. Es lag direkt auf dem Steilufer des Flusses, gegen jede Überschwemmung geschützt und durch einen leichten Palisadenzaun auch vor Überfällen der Larapihu sicher, die damals im Kriege mit den Niukonskah lagen.

Er schritt auf der hohen Uferkante dahin; jeden Augenblick, so glaubte er, mußte nun hinter einer Hügelwelle der Kranz der angespitzten Pfähle über dem Fluß auftauchen. Aber da stockte der Fuß Tecumsehs, sein Blick war auf einen Gegenstand gefallen, der in einiger Entfernung vor ihm unten auf dem Wiesenschwemmland halb im Wasser und halb auf festem Grund lag. Es sah aus wie ein Mensch. Der Shawnee sah schärfer hin, blickte in die Runde, dann sprang er mit Riesensätzen den Steilhang hinunter, er raste die kurze Strecke zum Flußufer hin und blieb wenige Schritte vor dem Toten stehen. Er beugte sich weit vor, und Entsetzen befiel ihn. Tecumseh war ein tapferer Mann, unerschrocken bis zur Tollkühnheit. Hier aber stand er, wagte nicht zu atmen und starrte auf den Leichnam eines Indianers.

Es war nicht dies, daß der Körper von Wölfen angefressen und daß er fürchterlich anzusehen war. Was den Indianer, der in Dutzenden von Gefechten der Schrecken seiner Gegner gewesen war, zittern ließ, war etwas anderes.

Er hob den Blick, schaute den Fluß hinauf, und das Entsetzen befiel ihn so, daß er fast zusammengebrochen wäre. Tecumseh stöhnte laut auf, ohne es zu wissen, sein Gesicht verzerrte sich in furchtbarer Angst.

Ein paar Schritte weiter nach oben lagen im flachen Uferwasser drei weitere menschliche Körper. Sie lagen dort auf dem Grund, aber das Wasser war hier so seicht, daß die Körper nur gerade von ihm überspült wurden. Sie waren, vielleicht weil sie im Wasser lagen, weniger von Raubtieren angefressen, und sie trugen die Zeichen deutlicher als der erste Tote, diese Zeichen, nach denen der Shawnee sofort gesucht hatte.

Kein Indianerstamm warf seine Toten in das Wasser. Man bestattete sie in der Erde und gab ihnen Waffen, Schmuck, Gerät und Essen mit; oder man bahrte die Toten auf Gerüsten auf, die man in den Kronen hoher und dünner Bäume errichtete, damit die Wölfe sie nicht erreichen, Puma und Luchs sie nicht erklettern konnten. Man hüllte sie drei- und vierfach in zähe Büffelhäute, so daß die Vögel nicht an sie herankamen. Die Wyandot und die Hodenosauni bestatteten ihre Toten in Begräbnishallen. Aber niemand warf sie in das Wasser. Nicht einmal Feinde taten das, denn wer hätte sich die Mühe gemacht, die Erschlagenen noch so weit zu schleppen, bis er an einen Fluß kam!

Tecumseh hatte vorhin nicht gewagt, auf die Insel hinüberzusehen. Nun zwang er sich, die Augen zu erheben. Dort lagen sie in Haufen, vom Wasser angeschwemmt, von Raubtieren und Fischen angenagt, angefressen, mit aufgetriebenen Leibern.

Mit sechzehn Jahren hatte er sein erstes Gefecht erlebt, ein Gefecht mit Weißen. Als die furchtbaren Langen Messer herankamen, als er ihr Brüllen hörte und als die ersten Kugeln pfiffen, da war er schreiend vor Furcht davongerannt. Er war damals noch ein Knabe gewesen, und es war sein erstes Gefecht gewesen. Niemals wieder war er geflohen, außer, um die Feinde zu täuschen, sie in einen Hinterhalt zu locken.

Aber heute, jetzt, hier hatte er das Verlangen, davonzulaufen, zu schreien und zu heulen und zu fliehen, sich in irgendeiner Höhle zu verstecken oder auf ein Pferd zu steigen, um davonjagen zu können – er, Tecumseh, der Berglöwe, der keine Furcht kannte. Er ging tastend weiter, er zwang seine Füße, sich schrittweise vorwärts zu bewegen, er mußte mehr wissen, mehr sehen, er mußte dies ganz und bis auf den Grund erkunden.

Wenige Meter vor ihm stand ein Busch am Wasser, der ihm die Aussicht versperrte; er hatte Furcht vor diesem Busch, aber er ging doch weiter. Er umschlich ihn in weitem Kreis. Der Geruch, der fürchterliche Verwesungsgeruch, war auch an diesem Strauch, obwohl doch der Wind von Süden kam und über den Fluß hinüber von diesem Ufer fortwehte.

Was er geahnt hatte war wahr. Dort lagen wieder Leichen im Wasser; zwei hielten sich noch im Tode umarmt, als schrien sie um Hilfe. Kinder und Halbwüchsige waren darunter.

Aber nun wußte er, daß kein Irrtum mehr möglich war, auch diese trugen die Zeichen, nach denen er gesucht und die er doch nicht zu finden gehofft hatte.

Es war erwiesen, er hatte Klarheit.

»War es dies, wovor der Berglöwe mich warnte am Missouri?« fragte er sich. Er sprach leise zu sich selbst. »War dies die Botschaft, die er hatte?«

Aber nun riß er sich zusammen. Das Entsetzen, das ihn immer noch erfüllte, lähmte ihn nicht mehr. Er hatte jetzt Klarheit, eine fürchterliche Klarheit zwar, aber er wußte nun doch, was geschehen war, und damit war das Schlimmste überwunden. Vielleicht war noch zu helfen, obwohl er nicht wußte, wie er hätte helfen sollen. Denn diese Toten lagen schon seit zwei oder drei Wochen hier, vielleicht noch länger.

Er lief den Steilhang wieder hinauf, kletterte wie rasend, achtete nicht darauf, ob er sich die Hände zerkratzte oder die Knie verletzte. Er stand oben in der Prärie, von hier hatte er einen weiten Überblick, und fast wäre er nun doch noch zusammengesunken. Denn als sein Blick die Ufer absuchte, das diesseitige und das jenseitige, da sah er sie überall liegen. Nicht Dutzende waren es, Hunderte von toten Indianern lagen dort im Wasser und auf den Ufern, Männer, Frauen, Kinder, Greise, Säuglinge.

Und nun umgab ihn auch in der Prärie der furchtbare, durchdringende, Übelkeit erweckende, süßliche Geruch.

Er schrie auf, Tecumseh schrie und begann zu laufen. Es war nun alles gleichgültig, er wollte wissen, wer noch lebte im Dorfe des Häuptlings Breiter-Pfad; es konnte ja nicht mehr weit sein, denn weit lief kein Mensch mit diesem Tod im Körper.

Er lief, und da lag auch schon, als er eine kleine Höhe erreicht hatte, auf der nächsten Welle, gar nicht weit war es mehr, das Palisadendorf. Er sah Bewegung am Flußufer. Da waren Menschen, es lebten noch einige, da lag auch etwas wie ein kleiner Hügel, der bei seinem ersten Besuch nicht dort gewesen war.

Er dachte nichts mehr, den großen Tecumseh hatten Überlegung, Furcht und Mut verlassen. Sein Inneres hatte nur Platz für einen Schmerz, der seinen ganzen Körper, seine Seele, seinen Geist ausfüllte. Es brannte wie ein langsames Feuer. Der Schmerz, die Trauer, Hoffnungslosigkeit und Bitterkeit, das war schlimmer als Wunden, als Marter, als Tod. Eine dunkle Wolke war um ihn, er sah alles wie durch Schleier, und er ging weiter, setzte einen Fuß vor den anderen, er hatte den Blick nach vorn gerichtet, sah nicht, wohin er trat, sah geradeaus, fiel, richtete sich auf, fiel wieder, ließ den Blick nicht von der Menschengruppe oben an den Palisaden, stand immer wieder auf, ging weiter, stolperte und fiel über Steine, über einen verfaulten Baumstamm, stand immer wieder auf und ging weiter, weiter.

Er schritt langsam und wankend in die flache Mulde hinab, überquerte das Tal, ging mit schweren Füßen den mählich ansteigenden Hang hinauf: Da lag das Dorf der Niukonskah. Im Westen hing tief die Sonne. Es war ein milder Tag wie alle Tage zuvor. Glühendrot näherte sich das Gestirn dem Horizont.

Auf der kleinen Fläche zwischen dem Palisadenwall des Dorfes und dem Steilabfall des Ufers saßen ein paar alte Männer und Frauen, nicht ganz ein Dutzend. Ein Knabe von etwa zehn Jahren spielte im Gras. Dicht am felsigen Hang stand der Hügel, den der Shawnee von weitem gesehen hatte. Es war kein Hügel, es war ein sorgsam aufgeschichteter, großer, zum Anzünden bereiter Scheiterhaufen.

Mühsam nur erkannte Tecumseh dies alles. Er schritt näher und stand nun dicht davor.

Da traf ihn eine klare, feste Stimme; dem Shawnee war, als komme sie von sehr weit, denn sie war klingend und hell, und doch kam sie von einem alten Mann, aber der Sprecher war nicht zu sehen: »Wer ist es, der gekommen ist?«

»Ein fremder Mann, ein Erdgeborener, aber kein Niukonskah«, murmelte einer der Männer, die um den Scheiterhaufen saßen.

»Hat er keine Furcht, daß er in das Dorf des Todes kommt?« fragte die klare Stimme wieder.

»Sein Körper ist Angst, seine Seele ist Entsetzen«, murmelte müde derselbe Mann wieder, der vorhin schon gesprochen hatte. Er hatte einen kraftvollen, breiten Körper, aber er saß matt und teilnahmslos da und blickte kaum auf.

»Und dennoch kam er den Hügel herauf. Es muß ein tapferer Mann sein; Breiter-Pfad möchte gern noch einen Helden sehen, bevor er das Land seines Volkes verläßt. Er soll zu mir kommen.«

Der letzte Satz riß Tecumseh ganz aus der Dumpfheit, in die er sich hatte gleiten lassen. Er schritt um den Scheiterhaufen herum, denn von dort hatte der gesprochen, der sich soeben Breiter-Pfad genannt hatte und dessen Stimme doch nicht die geringste Ähnlichkeit mit der des Häuptlings hatte. Denn Breiter-Pfad hatte tief und voll, mit rauhen Kehllauten gesprochen, wuchtiger und viel schneller.

Tecumseh schritt um den Holzstoß herum und stand vor einem steif aufgerichteten Indianer, der das Gesicht der untergehenden Sonne zuwandte, die ihn mit rötlichem Licht übergoß. Der Mann trug einen großen, herrlichen Mantel aus der Haut einer weißen Bisonkuh, die nur Tote tragen dürfen. Schneeweißes Haar floß zu beiden Seiten des schmalen, tiefgefurchten Gesichtes vorn über die Schultern. Der Häuptling hatte die Arme über der Brust gekreuzt, in der einen Hand hielt er dabei einen Tomahawk, in der anderen das Kalumet des Friedens.

Als er den Shawnee um den Holzstoß herumkommen hörte, wandte er ihm sein Gesicht zu. Kein Muskel darin verriet ein Erstaunen. Er sah ihn aus seinen geweiteten, dunklen Augen ruhig an. Es war, als ob er unmerklich nicke, und er sagte – wieder war die Stimme hell und fern, aber sie klang sehr klar und ruhig: »Breiter-Pfad freut sich, vor seinem Weggang Tecumseh zu sehen. Hört es, Niukonskah!« rief er plötzlich mit stärkerer Stimme, »es ist mein Rat und mein Wunsch, der Wunsch eines Sachem, der zu Wakantanka geht, daß alle Krieger meines Volkes, die noch die Axt zu führen wissen, diesem Häuptling folgen. Denn ihn hat wahrlich der Große Geist zu seinen Kindern gesandt. Habt ihr gehört, ihr letzten Männer meines Clans?«

»Wir hören, mein Bruder«, kam eine Antwort, die mehr gemurmelt als gesprochen, die wie von Trauer erstickt war.

»Die Sonne sinkt, Brüder. Helft mir, daß ich den Hügel ersteige«, rief der alte Häuptling, in dem nun Tecumseh wirklich den Häuptling Breiter-Pfad erkannte. Sein Gesicht war ausgezehrt vom Hunger, sein Haar war schneeweiß geworden, er stand hier im Schmuck der Häuptlinge und wollte nun freiwillig sterben, da er den Tod seines Dorfes überlebt hatte.

Die Männer kamen heran, räumten ein wenig von dem Holz fort. Tecumseh sah die Höhlung des Scheiterhaufens, in die nun der Häuptling trat, sah den dicken Pfahl, der in der Mitte in die Erde gerammt war und an den sie ihn nun mit starken Riemen festbanden. Dann häuften sie die Scheiter und Äste und das Reisig wieder an die alte Stelle, so daß der Indianer nur noch mit dem Kopf über das Holz hinwegblickte.

Die Frauen begannen eintönig und leise zu singen und dabei mit Rasseln zu klappern und die kleinen Trommeln zu schlagen. Einer der Männer brachte ein kurzes Stück eines hohlen Baumstammes und schüttete seinen Inhalt auf die Erde, es war glühende Asche, aus der sofort kleine Flämmchen aufstiegen, als der Wind hineinfuhr. Männer und Frauen ließen sich neben dem Scheiterhaufen, vor dem Tecumseh regungslos stand, auf die Erde nieder. Sie waren wie von einem Fieber erregt, und sie stimmten nun leise Gesänge an. Aber lauter als sie erhob der am Pfahl seine Stimme: »Wakantanka, nimm mein Leben, ein Häuptling kommt im Feuer zu dir. Nimm meinen Leib, ein Häuptling kommt zu dir. Nimm meine Seele, Herr des Lebens. Ein Häuptling singt sein Totenlied.«

Alle erhoben sich, sie hielten einen trockenen Kiefernast in das kleine Feuer in ihrer Mitte, warteten, bis alle Äste brannten, und traten singend und leise murmelnd an den Stoß, hielten die brennenden Hölzer von allen Seiten im Kreis an den Fuß des Scheiterhaufens, der sofort zu prasseln und aufzuflammen begann.

Häuptling Breiter-Pfad aber begann sein Totenlied. Er sang, während die letzten Lebenden von den sechshundert Menschen seines Dorfes – neun Männer, drei Frauen und ein Knabe – um den brennenden Holzstoß saßen und mit Klappern, Rasseln, Trillern, gellenden Pfeifen und dumpfen Trommeln seinen Gesang begleiteten, sein Heldenlied.

Er sang von der Jagd und vom Fischfang, vom Wandern über die Prärie, vom Kampf und vom Sieg. Er zwang die Seelen der Tiere, die er getötet, und der Feinde, die er besiegt hatte, jetzt heranzutreten und ihm zu helfen. Er rief mit Namen die Lara-pihu und Schoschonen, die Hotchangara und Inuna-ina, deren Leben er genommen hatte. Und sie mußten kommen und ihn zu Wakantanka hinauftragen, ihm Gefolgschaft leisten und ihn mit Speise versehen auf der langen Reise in das andere Leben, denn ein Held ging heim. Die Flammen schlugen höher und brannten wilder, das Lied des Sterbenden klang rauher und rau-her, plötzlich aber brach er ab, und dann schrie er mit überlau-ter Stimme: »Mein Bruder Tecumseh, reite nach Osten, reite, reite, nimm die besten Pferde meines Dorfes und reite, reite, denn ich sehe Unheil und Verrat. Wehe! Du kommst zu spät ...«

Die Stimme ging in ein Röcheln über und dann wieder in das Schreien des Todeschmerzes, in dem aber doch immer noch ein wilder Triumph war.

Häuptling Breiter-Pfad war tot, war als Opfer und Sühne für ein unwissentlich begangenes Verbrechen, das doch seinem mit-fühlenden Herzen entsprungen war, gestorben, hatte aus Trauer über den Untergang seines Dorfes freiwillig sich dem Flammen-tod geweiht –

Was war geschehen?

Die Blattern waren in das Dorf eingefallen. Breiter-Pfad hatte in der Prärie einen weißen Mann gefunden, der dem Sterben nahe war, er hatte ihn auf sein Pferd gelegt und in das Dorf tra-gen lassen, er wußte nicht, was ihm fehlte. Der Weiße wurde gesund, aber die furchtbare Krankheit fiel über das Dorf her, und in fünf Wochen starben sechshundert Menschen bis auf die, die Tecumseh sah.

Die Kranken waren, vom Fieber und von den eitrigen Beulen gepeinigt, in das Wasser des Flusses gestürzt, um dort Kühlung zu suchen. Sie hatten die Schwitz- und Badehütten aufgesucht, sie hatten ihre Kräutertees getrunken und mit allen anderen Mit-teln versucht, sich zu heilen. Sie waren einander behilflich gewe-sen, waren sich nicht von der Seite gewichen, wie es Pflicht und Gewohnheit bei ihnen war, und gerade ihre Treue zueinander hatte ihnen den Tod gebracht. Schließlich hatten sie ergeben in den Erdhütten gehockt und waren auf ihren Lagern gestorben.

Breiter-Pfad aber, ihr Häuptling, der unwissentlich den fürchterlichen Feind in das Dorf gebracht hatte, blieb als einer der wenigen verschont. Er, der sich den Tod wünschte, der ihn mit Gebeten und Beschwörungen, mit Pferdeopfern und mit Hungern und Fasten immer wieder von seinem Volk ab und auf sich hatte lenken wollen, er wurde nicht einmal krank.

Als die entsetzliche Seuche endlich aufhörte, durch das Dorf zu rasen, weil sie niemanden mehr fand, den sie noch hätte töten können, außer einigen alten Menschen und dem einen Knaben, als drei Wochen lang niemand mehr starb und niemand mehr die Kraft hatte die zahllosen Leichen zu bestatten, da hatte sich Breiter-Pfad den Scheiterhaufen errichtet.

Er hatte tagelang vorher schon keine Speise mehr genommen, um frei von jeder Unreinheit vor den Großen Geist zu treten. Sein Körper war noch schwächer und hinfälliger geworden, als er ohnehin schon in diesen tragischen Wochen des entsetzlichen, für alle Menschen dieses Dorfes völlig unbegreiflichen Schicksals gewesen war. Sein schwarzes Haar war schneeweiß geworden, selbst seine Stimme hatte sich verändert. Aber sein Geist war klar gewesen bis zum letzten Augenblick, der schnell gekommen war, da der ausgehungerte Leib dem Feuer keine Kraft mehr entgegenzusetzen hatte.

Nun brannten die Flammen hellauf. Tecumseh aber stand vor ihnen; er hatte beide Hände zu Manitu erhoben und rief unhörbare Gebete in den Abendhimmel hinauf.

Der Puma reitet

Es hatte keinen Sinn, noch in der Nacht zu reiten, obwohl alles in ihm nach diesem Ritt drängte. Jetzt ahnte er, warum der Puma ihm in den Weg getreten war.

»Ten-squa-ta-wa!« schrie er plötzlich über die prasselnden

Flammen hinweg. »Ten-squa-ta-wa!« brüllte er noch einmal drohend mit furchtbarer Stimme. Vielleicht hätte sein übermenschlicher Wille es vermocht, dem schwachen Menschen, dessen größte Feinde seine Eitelkeit und seine Ruhmsucht waren, eine Botschaft zu senden über die Hunderte von Meilen hinweg. Vielleicht hätten Tecumsehs unvergleichliche Energie und seine Befehlskraft dazu gereicht, die ungeheure Entfernung zu überbrücken und seinen Bruder, der sich den Propheten nannte, zu hindern, die Wahnsinnstat zu begehen – vielleicht, wenn er ihn am Abend zuvor angerufen hätte. Aber es war an diesem Tag schon zu spät, das Unglück war bereits geschehen.

Tecumseh stand reglos und horchte in den stillen Abend. Wieder erhob sich ein rötlich glühender Mond über die Erde, verblaßte zu silbern bleichem Schimmer, erhob sich über die friedlich atmende Welt der Wälder, Flüsse und Gräser, über den rauchenden Scheiterhaufen am Ufer des Kansas, über die Leichenhaufen in seiner Strömung, über die verlassenen Menschen eines toten, einsamen Palisadendorfes und über das ruhelos klopfende Herz eines großen Mannes, der das Unheil ahnte, das geschehen war.

Am frühen Morgen des nächsten Tages, lange vor Sonnenaufgang schon, schritt Tecumseh mit einem der Niukonskah über die Prärie und wählte unter den Pferden des Dorfes einige der kräftigsten Tiere aus. Die Indianer hatten in den Tagen der Krankheit von ihren Vorräten, von den Dorfhunden und ihren Pferden gelebt, trotzdem aber waren die Pferdeherden noch sehr groß, denn die Blattern hatten ihr schauerliches Werk an den Menschen in wenigen Wochen getan, und die Kranken hatten kaum noch etwas gegessen. Der Shawnee fing die Tiere ein, die er brauchte, legte seine Bisondecke einem der Pferde über den Rücken, band die anderen mit dünnen Riemen aneinander, saß auf und ritt davon, ritt durch den Fluß, ritt nach Nordosten.

Die Sonne ging vor ihm auf und trank den Tau von den Gräsern, der Shawnee ritt. Sie stieg höher und höher, Tecumseh ritt. Er ritt in scharfem Trab, wählte den besten Weg, durchschwamm Nebenflüsse des Kansas, überquerte Hügelketten und hohe Präriewellen. – Tecumseh ritt nach Nordosten. Als die Sonne sank, rastete er, ließ die Pferde grasen; er schlief die Nacht durch und mußte am Morgen das Tier, das er zuletzt geritten hatte, freilassen, da es hinkte. Aber er nahm das nächste und ritt weiter, ritt in der lässigen Körperhaltung des Indianers, die Schultern leicht nach vorn gesenkt, er hielt den Blick geradeaus gerichtet und ritt nach Nordosten.

Vor Sonnenuntergang noch durchschwamm er den Missouri, er verlor zwei Pferde dabei, er selbst wäre in den reißenden, trübe schäumenden Fluten fast ertrunken. Aber es war Spätherbst, es war ein trockener Sommer gewesen, der Strom hatte nur wenig Wasser, er fand eine Sandbank, auf der er einige Minuten ausruhen konnte. Dann ließ er sich wieder in die Flut gleiten.

Er rastete die Nacht über, traf am nächsten Tag eine Gruppe wandernder Lakota, ließ sich von ihnen neue Pferde geben, ließ seine abgehetzten, letzten beiden Tiere bei dem Stamm. Als sie Tecumsehs Namen hörten, gaben sie ihm ihre besten Pferde, und der Shawnee hob die Hände zum Gruß, sprang auf das neue Tier, zog die anderen hinter sich her und ritt davon. Die Jäger sahen ihm nach, sein Gesicht war voll finsterer Drohung gewesen, seine Augen kalt wie schwarze Steine, und die Männer flüsterten.

An diesem Tag sah er ein Rauchzeichen, wie sie die Stämme seines Volkes zur Weitergabe von Nachrichten benutzten. Aber er konnte es nicht lesen, es war nicht die Sprache der Shawnee, jeder Stamm hatte andere Zeichen. Es war irgend etwas Wichtiges geschehen. Denn immer wieder sah er nördlich seines Weges die Rauchsignale, und die Unruhe Tecumsehs wuchs.

Er ritt über die Prärie, durch das mannshohe Gras, über Erdspalten, übersprang Bäche, durchschwamm Flüsse; er wollte nach Nordosten. Jenseits des Mississippi traf er auf eine der mächtigen Büffelstraßen des Westens; sie war so breit, daß seine sechs Pferde bequem nebeneinander laufen konnten, und so tief in das Land eingeschnitten, daß er vom Sattel gerade über ihren Rand in die Ebene blicken konnte. Es war eine der Straßen des großen Wildes, die vom Illinois an den Vater der Ströme führte. Tausende und Tausende von Büffelherden hatten sie ausgetreten, tiefer und tiefer in das Erdreich gegraben.

An diesem Tag kam er schnell voran, er ritt mehr als hundert Kilometer. Aber die Pferde waren müde, ein Pferd stürzte unter ihm und brach ein Bein, er ließ es liegen, er war noch im Sturz abgesprungen, bestieg ein neues, erschoß das verwundete Tier, das ihn so treu getragen hatte, murmelte einen Spruch zu Manitu und ritt, überquerte mühsam den Illinois, seine waldbestandenen, felsigen Steilufer waren ein schweres Hindernis für den Reiter, aber er ritt weiter, durch Haine und Wälder, um Sümpfe und Dornendickichte, über blühende Auen und sandige Steinwüsten. Tecumseh griff nicht ein Mal zu Pfeil und Bogen, er aß aus dem Lederbeutel und trank das Wasser der Quellen und Bäche.

Er ritt, tagelang, tagelang, er sah geradeaus, schon längst wieder arbeitete sein Geist, er war nicht gewohnt, unter Schicksalsschlägen zusammenzubrechen. Noch wußte er ja nicht, was geschehen war. Er ging im Geist alle Möglichkeiten durch, und schon arbeitete sein nie erlahmender Wille daran, was in jedem Fall zu tun war. Das beste Pferd brach unter ihm zusammen, es mußte etwas von dem Ehrgeiz, der Not seines Reiters gespürt haben, es hatte alle seine Kräfte hergegeben, nun lag es am Boden und röchelte. Tecumseh schenkte ihm kaum einen Blick, sattelte um, ließ es liegen, vielleicht erholte es sich noch, er ritt weiter. Durch Täler, über die Ebene, an Flußläufen entlang, er ritt durch den Tau der Morgenfrühe, durch die milden Tage dieses wundervollen Herbstes. Die Bäume glühten rot und goldgelb, braun und purpurn, die Blätter taumelten in den Wäldern lautlos zu Boden, Hirsche sahen ihn von fern vorbeiziehen, hoben ihre Köpfe, sahen ihm nach, ästen beruhigt weiter. Der Luchs duckte sich tiefer auf den breiten Ast der Eiche und rührte sich nicht, Tecumseh sah ihn wohl und lenkte sein Pferd nur wenige Schritte beiseite. Tecumseh ritt – tagelang, tagelang.

Eines Vormittags sah er eine Schar Indianer von weitem, die ihm entgegenkamen; es war kein Zug wandernder Jäger, kein Clan auf dem Marsch in die Winterdörfer. Sie ritten langsam, müde, schon von weitem war die Trauer zu sehen, die ihre erschöpften Körper erfüllte.

Er ritt auf sie zu, sie sahen den einzelnen Reiter kommen, achteten nicht auf ihn, zogen ihren Weg weiter. Aber Tecumseh erkannte sie, es waren Larapihu, die zum erstenmal in diesem Jahr eine Gesandtschaft nach Ten-squa-ta-wa-Stadt hatten schicken wollen. Sie hatten es dem Propheten versprochen, und sie hatten ihr Versprechen erfüllt.

Er hielt, er sah, daß sie Wunden hatten, er sah die Verbände, sah auch die, die nicht reiten konnten und auf Stangenschlitten hinter den Pferden mühsam saßen und ihre Schmerzen verbargen. Tecumseh sah dies alles, und er rief sie an, fragte nach Ziel und Anfang ihrer Reise. Sie blickten böse hoch, da war ein einzelner Mann, der sie anhielt auf offener Prärie, aber sofort trat ein haßerfülltes Glänzen in ihre Augen – ein Shawnee? Hier? Lief er ihnen so frisch in die Finger? War hier Gelegenheit zur Rache? Drohend griffen sie zum Tomahawk, zum Bogen, zur Lanze.

Aber der Fremde donnerte sie an: »Seht ihr nicht, daß ich im Frieden reise? Seit wann drohen die Krieger der Prärie mit Tod dem Manne, der auf dem breiten Pfad reitet? Hat der Kummer euch auch die Ehre genommen, daß ihr wie Wölfe kommt und einen einzelnen überfallen wollt? Seit wann ist Krieg zwischen eurem Stamm und dem meinen?«

Aber da drängte sich heißblütig ein junger Larapihu nach vorn, dessen Gesicht von grimmiger Wut entstellt war, während die anderen vor dem wilden Antlitz Tecumsehs und seinen Worten zurückwichen.

»Seit wann Krieg ist zwischen Larapihu und Shawnee, fragst du? Seit die Shawnee Lügner sind, seitdem ihre Zaubermänner dem Großen Geist nicht mehr gehorchen und seitdem ihre Propheten Feiglinge sind. Du bist uns willkommen, Shawnee; als

Sühne für die Toten werden wir dich an den Pfahl stellen. Auf, Wölfe der Ebene, faßt ihn und bindet ihn!«

»Seit wann hören Häuptlinge auf die Reden eines jungen Mannes, der seinen Verstand verloren hat?« rief der Shawnee mit seiner mächtigen Stimme dagegen. Er trieb sein Pferd an und ritt auf den Jungen zu, der Hand an ihn legen wollte. »Du willst den Berglöwen fangen, Knabe? Mit unbewaffneter Hand erwürge ich dich, und du wagst es, gegen Tecumseh zum Kampf zu rufen? Hat der erste Tote, den du sahst, dir den Verstand genommen? Hört, Männer der Larapihu, hier ist Tecumseh, der Berglöwe der Shawnee. Ich rufe nach einem Häuptling, er soll vortreten und mir berichten.«

Die Stimme Tecumsehs, sein zorniges Antlitz, seine Haltung, die nichts von Furcht verriet, sondern eher die Bereitschaft zum Angriff ausdrückte, ließ die Stimmen des Hasses verstummen. Noch einmal erhob der Junge Widerspruch, aber wieder ritt der Shawnee dicht vor ihn hin und sagte ihm mit drohendem Blick: »Du schweigst, oder wir treten zum Einzelkampf an. Tecumseh ist nicht gewohnt, sich durch Knaben stören zu lassen.«

Da schwieg der andere. Er sah mit dem geübten Blick des Kriegers den trainierten Körper des anderen, seinen starken Willen, er trat zurück und war still.

Aber da sagte ein Häuptling: »Sind wir hier vierzig Krieger, damit der Sohn eines Volkes von Feiglingen uns befehlen kann, was sein Wille ist? Reite weiter, Shawnee, reite und laß dir von den Langen Messern erzählten, ob sie den Propheten im Kampf gesehen haben. Reite weiter und zähl die Skalpe, die in den Städten der Weißen hängen. Ein Feigling, ein Lügner und Betrüger ist Ten-squa-ta-wa, der sich der Sohn des Manitu nannte, seine Stadt ist verbrannt, seine Künste und Zaubereien sind dem Volk der Erdgeborenen nicht länger verborgen. Zerschnitten ist das Band der Freundschaft zwischen deinem und unserem Volk. Reite, Shawnee, und sieh das Unglück, das der Lügner über uns alle brachte. Auf, Wölfe der Ebene, auch ihr! Reitet weiter und laßt den Schwätzer am Wege stehen. Keine Hand eines Larapihu soll sich an einem von den Shawnee vergreifen, die nicht wissen, was Mut und Wahrheit sind.«

Der Häuptling trieb sein Pferd an, die anderen folgten ihm, Schmährufe ausstoßend.

Tecumseh saß wie erstarrt auf seinem Pferd. Er hatte die Hand um seinen Tomahawk gekrallt, und er fühlte das irrsinnige Verlangen, in diese grollenden Fremden hineinzureiten, die da über das Scheitern aller seiner Pläne spotteten und höhnten, und so viele wie möglich niederzuschlagen. Es mußte schön sein, jetzt zu sterben unter den Speeren von ehrlichen Gegnern. Aber er zwang sich zur Ruhe, anderes war zu tun, anderes war wichtiger als Beleidigungen, als Hohn und Schmach.

Tausend, tausend Fragen hätte er gehabt, aber sollte er diesen wildgewordenen Männern nachreiten, sein Leben oder mindestens seine Freiheit aufs Spiel setzen in einem Augenblick, da er sie mehr denn je behalten wollte? Es war also zur Schlacht gekommen, und die Indianer waren geschlagen worden. Hatten die Langen Messer angegriffen? Oder Ten-squa-ta-wa? Und was hatte Ein-Pfeil getan, was Kish-kalwa? Waren sie ihm untreu geworden? Nein, schrie er laut, nein! Das traute er Ein-Pfeil nicht zu, er glaubte und vertraute beiden. Hatten sie sich gegen den Propheten nicht durchsetzen können? Er riß sein Pferd herum, ritt weiter.

Am zehnten Tag seines Rittes fiel er wie ein hungriger Habicht in ein Dorf der Hotchangara ein, das er kannte und in dem Sanamahonga Sachem war, Steinesser, ein trockener, nüchterner Mann. Er ritt vor sein Zelt, band die Pferde an, trat hinein, griff in den Topf, der über dem Feuer hing, und aß.

Dann sah er auf und sah dem Häuptling Steinesser in das erschütterte Gesicht.

… rief kummervoll der Gouverneur

Gouverneur Harrison hatte nach seiner letzten Unterredung mit Tecumseh einige Tage gewartet, bis er sichere Nachricht darüber hatte, daß der Shawnee außer Landes war. Dann ging er sofort an seine Arbeit.

Er sandte einen Boten an den Propheten und ließ sagen, daß er nach wie vor auf der Auslieferung der Indianer bestehen müsse, die den Mord an den beiden Weißen am Illinois begangen hatten. An das Kriegsministerium hatte er schon vorher einen Brief gesandt, in dem er dringend um Entsendung regulärer Truppen bat, da man kaum noch daran zweifeln könne, daß die Roten die Absicht hätten, Vincennes zu überfallen.

War der Gouverneur bisher allen wilden Gerüchten entgegengetreten, die landauf, landab über die Pläne des Propheten umliefen, so tat er nun alles, diesen Vermutungen der Grenzer weitere Nahrung zu geben. Berichte der Indianeragenten, die ungünstig lauteten, ließ er durch seine Beamten in der Stadt verbreiten, indem er ihnen gelegentlich wie in besorgter Furcht erzählte, er fürchte, daß es nun doch noch zu einem Aufstand der Roten kommen würde. Daß seine Beamten solche Reden weitergeben würden, war dem Gouverneur völlig klar.

Wenn sogar Harrison davon überzeugt war, daß es Krieg geben würde, dann mußte es ja noch viel schlimmer stehen, als er zugab, dachten die Beamten, wie der Gouverneur es erwartet hatte, liefen zum Nachbarn und gaben weiter, was sie gehört hatten.

Die Bürger von Vincennes sandten Abordnungen an den Gouverneur, veranstalteten Versammlungen, schickten Briefe an den Präsidenten in Washington, baten um Schutz. Die Bauern und Siedler in den verstreut im Wald liegenden Blockhütten hörten davon, wenn sie einmal in die Stadt kamen, erzählten es ihren Nachbarn. Die Erregung wuchs, denn jeder, der einsam im Wald wohnte, wußte, daß er der erste sein würde, dem es ans Leben ging. Zudem handelte es sich hier nicht um die erfahrenen kentuckyschen Grenzer, die den Indianerkrieg gewohnt waren wie das Brotschneiden, hier im neuen Lande Indiana wohnten neue Ansiedler, die mitten im Frieden eingewandert waren, zu einer Zeit, als die Indianer so besiegt waren, daß sie froh sein konnten, wenn man sie am Leben ließ.

Da standen diesen Grenzern denn auch gleich vor Entsetzen die Haare hoch, die wildesten Greuelmärchen über die Roten gingen herum. Ein Grenzer hatte irgend etwas gehört, ein anderer gab es weiter mit genauen Einzelheiten, der dritte erfand noch mehr dazu und dann kamen jene schrecklichen Geschichten zustande, bei denen einem schaudern konnte. Daß etwa die Shawnee einen Mann langsam über dem Feuer geröstet und ihn während der acht Tage, in denen er starb, mit Fleisch ernährt hätten, das sie aus seinem eigenen Leibe geschnitten hätten! Es war nichts zu verlogen, zu frech, zu dumm, als daß es nicht noch frecher und dümmer weitergegeben worden wäre. Die aufgeregte Menge aber glaubte alles, selbst die Lügen, die sie selber erfunden hatte. Und schon begannen die Grenzer, wild aus den Fenstern über die Lichtung vor dem Haus zu knallen, weil sich ein Busch drüben so seltsam bewegt hatte ... Das schlechte Gewissen wachte auf, jeder hatte wohl einmal einen Roten schlecht behandelt, geprügelt, ihn beim Pelzhandel betrogen oder Schlimmeres getan. Und wenn er es nicht selbst getan hatte, so war er doch Zeuge davon gewesen. Wenn diese erbärmlichen Schufte sich jetzt etwa rächen wollten. – In anderen Ausdrücken als: Schufte, Halunken, Diebe, rote Teufel sprach ein ordentlicher Christenmensch damals nicht von den tausendfach Ausgeplünderten.

Die Regierung zu Washington schickte das verlangte Militär, ein Regiment Infanterie und eine Kompanie Scharfschützen, nach Vincennes und unterstellte sie dem Gouverneur.

Nun schwoll den Grenzern sofort der Kamm. Sie verlangten von Harrison entschiedenes Vorgehen. Der Gouverneur aber zögerte mit Absicht. Er wollte sich zwingen lassen. Denn immer-

hin war es möglich, daß der Feldzug zunächst unglücklich ausging, und dann wollte er erklären können, er sei nur widerwillig
in diesen Krieg gegangen. Harrison tat das nicht aus Feigheit, er
kannte jedoch seine Grenzer, sie waren gleich bereit, mit Vor-
würfen über jeden herzufallen, der ihnen nicht paßte. Wenn sie
aber selbst den Krieg haben wollten, so konnte er sie hinterher
auch dazu zwingen, Opfer zu bringen, wenn es nötig sein sollte.
Einstweilen rissen sie nur bei jeder Gelegenheit den Mund auf,
schrien herum und verlangten Schutz vor den Indianern, von
denen der Gouverneur sehr gut wußte, daß sie mindestens so
lange keinen Krieg wollten, als Tecumseh abwesend war.

Aber er sandte nun neue Boten an die Sachem aller Stämme
in der Nachbarschaft, die, wie er mit Recht annahm und teilweise
wußte, von dem Einfluß nicht sehr entzückt waren, den Tecumseh und sein Bruder errungen hatten. Das Amt des Friedens-
häuptlings war in den meisten Stämmen an bestimmte Familien
gebunden und erblich. Sie hatten den Stamm zu führen, sie
waren die Alten und Weisen, und sie hatten daher einer Macht,
die über den einzelnen Stamm hinaus wirkungsvoll sein sollte,
am meisten entgegengearbeitet. Sie wollten in der Ordnung von
Clan und Familie leben wie bisher und sahen nicht, daß gerade
diese Zersplitterung sie wehrlos dem Ansturm der Weißen aus-
geliefert hatte. Tecumseh hatte die meisten Anhänger unter den
jüngeren Leuten, die an die Zukunft glaubten und bereit waren,
dafür zu kämpfen. Die Friedenshäuptlinge aber wollten ihr
Leben in Ruhe zu Ende leben.

Nun kamen die Boten des Gouverneurs zu ihnen, nicht zu
den jungen Kriegshäuptlingen, das schmeichelte und tat wohl.
Aber die Boten redeten drohend und aufgeregt und nicht mehr
so forschend und sorgend wie früher. Sie sagten, der Gouverneur sei sehr zornig, denn noch immer sei der Mord an den
Weißen nicht gesühnt, noch immer seien die Mörder nicht aus-
geliefert. Im Gegenteil, die Eindringlinge der fremden Stämme,
die hier gar nichts zu suchen hätten, träten in der Stadt dieses

sogenannten Propheten immer anmaßender auf; sie drohten sogar mit Krieg, wie der Gouverneur zu seinem großen Kummer gehört habe, der doch nur an das Glück und das Wohlergehen seiner roten Kinder denke. Habe er etwa nicht alle Bestimmungen des letzten Friedensvertrags erfüllt? Habe er ihnen nicht regelmäßig die Jahresgelder gezahlt? Habe er nicht viel Geld ausgegeben, um sie mit den Gütern der Zivilisation bekanntzumachen und ihr Leben besser und glücklicher zu gestalten? Sei das der Dank dafür, daß die Vereinigten Staaten sich streng an die Grenzen gehalten hätten, die im letzten Vertrag festgesetzt worden seien? Und daß sie nur das Land besiedelt hatten, das die Indianer ihnen nach dem letzten Krieg freiwillig abgetreten hätten?

Wenn aber trotzdem die roten Männer nun den Tomahawk gegen ihre weißen Väter erheben sollten, die ihnen so viel Gutes getan hätten, so dürften sie nicht damit rechnen, daß man noch einmal so mild sein würde wie beim letzten Mal.

Und dann sprachen die Boten die kaltblütige Drohung wirklich aus, und es ist nicht überliefert, ob der eine oder andere dabei nicht doch schamrot wurde. Sie sagten, wenn es zum Krieg käme, so gäbe es kein Erbarmen mehr. Der weiße Vater würde sie entweder ausrotten lassen oder über den Mississippi zurücktreiben.

Ja, die alten Häuptlinge mußten trotz der bitteren Erfahrungen ihres langen Lebens immer noch dazulernen; sie kannten die Langen Messer noch längst nicht genug.

Freiwillig hatte also das eingeschüchterte rote Volk jene riesenhaften Landstriche abgetreten, freiwillig hatten sie darauf verzichtet, den »Trost ihrer Augen, den schönen Strom, jemals wiederzusehen«. Es war also eine Gnade, daß die Weißen den Vertrag eingehalten hatten, daß sie ihnen die lächerliche Summe von neuntausend Dollar im Jahr zahlten – da kam ein viertel oder ein halber Dollar im Jahr auf jeden. Das konnte man wohl zahlen für ein Land, das von den Seen bis an den Ohio reichte ...

Ach, wäre es nicht wirklich besser, den Tomahawk zu erheben

und diesem lügnerischen Gesindel den Schädel zu zerschmettern, wenn man dann auch selbst dabei zugrundeging?

Aber die Häuptlinge waren nicht allein, sie hatten Frauen und Kinder. Und so beugten sie das graue Haupt, versprachen Frieden und Ruhe, niemals hätten sie anderes als Frieden gewünscht, der weiße Vater möge es ihnen doch glauben.

Die Friedenshäuptlinge schickten warnende Boten nach Tensqua-ta-wa-Stadt. In Vincennes liege bereits ein ganzes Regiment Soldaten, sie möchten doch um des Hauptes ihrer Kinder willen Ruhe halten.

Und wirklich zogen einige Krieger nach Haus, immer mehr folgten ihnen. Dem Propheten war der Schreck in die Glieder gefahren, Tecumseh war nicht da, und Ein-Pfeil und Kish-kalwa warnten immer und immer wieder vor Unbesonnenheiten. Aber dann kamen die hochnäsigen weißen Boten auch nach Ten-squa-ta-wa-Stadt, sprachen ihre Lügen, daß sogar der ruhige Ein-Pfeil aufsprang und den schwafelnden Gesellen mit wenigen zorndrohenden Worten zum Schweigen brachte.

Harrison war es recht, sehr recht, als er das hörte. Wie? So weit ging also schon der Übermut, daß man seine Friedensboten bedrohte? War gute Sitte, Anstand, wurden die Regeln des internationalen Verkehrs schon nicht mehr beachtet?

Dann kamen einige Grenzer angeritten auf erschöpften Pferden, die Indianer seien bereits da, man habe ihnen ihre besten Gäule gestohlen.

Also auch Pferde zu stehlen, begännen sie bereits, rief kummervoll der Gouverneur in einer Versammlung aus. Damit hätten die Roten immer ihre Kriege angefangen. Er wünsche nach wie vor den Frieden, man müsse mild mit den Indianern sein, sie seien ja so töricht wie Kinder, aber ...

Nichts da, riefen wütend die Bürger von Vincennes. Solle man sich denn alles gefallen lassen? Man verlange nun endlich Strafmaßnahmen, wozu sei denn das Militär da?

Ja, das hatte Harrison geahnt. Kaum waren die Truppen da,

kaum wußten die braven Bürger, daß sie nicht selbst gegen die Indianer zu ziehen brauchten, da schwoll ihnen der Mut.

Über die Morde und Diebstähle hatte zwar der Gouverneur so seine eigenen Gedanken. Es mußte schon weit kommen, bevor ein Indianer im Frieden die Axt oder das Messer gegen einen weißen Mann erhob. Da mußte vorher allerhand vorgefallen sein; was, das konnte Harrison sich so ungefähr denken.

Und die gestohlenen Pferde? Wer sagte denn, daß es Rote gewesen waren? Vielleicht waren sie auch nur durchgebrannt, vielleicht waren sie längst wieder zurückgekehrt oder eingefangen worden, wenn die Grenzer nach Hause kamen. Aber wenn sie nun wirklich wieder an ihre Pflanzung kamen und die ›gestohlenen Pferde‹ friedlich am Haus weiden sehen würden, würden die Grenzer dann eine Berichtigung nach Vincennes schicken? Würden sie um Entschuldigung bitten, daß sie ihren indianischen Mitmenschen einen Diebstahl angelastet hatten?

Oh, sie würden einen betroffenen Fluch zwischen den Zähnen zerkauen und einsehen, daß sie wieder einmal zu furchtsam gewesen waren. Aber das eingestehen? Damit die Nachbarn darüber lachten? Wo sie doch Stein und Bein geschworen hatten, sie hätten sogar die Spuren der Indianer gesehen und – ja – und die Spur sogar lange verfolgt?

Das wußte Harrison alles sehr genau. Aber es kam ihm sehr gelegen, und er ließ die Menge toben. Und wenn die armen Teufel wirklich ein paar Gäule stahlen, war es gar so unverständlich, da ihnen doch die weißen Jäger das Wild vor der Nase wegknallten, von dem der rote Mann zum großen Teil lebte? Er hatte ja keine Kühe, Schweine, Schafe, sein Fleisch mußte er in den Wäldern schießen. Und es wurde immer weniger.

Das alles wußte der Gouverneur. Aber er ging nun entschlossen seinen Weg. Jetzt ging es ja nicht mehr darum, einige arme Menschenkinder gegen den Übermut des Grenzpöbels zu verteidigen. Das hätte er gern getan und wollte es nach dieser Sache auch redlich wieder tun. Jetzt aber ging es um andere Dinge. Es ging darum, die Pläne Tecumsehs, der den weißen Männern den Weg an den Stillen Ozean versperren wollte, zu zerstören. Er war fort, die Zeit mußte genützt werden.

Harrison war entschlossen. Und er war menschlich genug, sein Ziel mit möglichst geringen Opfern anzustreben. Mochte auch Tecumseh ihn dann einen Verräter und Lügner nennen.

Es war nur ein einziger Fehler in seiner Rechnung. Er sah nur die Gefahr, und diese Gefahr ließ ihn nichts anderes sehen. Er fragte sich nicht, ob es nicht möglich war, ein echtes Bündnis mit Tecumseh zu schließen. Der Weg zum Meer wäre doch offen geblieben, und die Schande des tausendfachen Wortbruchs wäre von den Weißen genommen worden. Und die Opfer, die Hunderte und Tausende von Opfern wären dann unnötig gewesen, wenn Harrison, der Gouverneur und Kriegsmann mehr der Mensch Harrison geblieben wäre. Denn der Mensch Harrison wäre der Mann gewesen, Wort und Vertrag zu halten. Doch der Gouverneur in ihm hatte gesiegt.

Anfang Oktober, zehn Wochen nach der Abreise Tecumsehs in den Süden, ließ der Gouverneur die Truppen ausrücken. Er zog mit ihnen in langsamen Märschen gegen die Stadt des Propheten.

Es gab eine ungeheure Aufregung in allen Indianerdörfern. Die Sachem sandten einen Boten nach dem andern an Harrison und baten ihn umzukehren. Besonders die Häuptlinge der Lenni Lenape und der Miami, deren Stämme am meisten Ansehen unter den Indianern besaßen, bemühten sich um den Frieden, sie forderten ihre jungen Leute, die in Ten-squa-ta-wa-Stadt waren, auf heimzukommen. Ein-Pfeil und Kish-kalwa hörten davon, und sie redeten den Kriegern zu, dem Rat ihrer Sachem zu folgen. Beiden war darum zu tun, die Macht des Propheten zu verringern, da sie hofften, er würde dann von jeder Gewalttat absehen. Und wirklich verließen außer zahlreichen Lenape und Miami auch noch die Wyandot und einige andere die Stadt.

Aber unglücklicherweise weilten um diese Zeit mehrere hundert Kickapoo, ebensoviel Utagami und auch etwa hundert Larapihu in den Zeltgassen um Ten-squa-ta-wa-Stadt. Das waren völlig ungebrochene Stämme, deren Krieger nun vor Kriegslust glühten und nichts von der Arglist der Weißen wußten. Sogar ein paar Niukonskah waren da, trotz ihres Häuptlings Breiter-Pfad, und sie träumten davon, einige blonde und braune Skalpe mit in ihre Zeltdörfer am Platte-Fluß, am Kansas und Cimarron mitzunehmen und in den Rauch ihrer Tipis zu hängen.

Winnemac

Der Gouverneur rückte langsam und zögernd vor, er wußte sehr genau, daß ein rascher Vormarsch die Indianer sofort auseinandergetrieben oder zu eiliger Flucht veranlaßt hätte. O ja, Gouverneur Harrison hatte einen scharfen Verstand unter seinem steilaufgebürsteten Haarschopf. Sein Zaudern schien auf Ängstlichkeit und allzu große Vorsicht zu deuten, es ließ seine Soldaten immer hitziger werden und die Indianer immer mutiger.

Ten-squa-ta-wa hatte wieder eine große Zeit. Nach dem ersten Todesschrecken war seine prahlerische Großmäuligkeit wieder aufgewacht, er hielt Reden, er zauberte und gaukelte, die Posaune dröhnte nächtlich über die Lagerstadt, und die Kickapoo und Utagami wurden lauter und stürmischer, sie drängten mehr und mehr zu einer Entscheidung. Ein-Pfeil sprach unerschrocken immer wieder gegen jeden Kampf, Tecumseh sei nicht da, und solange er nicht zurückgekehrt sei, hieß es, treulos gegen ihn handeln, wenn man den Frieden bräche. Als alles nichts half, als er nur verhöhnt und verspottet wurde, da begann er zu drohen, Tecumseh werde zu strafen wissen, nicht umsonst heiße er der Berglöwe.

Das hatte eine mächtige Wirkung auf Ten-squa-ta-wa. Er wußte, daß Ein-Pfeil nicht übertrieb. Aber die Kickapoo und

Utagami hatten Tecumseh kaum gesehen, die Larapihu kannten ihn überhaupt nicht. Es gab einen mächtigen Aufstand, viel Geschrei und Lärm, und niemand war da, der diesem Einbruch Einhalt gebot. Aber da hob Ein-Pfeil die Führerlanze des Bundes der ›Hunde‹ über seinen Kopf, das schmale, rote Band wehte von seiner Stirn, und schweigend stellten sich die ›Hunde‹ um ihn. Es waren nicht viele. Doch die Achtung der Indianer vor ihrer Polizei war groß, ebenso die Überzeugung, daß die ›Hunde‹ unverletzlich waren. Der Lärm legte sich.

Doch nun trat Winnemac vor, der Potawatomi, der zugegen gewesen war, als Ten-squa-ta-wa die Sonne verfinstert hatte. Damals hatte Winnemac gesehen, wie Tecumseh sich verfärbt hatte, und dieser kurze Augenblick im Leben des Shawnee, diese wenigen Sekunden der Schwäche sollten nun entscheiden. Denn damals hatte Winnemac gesehen, daß der Prophet der größere, der mächtigere der beiden Brüder war.

Er stand auf und fragte, warum man sich denn hier um Tecumseh kümmere. Gewiß, er sei ein großer Krieger, aber wer glaube denn, daß alle Häuptlinge hier sich vor einem Mann fürchteten, der nicht mehr sei als sie? Denn auch Tecumseh sei nur ein Kriegshäuptling, nicht mehr. Seine Familie sei nicht besser als die der meisten Männer hier, sein Totem nicht stärker als das ihre, möge er auch zum Clan des Berglöwen gehören.

Das war scharf und berechnend gesprochen, und es wirkte. Ein-Pfeil war ein unfehlbarer Schütze, aber kein Redner. Es wäre besser gewesen, wenn er dem Propheten unter vier Augen mit Tecumseh gedroht hätte.

Aber Winnemac sprach weiter. Sie seien hier, weil sie der Prophet gerufen habe, den der Große Geist seinen roten Kindern geschickt habe. Ihm ständen die geheimnisvollen Stimmen zur Verfügung und der dumpfe Klang aus den Wäldern, er habe schon gezeigt, daß sein Wille starke Männer zu bezwingen vermochte – und damit erinnerte Winnemac an einige hypnotische Kunststücke, die Ten-squa-ta-wa zum Entsetzen seiner Zuschauer vor einigen Tagen zum besten gegeben hatte –; der Prophet habe die Sonne verfinstert. Er, Winnemac, sei Zeuge. Tecumseh aber sei danach voll Furcht gewesen. Ob jemand glaube, daß Ten-squa-ta-wa auf Tecumseh Rücksicht nehmen müsse?

Das war ein starkes Wort, und ein Wort nach dem Geschmack Ten-squa-ta-was. Seine Angst vor der Rache des Bruders ließ ihn die endgültige Erklärung noch nicht aussprechen, doch er erhob sich und sagte, wenn der Gouverneur noch näher käme, so würden sie kämpfen, und er, der Prophet Offene-Tür, würde die weißen Soldaten in die Hände seiner roten Krieger geben. Noch habe er seine ganze Macht nicht gezeigt, aber wehe den Langen Messern, wenn sie ihn zwängen, alle Kräfte anzuwenden, die Manitu ihm verliehen habe. Er wolle den Frieden bewahren, aber wenn der verblendete weiße Mann aus Vincennes die heilige Stadt angreifen sollte, dann würden sie kämpfen und den Gouverneur mit allen seinen Soldaten von der Erde vertilgen.

Die Kickapoo und Utagami lärmten und waren unzufrieden, denn sie wollten den sofortigen Krieg, den Angriff, doch der Prophet donnerte sie an, und sie verstummten erschrocken.

Die Tage vergingen. Die Späher der Roten umschwärmten das Lager der Weißen. Die Häuptlinge der westlichen Stämme murrten, denn die Langen Messer rückten näher und näher, immer wieder hätte es Gelegenheit zu einem Überfall gegeben; ihrer Ansicht nach hatte Harrison damit, daß er mit seinen Soldaten einfach in das Indianerland gerückt war, längst den Krieg eröffnet. Dreimal mußten die Soldaten in diesen Tagen durch für sie sehr ungünstiges Gelände, in dem sie gezwungen waren, die geschlossene Ordnung aufzugeben und in lang auseinandergezogener Reihe zu marschieren. Die Kickapoo-Häuptlinge beschworen den Propheten, die Weißen nicht durchzulassen, sie erklärten, der Sieg sei ihnen sicher, und sie hatten recht.

Aber der Prophet konnte sich wie alle Feiglinge zu keinem Entschluß aufraffen; immer noch hoffte er auf irgendein Wunder, hoffte vielleicht darauf, daß Harrison umkehren würde, hoffte auf alles und jedes, nur um nicht eine Entscheidung treffen zu müssen. So verpaßte er alle günstigen Gelegenheiten, die sich ihm boten, hockte in Ten-squa-ta-wa-Stadt, betete, murmelte, sang Beschwörungen und klapperte vor Angst. – Bis es kam, wie es kommen mußte: Eines Tages stand Harrison vor der Stadt, bezog ein Lager an sehr günstigem Platz, der etwas erhöht über der Ebene lag, der Wasser hatte, trocken war und dem man sich von keiner Seite aus ungesehen nähern konnte. Auch dazu, die Lagerstadt aufzugeben und sich in die Wälder im Nordwesten zurückzuziehen, konnte sich Ten-squa-ta-wa nicht entschließen, er blieb einfach im Haus des Geheimnisses hocken und wartete.

Es war in den letzten Tagen schon zu einigen harmlosen Schießereien gekommen, und ein Wachtposten der Weißen war sogar verwundet worden. Die Luft war mit Dynamit geladen. Wieder war es Winnemac, der die Entscheidung brachte. Er war ein hochmütiger, unbeugsamer Krieger, und er erklärte dem Propheten, er werde am nächsten Morgen angreifen. Ten-squa-ta-wa sah den Häuptling geradezu erlöst an – diese Worte waren in einer der täglichen Versammlungen in der Stadt Ten-squa-ta-wa gefallen – er erhob sich und befahl auch seinerseits den Angriff. Man müsse jedoch die Langen Messer in Sicherheit wiegen, darum wolle er eine Gesandtschaft an den Gouverneur senden, die ihm erklären solle, daß er, der Prophet, bereit sei, morgen seine Forderungen anzuhören und zu erfüllen, denn die Indianer wünschten nichts sehnlicher, als Frieden zu halten. Durch solche Worte würde der weiße Mann sorglos werden. Im Morgengrauen aber wollten sie sein Lager überfallen. Der Große Geist habe die Langen Messer in die Hände seiner roten Kinder gegeben. Ten-squa-ta-wa habe gewußt, warum er sie ungestört habe nahen lassen. Warum solle der Jäger beschwerliche Reisen machen, da doch das Wild freiwillig in seine Messer laufe, schloß er prahlerisch. Und rief für den Abend zu großer Versammlung auf, in der er ihnen allen noch einmal seine Macht zeigen wollte.

Nachdem der Kampf einmal beschlossen war, ergriff die Indianer wilde Erregung. Sie rammten die Pfähle in die Erde und begannen den Tanz des ausziehenden Kriegers. Die Zaubertrommeln dröhnten bis in den späten Abend hinein, und dann erschien der Prophet, begleitet von den sprechenden Wölfen, in ein Wolfskleid gehüllt, einen Wolfskopf mit drohend aufgesperrtem Rachen über dem Haupt, und begann seine größte Verzauberung. Die Angst entpreßte seinem Gehirn die wunderlichsten Erfindungen, die Erregung ließ seine Zuhörer, die die Entscheidung so nahe wußten, viel mehr gläubig hinnehmen, als sie sich bei nüchternem Verstand hätten bieten lassen. Die Indianer befanden sich in einem Taumel von Opferbereitschaft und Kampfeslust, der sie aufjauchzen ließ, als Ten-squa-ta-wa feierlich verkündete, daß der Große Geist ihm die Gabe verliehen habe, sie für morgen unsterblich zu machen. Wenn sie Wunden empfangen, so würden diese Wunden nach dem Kampf verschwinden, und sie alle würden sein, als hätten sie kein Blut verloren. Wer im Kampfe falle, der werde nach dem Sieg wieder aufstehen und weiterleben. Sie würden schon in der frühesten Morgendämmerung genügend Licht haben, der Große Geist aber werde die Langen Messer in Dunkelheit hüllen, so daß sie kein Licht zum Zielen hätten.

Als in diesem Augenblick die Posaune aus dem Wald ertönte – denn der Prophet hatte einem seiner treuesten Jünger das Geheimnis verraten und ihn in den hohlen Baum gesteckt –, da brach ein Sturm religiöser Ekstase unter den Roten aus, der es dem erschrockenen Propheten schwermachte, sie vom sofortigen Angriff auf das Lager Harrisons abzuhalten.

»Mein Bruder Tecumseh!«

Aber dort war man auf der Hut. Offizierspatrouillen sorgten dafür, daß die Wachen aufpaßten. Die Soldaten schliefen in ihren Kleidern, und die, die keine Zelte hatten, schliefen auf ihren geladenen Gewehren, um zu verhindern, daß das Pulver durch den Morgentau naß würde. Jeder wußte genau, wo sein Platz im Kampf war. Es waren für jeden nur wenige Schritte bis an seinen Posten in der Kampflinie. Harrison hatte eine zuversichtliche, unerschütterliche Ruhe gezeigt, er hatte seine Anordnungen am Abend so gegeben, daß alle ihn hatten hören können. Und jeder hatte gehört und gesehen, dieser Mann dachte an alles, dieser Mann würde sich auch morgen nicht irgendwo in einem Zelt verkriechen, wenn es zur Schlacht kommen sollte – er würde im Gefecht zu Stelle sein.

Das Lager der Weißen ragte wie ein Berg aus dem Nebelmeer empor, das die Uferauen bedeckte. In diesem Nebel huschten die Indianer heran, ungesehen schlüpften sie durch die dräuenden Dunstschwaden der Frühdämmerung, und dann heulte es urplötzlich an der Seite, die der Prophetenstadt abgewandt war, auf. Der Kriegsruf der roten Krieger brach die Stille. Wie Taucher vom Grunde eines Sees hoben sich die dunklen Gestalten auf die Höhe, brachen über die Posten herein, knallten ihre Gewehre los – und bitter fehlte Tecumseh! Aus reiner Freude am Schießen hatten die Indianer ihre Büchsen abgebrannt, aus Kampflust, aus ihrer fiebernden Erregung heraus kamen sie mit Gebrüll und Geheul, mit wildem Geschrei heran, statt sich lautlos auf die Weißen zu stürzen. Niemand war da, der sie eisern in der Hand hielt. Sie vergeudeten kostbare Sekunden, sie stockten, als die Schüsse der weißen Wachtposten zu ihnen herüberpeitschten. Statt in wildem Ansprung direkt in das Lager hineinzusetzen, schlichen sie weiter durch das Gras – und schon war es zu spät.

Die Weißen wachten auf, unruhig war ihr Schlummern ohnehin gewesen, viele waren auch schon wach. Sie griffen zur Büchse, die unter ihnen lag, stürzten drei, vier, fünf Schritte vor, warfen sich an ihren Platz und legten an. Die Kompanien des Major Hurst brauchten vierzig Sekunden, um vollzählig in ihrer Stellung zu sein, eine Minute die Kompanie des Hauptmanns Fuller. Leutnant Edmundston lief zehn Schritte zu weit, mitten hinein in einen Schwarm Kickapoo die sich wie Gespenster plötzlich aus dem Morgennebel vor ihm erhoben, er schlug zwei von ihnen nieder, drehte um, raste zurück und fiel zwei Schritte vor der eigenen Linie tot zu Boden. Die Indianer setzten ihm nach, die Büchsen der Langen Messer krachten aus zwei Meter Entfernung den Indianern in den Kriegsschrei hinein, sie brachen zusammen, aber ein paar tobten weiter, waren schon in der Linie. Nahkampf im Dunkel, im Nebel, überflackert vom unruhigen Licht der Wachtfeuer. Aus, vorbei, die Roten rafften ihre Toten hoch und schleppten sie mit, indes die Soldaten in zitternder Hast neu luden, aber da waren die roten Angreifer schon fort, verschwunden im Nebel, im Gras. Edmundston war tot, auch zwei, drei andere rührten sich nicht mehr. Ein halbes Dutzend aber stöhnte und warf sich auf dem Boden herum und schrie. Der Skalp begann manchem lose zu sitzen.

Aber da war Harrison; hoch zu Roß ritt er hinter den Linien auf und ab, befahl mit klarer, fester Stimme, die im ganzen Lager zu hören war und der niemand eine Erregung, ein Zittern oder Schwanken anhörte, Reserven an die bedrohte Stelle, die Not war vorbei – für diesen Augenblick. Überall lagen die Weißen auf ihren Posten, ruhig klangen die Stimmen der Offiziere, jeder nahm sich ein Beispiel am Gouverneur.

In zwei Minuten waren die Soldaten, die Freiwilligen aus Kentucky unter Davis und die Miliz aus Vincennes an Ort und Stelle gewesen, zwei Minuten hatte es gedauert, und jeder lag und stand dort, wohin er gehörte. Ein Wunder an Schnelligkeit, Ruhe, Mut. Nirgends mehr ein Anzeichen von Panik. Und doch hätten die zwei Minuten für einen Mann wie Tecumseh genügt. Aber Tecumseh war nicht da; Harrison hatte gewußt, was er tat.

Immer wieder griffen die Indianer an, die Kickapoo, die Larapihu, die Utagami – tapfere Krieger, jeder von ihnen wollte beweisen, daß er nicht schlechter war als die Lenape, Wyandot, Shawnee. Sie rissen sich gegenseitig mit und vor, die gellende Stimme Winnemacs war im wildesten Getümmel noch zu hören, und lautlos arbeitete Ein-Pfeil. Er lag im Gras, dicht vor der Linie der Weißen, wartete, bis ein Kopf sich hob – und dann folgte ein jammernder Schrei. Denn Ein-Pfeil schoß immer nur einmal.

Er war bei den Kämpfern und auch Kish-kalwa. Sie hatten sich nicht ausschließen können und wollen. Aber diesmal war der Mond nicht freundlich, längst war er im Westen untergegangen. Einen gellenden, hohen Schrei stieß Kish-kalwa aus, sank hintenüber, stöhnte, schlug um sich und war still. Er war tot, der Freund und Gefährte des Berglöwen, neben Kleiner-Jäger war er in das Gras gesunken. Da riß es ihn empor, Kleiner-Jäger war wieder ein Zwölfjähriger, wütend und verzweifelt sprang er hoch, schrie den Shawneeruf, drei, vier andere sprangen mit ihm auf. Er ließ den Bogen liegen und den Pfeil, sprang vor, setzte hinein in die Reihen der Langen Messer. Aber da lag ein Grenzer aus Kentucky, der hatte den tödlichen Schützen schon längst gefühlt, der da schon dreien seiner Kameraden das Lebenslicht ausgeblasen hatte. Niemals hätte er Ein-Pfeil entdeckt, wenn der ruhig im Gras liegengeblieben wäre und weitergeschossen hätte.

Ein-Pfeil hatte im rauschenden Grase gelegen, im Nebeldunst des Frühmorgens, hatte geschossen und getroffen, aber sein Herz schrie, seine Lippen zitterten, denn er dachte an Tecumseh.

Hier war kein Sieg, kein Triumph, Tecumseh war verraten, verkauft, gedemütigt. Oh, hätte er doch dem wahnsinnigen Propheten in seinem Zelt lieber den Schädel gespalten, statt dies zu dulden ...

Nun lag Kish-kalwa da, den Tecumseh liebte, wie er Ein-Pfeil liebte – tot, steif. Und er?

Ein-Pfeil schrie den Shawneeruf, sprang auf, in die Reihen der Weißen hinein, trocken krachte die Büchse des Kentuckyers, der mit schußbereitem Gewehr gelauert hatte, schwer verletzt brach Kleiner-Jäger zusammen. »Mein Bruder Tecumseh!« stöhnte er, schrie er, ein Messer fuhr ihm in die Brust, auch Ein-Pfeil war tot.

Da stürmten seine ›Hunde‹ heran, wieder kam es zum Nahkampf, vier, fünf Indianer in der Linie der Weißen. Wo war Win-

178

nemac? Aber Winnemac war nicht da, die Shawnee fielen, starben.

Auf einer Anhöhe nicht weit vom Kampfplatz hockte Tensqua-ta-wa und sang zitternd vor Angst Zauberlieder, sang Beschwörungen und sandte Boten über Boten an die Kämpfenden: Haltet aus, der Große Geist ist mit euch. Haltet aus, Manitu kommt und wird euch helfen. Haltet aus, der Sieg ist sicher.

Bis in den hellen Morgen hinein schwirrten die Hirschhufe, die die Kickapoo schwangen, die Larapihu schossen mit Pfeil und Bogen, und die Utagami kämpften zäh, verbissen, trugen ihre Toten zurück, ließen keinen in den Händen der Weißen, kamen wieder vor zu neuem Sturm, zu neuem Angriff.

Aber da gellte die Kommandostimme Harrisons, die Kompanien formierten sich, die Offiziere warteten. Die Indianer hatten sich immer mehr auf die Seite zurückgezogen, auf der in der Ferne ihre heilige Stadt lag. Und nun erhoben sich die Langen Messer, die Soldaten hatten das Bajonett aufgepflanzt, die Trommeln wirbelten, die Trompeten schmetterten, mit wildem Brüllen brachen die Soldaten zum Sturm vor, ihre Offiziere voran.

Jetzt wäre es Zeit gewesen, an die Lehren Tecumsehs zu denken. Jetzt konnten sie die Überlegenheit ausnutzen, die ihnen Pfeil und Bogen gab.

Werft eure Schießgewehre weg, Shawnee, Ottawa, Potawatomi, und greift zu eurer alten Waffe, zur Waffe des Indianers, greift zum Bogen! Jetzt, ihr Kickapoo, Larapihu, Utagami, jetzt ist eure Stunde da! Nehmt den Bogen, schüttet die Pfeile vor euch auf die Erde ins Gras; schneller, als die Weißen stürmen können, könnt ihr schießen.

Aber wo war Tecumseh, wo war der Mann, der das Entsetzen vor der heranstampfenden, geschlossenen Front blitzender Bajonette überwunden hätte? Sie waren ja nicht weniger zahlreich als die Anstürmenden. Auf fünfzig Meter brauchten sie die Weißen nur herankommen zu lassen und dann zu schießen. Fünf Pfeile hätte jeder, fünf tödliche Pfeile, schießen können, jeder Pfeil mußte treffen, denn sie kamen in dichter Linie heran; eine drei- und vierfache Übermacht hätten sie abschmettern können –!

Aber Tecumseh fehlte, und Ten-squa-ta-wa saß angstbebend auf seinem Prophetenhügel und murmelte Beschwörungen, Ein-Pfeil war tot, hatte sich in Schmerz und Verzweiflung umsonst geopfert, jetzt hätte er, er allein noch alles retten können. Hier half nicht die strahlende Tapferkeit Winnemacs. Hier konnte nur ein Mann helfen, der das Zittern bei allen, die da im Gras lagen, durch harte Befehle hinunterzwang – und nicht nur bei sich selbst. Die Weißen, die nicht schießen konnten, solange sie das Bajonett auf dem Gewehrlauf sitzen hatten, hätten die gleiche Niederlage erlitten, die Tecumseh ihnen später bereitet hat.

Aber er war nicht da. Ein-Pfeil war tot. Und so hielten die Indianer nicht stand, sie ertrugen diesen Ansturm geschlossener Reihen, blitzender Bajonette nicht, die Verluste waren schon zu groß. Das Gras, das Ried, die Büsche wurden lebendig, sie flohen, flohen unaufhaltsam, die Weißen hinterher, immer noch geschlossene Reihen, immer noch gellten die Trompeten.

Die Indianer flohen stundenweit. Harrison aber ließ halten, schwenken, gegen Ten-squa-ta-wa-Stadt vorgehen. Auch dort war kein Roter mehr, wenn sie einmal im Laufen waren und keiner da war, der sie hielt, so liefen sie – genau wie es die weißen Grenzer in solchem Fall taten –, bis die Füße sie nicht mehr trugen.

Tecumseh fehlte.

»Der Gute Geist straft mich mit Recht!«

Er traf erst vierzehn Tage nach der Schlacht am Tippecanoe-River am Wabash-River ein, und so blieb Ten-squa-ta-wa vor der Strafe bewahrt, die er voll Entsetzen erwartete. Vierzehn Tage lang hatte Tecumseh Zeit gehabt, sein Herz zu besänftigen und das ingrimmige, fressende Verlangen nach Rache zu unterdrücken. Sonst hätte er wohl die Drohung wahr gemacht, die er einmal Ten-squa-

180

ta-wa gegenüber ausgesprochen hatte, um ihn zu erschrecken und in Gehorsam zu halten. Wenige Tage nach seiner Rückkehr hielt er am Ufer des Michigan-Sees eine Versammlung der Häuptlinge und Krieger ab, die seinen Bund nicht verlassen hatten. Es war eine klägliche Schar von wenigen Shawnee und Ottawa, und außerdem war Winnemac da, wild und voll Verlangen, auch seinerseits Rechenschaft zu fordern. Ten-squa-ta-wa hatte den traurigen Mut, an dieser Beratung teilzunehmen.

Tecumseh hörte in dumpfem Schweigen den Berichten zu, die die Häuptlinge vom Verlauf der Schlacht gaben. Kein Zug in seinem Gesicht regte sich, nur der starre Glanz seiner Augen verriet die Trauer, die er um Ein-Pfeil und Kish-kalwa empfand.

Aber sein Geist arbeitete. Er hatte längst erkannt, daß er selbst die Schuld an seinem Unglück trug, denn er gehörte nicht zu denen, die sich selbst belügen. Wenn er nicht Ten-squa-ta-wa an die Spitze gestellt hätte, einen Betrüger und Feigling, so wäre dies alles nicht gekommen. Er hatte ja den eitlen Ehrgeiz des Bruders schon vor langer Zeit erkannt und hatte ihn seine Rolle doch weiterspielen lassen.

Aber tiefer bedrückte ihn eine andere Erkenntnis. Winnemac erzählte mit zitternder Empörung, daß der Prophet davongelaufen sei, als die erste Kugel in seiner Nähe einschlug, daß er sich in einem hohlen Baum hatte verstecken wollen, daß andere Krieger ihn dabei beobachtet hätten, ihm nachgestürzt seien und ihn wieder hervorgezerrt hätten.

Dabei hatten sie die Posaune des Propheten und allerlei anderes Zauberzeug entdeckt. Erst da hatten die Indianer erkannt, mit welch schmählichen Kunststücken sie betrogen worden waren. Wenn nicht Shawnee dazwischengetreten wären, so hätten die erbitterten Krieger Ten-squa-ta-wa an den Marterpfahl gestellt. Es war fast zu einer Schlacht zwischen den bisherigen Anhängern des Propheten gekommen. Schließlich waren die westlichen Stämme abgezogen, die Kickapoo, Utagami, Hotchangara, Larapihu. Sie hatten gedroht, wiederzukommen und Tecumseh zu fangen, der an allem schuld sei. Sie seien gläubigen Herzens gekommen, ihre Ohren seien offen gewesen für die Worte des Propheten, ihre Augen seien auf ihn gerichtet gewesen als den Gesandten des Großen Geistes, den Sohn des Manitu. Mit wilden Verwünschungen waren sie abgezogen und mit dem Versprechen, im ganzen Westen die Wahrheit zu sagen. Tecumseh aber brütete finster vor sich hin, als Winnemac erzählte.

»Ich hätte mein Volk nicht belügen sollen. Der Gute Geist straft mich mit Recht. Ich wollte sie zum richtigen Leben führen, sie sollten das giftige Wasser meiden und alle Laster der Weißen – und ich selber gab ihnen das giftige Wasser der Lüge zu trinken. Auch dieses Unglück würde ich überwinden, aber nun werden sie meinen Worten nicht mehr glauben. Sie werden sagen: Er hat uns einmal eine Lüge erzählt.«

Ja, schlimmer als die verlorene Schlacht war das verlorene Vertrauen.

»Seine Feinde darf man überlisten, aber wehe dem Krieger, der sein Volk überlistet mit glatten Reden, mit Zauberei und Betrug und Manitu zum Zeugen seiner Lügen macht. Er wird geschlagen werden, sobald die Erdgeborenen seine doppelte Zunge sehen.«

Teilnahmslos hörte er den Reden seiner roten Brüder zu, in trübes Sinnen verloren. Nur als Ten-squa-ta-wa aufstand und mit prahlerischer Dreistigkeit den anderen Vorwürfe machte, daß sie davongelaufen seien, sie hätten nur länger aushalten sollen, dann wäre der Sieg gewiß gewesen – als Ten-squa-ta-wa so sprach, wachte Tecumseh auf. Die Raserei befiel den Shawnee noch einmal, er griff den Schreihals am Genick, packte in seinen dicken Haarschopf und riß das Skalpiermesser heraus. Aber noch einmal beherrschte er sich; er schleuderte den armseligen Feigling ein paarmal im Kreis um sich und stieß ihn dann mit einem Fußtritt hinaus in den Wald, in das Dunkel, in die Vergessenheit.

Ten-squa-ta-wa hat seinen Bruder lange überlebt, er ist ein steinalter Mann geworden und hat später Leichtgläubigen noch oft von seiner großen Vergangenheit erzählt. In seinem Stamm war er verachtet für immer.

An einem kühlen Wintertage, drei Monate nach diesem Ereignis, erschien ein einzelner Indianer an der Haustür des Gouverneurs Harrison zu Vincennes und teilte ihm mit, Tecumseh wünsche ihn zu sprechen. Der Amerikaner willigte ein, und der Shawnee kam mit drei schweigsamen Begleitern, die Harrison nicht kannte. Sie waren in Leder und Pelze gekleidet, trugen Biberkappen auf dem Haupt und waren unbewaffnet.

Tecumseh teilte dem Gouverneur mit, er sei schon seit einigen Monaten aus dem Süden zurückgekehrt. Er sei bereit, den Präsidenten in Washington zu besuchen, wie er angekündigt habe.

Harrison erklärte sich bereit, ihm die Reise zu ermöglichen, ihm Begleiter mitzugeben und in jeder Beziehung für seine Sicherheit zu sorgen. Aber natürlich müsse er allein reisen.

Der Shawnee sah den Weißen lange Zeit mit einem unbeschreiblichen Blick an, in dem Hohn, Bitterkeit und Trauer vereint waren. Das Schweigen war so lastend und für den Gouverneur so peinlich, daß er errötete. Um es zu beenden, wollte er schon wieder zu sprechen beginnen; doch da erklärte der Indianer ruhig: »Tecumseh soll als Bettler in die Stadt der Langen Messer gehen. Tecumseh ist Häuptling.«

Er machte eine kurze Bewegung mit der rechten Hand, der Fall war erledigt, doch dann sprach er weiter. Er hatte bisher auf einem der· Stühle gesessen, die Harrison ihm und seinen Begleitern angeboten hatte. Nun stand er auf, blickte über die winterliche Landschaft, die sich seinen Augen von der Anhöhe her bot, sah über den Wabash-River hin, der breit und ruhig wie immer an der Ansiedlung vorbeifloß. Und dann sprach er:

»Tecumseh ist gekommen, weil er immer noch den Frieden sucht. Er ruft zum Zeugen jeden weißen und jeden roten Mann, jeden Vogel in den Bäumen und alle Tiere dieses Landes. Und sie alle werden, wenn sie die Wahrheit sprechen, sagen, daß der

Shawnee niemals einen Indianer aufgefordert hat, den Krieg gegen die Langen Messer zu beginnen, es sei denn, daß sie von den weißen Männern angegriffen würden.

Es ist mein Unglück gewesen in diesen letzten Jahren, als ich nur für mein Volk arbeitete, für mein Volk, das allein das Recht hat, auf diesem Boden zu leben, – es war mein Unglück, daß den weißen Männern über alle meine Ansichten Lügen erzählt worden sind und daß sie diesen Lügen mehr geglaubt haben als meinen Worten. Ich hatte Feinde unter den Häuptlingen; sie waren gewohnt, das Feuerwasser zu trinken. Und um das brennende Wasser zu erlangen, waren sie gewohnt, den Weißen Land zu verkaufen, das ihnen gar nicht gehörte. Ich habe ihren Betrug gestört, und sie rächten sich an mir.

Gouverneur Harrison begann den Krieg gegen mein Volk, als ich abwesend war. Es war der Wille des Großen Geistes, daß er es tun durfte. Ich hoffe, daß der Große Geist uns nun in Frieden mit dem weißen Volk leben lassen wird. Wir werden sie nicht beunruhigen, noch haben wir das jemals getan, es sei denn, daß sie in unsere Dörfer kamen, um uns zu vernichten. Wir hoffen, daß der Krieg nun vorbei ist, den Gouverneur Harrison mit einigen wenigen von meinen jungen Kriegern geführt hat und der die Langen Messer mehr Tote und Verwundete gekostet hat als uns. Wäre ich aber in diesem Land gewesen, so wäre um jene Zeit kein Blutvergießen entstanden. Ich bin bereit, alles, was lebt, als Zeugen dafür anzurufen, daß ich die Wahrheit sage.«

Tecumseh hatte mit tiefer Trauer gesprochen. Harrison fühlte die schweren Vorwürfe in den Worten des Indianers, der hochaufgerichtet, mit unbewegtem Gesicht vor ihm stand. Mit einem Gesicht, hinter dem dennoch große Erregung spürbar war, die Tecumseh auch in dieser wohlüberlegten Rede die Drohung nicht vergessen ließ. Eine Drohung, die vor allem in den Worten »um jene Zeit« lag, aber auch in den anderen, daß nur einige wenige seiner Krieger am Tippecanoe-River gewesen seien.

Nun stand auch Harrison auf. Er sprach davon, daß er niemals dulden könne, daß Weiße ungerächt ermordet würden, und las auf dem stummen Gesicht Tecumsehs die bittere Frage, ob nicht zehnmal so viel Indianer ungerächt umgebracht worden seien. Er sprach davon, daß er nach Ten-squa-ta-wa-Stadt gezogen sei, um vom Frieden zu reden, und er sah Tecumseh hohnvoll lächeln. Er wurde verwirrt, er sprach davon, daß einer seiner Wachtposten angeschossen worden sei, und aus den Augen des Indianers brannte ihm die Frage entgegen, ob die Indianer nicht das Recht gehabt hätten, sich dem Einmarsch von Truppen zu widersetzen, die ohne Kriegserklärung, ohne jeden Grund in ihr Land eingebrochen waren, und ob sie sich nicht sehr maßvoll verhalten hätten. Harrison sprach schließlich von so läppischen Dingen wie von den Pferdediebstählen und fühlte sehr deutlich, daß es leichter war, verlogene Briefe an die Häuptlinge zu senden oder Boten auszuschicken, die solche Beschwerden vorzubringen hatten, als solche Dinge diesem Shawnee in das stolze Gesicht zu sagen. Er wurde gänzlich verwirrt, er begann von den Bemühungen der Regierung um das Wohl der Indianer, ihren Wohltaten, den Jahresgeldern und ähnlichen Dingen zu sprechen.

Hatte Tecumseh gehofft, von diesem Mann irgendeine Antwort zu bekommen? Irgendwas, das ihm den Treuebruch Harrisons erklären könnte? Gewiß, der Shawnee wußte, und er sah es sogar jetzt noch, daß Harrison ein ehrlicher Mann, ein ungewöhnlicher Krieger, ein anständiger Mensch hätte sein können. Und doch wagte der Gouverneur, ihm in das Gesicht solche von Lüge und Verrat erfüllten Worte zu sagen?

Mit einer Handbewegung schnitt der Shawnee das unbeholfene Gestammel seines weißen Gegners ab, denn trotz seiner geschmeidigen und schnell dahinfließenden Sprache – mehr als Gestammel war es nicht, was der Gouverneur vorbrachte. Er fühlte es selbst am tiefsten vor diesem immer ablehnenderen steinernen Antlitz, aus dem zwei dunkle Augen ihn angewidert betrachteten. Harrison hörte fast erlöst auf zu reden, als Tecumseh ihn unterbrach.

»Schlechte Menschen gibt es überall, bei den Erdgeborenen und bei den Weißen. Aber bei den weißen Männern sind sogar die guten nichts als Lügner, Betrüger und Räuber.«

Nach diesen klar und langsam gesprochenen Worten kehrte der Shawnee sich grußlos ab und ging davon. Schweigend wie bisher erhoben sich seine Begleiter und folgten ihm.

Das war die letzte Unterredung zwischen Tecumseh und Harrison. Der Shawnee ging nach Kanada. Dort warteten die Engländer. Sie hatten ihm Angebote über Angebote gesandt. Bisher hatte er nicht darauf geantwortet. Jetzt war er bereit.

Zum besseren Verständnis

In der Erzählung um den jungen Shawneekrieger Tecumseh
haben wir mit wenigen Ausnahmen die indianischen Stammes-
namen verwendet. Da sie vielleicht nicht alle bekannt sind, stellen wir sie hier den Namen gegenüber, die die englischen und
französischen Siedler den Indianern gegeben haben.

Indianischer Name	Name der Weißen	Sprachfamilie
Absaroke	Crow	Sioux
Ani Yunwiha	Cherokee	Irokesisch
Anischinabe	Ojibway	Algonkin
Assiniboin		Sioux
Catawba		Sioux
Cayuga		Irokesisch
(Teil der Irokesenliga)		
Chickasaw		Muskogee
Choctaw		Muskogee
Hodenosauni	Irokesen	Irokesisch
Hotchangara	Winnebago	Sioux
Ikaniuksalgi	Seminolen	Muskogee
Inde	Apatschen	Athapask
Kickapoo		Algonkin
Kirikitisch	Wichita	Kaddo
Lakota/Nadoweis-siw	Sioux	Sioux
Larapihu	Pawnee	Kaddo
Lenni Lenape	Delaware	Algonkin
Menomini		Algonkin
Mesquakie	Fox	Algonkin
Miami		Algonkin

Muskogee	Creek	Muskogee
Ne-Me-Ne	Komantschen	Schoschon
Niukonskah	Osage	Sioux
Ottawa		Algonkin
Potawatomi		Algonkin
Seneca		Irokesisch
(Teil der Irokesenliga)		
Santee		
Schoschonen		Schoschon
Sauk		Algonkin
Shawnee		Algonkin
Siksika	Blackfoot	Algonkin
Tanisch	Arikara	Kaddo
Wyandot	Huronen	Irokesisch

Die innere Gliederung des Shawnee-Stammes

Der Stamm der Shawnee war in fünf große Abteilungen unter-
gliedert: Es gab die Chilacotha, die Assiwikale, die Kispokotha,
die Spitotha und die Biwakotha. Jede dieser Abteilungen bestand
aus zwei oder drei großen Clans, die ihr gemeinsames Totemtier
hatten. Innerhalb der Chilacotha gab es beispielsweise den Clan
der Wölfe (Mwa-wä), den Clan der Bären (M-kwäs) und den Clan
des Pumas (Mse-Passe), dem auch Tecumseh angehörte. Kein
Krieger durfte ein Tier seines Totems töten.

Der Älteste aus der ruhmreichsten Familie des Clans war der
Anführer; man könnte ihn als Friedenshäuptling bezeichnen.
Diese Würde war in der betreffenden Familie erblich. Kriegs-
häuptling konnte jeder werden, der sich durch Kriegstaten aus-
zeichnete. Die Friedens- und Kriegshäuptlinge in ihrer Gesamt-
heit bildeten die »Regierung« des Stammes, den »Rat der Alten«.
Den Vorsitz hatte stets ein Friedenshäuptling inne. Auch diese
Würde war oft erblich. In unserer Geschichte obliegt dieses Amt
Cornstalk, er war der Oberhäuptling der Shawnee. Nach seinem
Tod übernahm Cata-he-cassa dieses Amt, da Cornstalks Söhne
alle gefallen waren. Jeder Clan hatte nur einen Friedenshäuptling, konnte aber viele Kriegshäuptlinge haben.

Daneben gab es bei den meisten Stämmen noch Männer-,
Frauen- und Jugendbünde mit ihren eigenen Anführern. Tecumseh ist Anführer der »Hunde«, eines Bundes junger Männer.

Nachwort

»Laßt uns einen Leib bilden, ein Herz, und bis zum letzten Krieger unser Land verteidigen, unsere Heimat, unsere Freiheit und die Gräber unserer Ahnen!« (aus einer Rede Tecumsehs)

Tecumseh (1768–1813) war noch ein junger Krieger, als er erkannte, daß nur ein Zusammenschluß der indianischen Stämme das unaufhaltsame Vordringen der Weißen in sein angestammtes Land verhindern konnte.

Seit mehr als 200 Jahren war der amerikanische Kontinent das Auswandererziel unzähliger Europäer, die dann ab Mitte des 17. Jahrhunderts von der Ostküste Nordamerikas nach Westen drängten. Den Indianern war die Vorstellung, Menschen könnten Land »besitzen«, vollkommen fremd, deshalb konnten sie es auch nicht »verkaufen«. Die Weißen forderten jedoch das alleinige Besitzrecht und vertrieben die indianischen Ureinwohner. Mitte des 18. Jahrhunderts beanspruchten sie bereits das Gebiet zwischen der Atlantikküste und den Appalachenbergen für sich und gründeten dort dreizehn englische Kolonien. Ein Vertrag zwischen den Indianern und den englischen Kolonialherren garantierte den Indianern die Appalachen als feste Grenze.

Ab ca. 1757 strebten die Kolonien verstärkt nach Souveränität vom englischen Mutterland, was schließlich zum Unabhängigkeitskrieg von 1775 bis 1783 führte. Von diesem Zeitpunkt an fühlten sich die Weißen nicht mehr an die Verträge der ehemaligen englischen Kolonialherren mit den Indianern gebunden. Unablässig drängten die Siedler über die Appalachen nach Westen, wo sie fruchtbares Land vermuteten. Die dort ansässigen Stämme, dazu gehörten auch die Shawnee, wurden nur als lästiges Hindernis für eine ungestörte Besiedelung angesehen, Rechte wurde ihnen nur selten zugestanden. Mit Alkohol und billigen Handelswaren versuchten die Weißen, die Indianer zu betrügen, ganze Dörfer und Stämme fielen bis dahin unbekannten Krankheiten zum Opfer, die die Weißen ins Land schleppten, unzählige Indianer wurden ermordet oder starben in den blutigen Grenzerkriegen. Die isoliert kämpfenden Indianer konnten dem Vordringen der Weißen und besonders den gutbewaffneten Soldaten nicht standhalten.

Tecumseh war nicht nur ein furchtloser Krieger, sondern auch ein kluger Diplomat. Er wollte die indianischen Stämme seiner Heimat davon überzeugen, mit vereinten Kräften den Ansturm des weißen Mannes zurückzudrängen. Selbst wenn es ihnen nicht mehr gelingen sollte, die Weißen vollständig zu vertreiben, so wären diese doch zu Verhandlungen gezwungen. Tecumseh sprach an den Ratsfeuern der benachbarten Stämme von der Gründung einer indianischen Nation und dem möglichen Sieg über die Weißen. Es gelang ihm zwar, eine Allianz zustande zu bringen, doch einige Häuptlinge, die ihre Stämme vor einem offenen Krieg bewahren wollten, verhinderten ein umfassendes Bündnis.

Tecumsehs Vision von einer geeinten indianischen Nation, die zur Lebensweise ihrer Vorväter zurückkehren und unbehelligt von den weißen Landräubern ihr gewohntes Leben würde führen können, sollte sich nicht erfüllen.

Fritz Steuben (d. i. Erhard Wittek) wurde 1898 in Wagrowiec (Polen) geboren und starb 1981 in Pinneberg/Holstein. Nach seiner Ausbildung zum Buchhändler arbeitete er bis Ende der dreißiger Jahre als Herstellungsleiter für den Verlag Franckh Kosmos, Stuttgart.

Unter dem Pseudonym Fritz Steuben verfaßte er zwischen 1929 und 1952 Indianererzählungen, die als Alternative zu den Romanen von Karl May viel Anerkennung fanden. Steubens

Indianerbücher zeichnen sich durch ein intensives Quellenstudium aus: Seine Protagonisten haben wirklich gelebt, die Ereignisse haben an den beschriebenen Schauplätzen stattgefunden, und so entwarf er ein realistisches Bild von den Kämpfen zwischen Weiß und Rot.

Mit dieser sorgfältig bearbeiteten Neuausgabe legt der Verlag die Erzählungen Steubens in der Form vor, die ihre zeitlose Qualität ausmachen: als Abenteuererzählungen voller Dramatik und Spannung vor dem Hintergrund historischer Geschehnisse.

Nina Schindler